青蛙

马旭鸿 著

敦煌文艺出版社

图书在版编目（CIP）数据

青蛙 / 马旭鸿著. -- 兰州：敦煌文艺出版社，
2019.12（2022.1重印）
ISBN 978-7-5468-1869-6

Ⅰ．①青… Ⅱ．①马… Ⅲ．①长篇小说－中国－当代
Ⅳ．①I247.5

中国版本图书馆CIP数据核字（2020）第024215号

青　蛙
马旭鸿　著

责任编辑：王　倩
封面设计：魏　婕

敦煌文艺出版社出版、发行
地址：（730030）兰州市城关区读者大道568号
邮箱：dunhuangwenyi1958@163.com

三河市嵩川印刷有限公司印刷
开本 710 毫米×1000 毫米　1/16　印张 15　插页 2　字数 230 千
2020 年 6 月第 1 版　2022 年 1 月第 2 次印刷
印数：1 001~3 000

ISBN 978-7-5468-1869-6
定价：48.00 元

如发现印装质量问题，影响阅读，请与出版社联系调换。
本书所有内容经作者同意授权，并许可使用。
未经同意，不得以任何形式复制。

一

李乐你昨天去哪里玩了？王维涛作业写完了吗？她怎么还在睡觉！这课文真难理解啊！杨慧羽毛球也打得太差了吧！什么让你非要为难我呢？我不写，不想写！你赶快交作业吧！我昨天花了五十！王老师叫你去办公室，快点……

黄昏的阳光轻而易举地穿过玻璃照射进来，身上感觉暖洋洋的，窗外黄昏的阳光离我很近，我坐在窗户旁边，周围熙熙攘攘。现在是下课了吗？我的身体动不了，头埋在桌子上，他们的脸好模糊，晃动着，距离我很远。阳光照着他们蓝白相间的校服，三三两两，出出进进。这是我们的教室吗？这么长时间了，还没上课？老师还没有来？打铃了吗？我的英语作业交了吗？现在都下午了，应该快放学了吧……一切事物的形状都模糊起来了。

有一只手在轻轻地碰我的肩膀，一双女人的手臂在阳光下泛黄。她的脚就沐浴在黄昏的暖光中，没有穿鞋。她距离我很近，就站在桌子旁边，我的眼光一点点往上移，看到她的小腿、大腿……一点点变粗，却仍然赤裸。

眼前的一切又变得模糊，混作一团，我听到一些声音，金属碰撞的声音，说话的声音，走路的声音，舒缓的音乐……一切渐渐变得清晰起来，洁白的天花板，蓝色的红色的钟形灯，小碎步走着的服务员，一个个干净的桌子，透亮的大玻璃，深红色的地板，周围全是聊天的人，我醒了。视线所及处是一个陌生的女人，她低着头，就坐在我的正对面。

"你趴着睡着了吗？"

听到了我妈的声音，我想起来了，今天是星期二，我之前生病了，在医院住院，已经快两周了，现在在医院旁边的一家快餐店。

我妈说："你要吃什么？我去买。"

我说："一份冰镇可乐，一个鸡肉卷，一份薯条。"

周围很吵，我忐忑不安，有点烦躁。

"你还是别喝冰的可乐了，你病了。"

"好吧。"

"我给你买一份别的喝的。"

她在问我，可她其实有答案。我妈在我生病这段时间，不太会谈别的了，不会再让我干这干那了，我不想出院。

她去排队了，有两三行十几个人的队伍，估计要等很久。桌子上放着我妈的手机，显示的时间是十二点十分。

夏天的太阳很大，阳光穿过透亮的玻璃，斜射在眼睛里，非常刺眼，感觉有点压抑，对面烤漆木头桌背后的墙壁放满了照片。

那个女人只是静静地坐着，似乎她与整个吵闹的环境格格不入，周围的人穿得花花绿绿，不停地来回走动，来回晃动身子。舒缓的音乐成了嘈杂的伴奏，可她似乎执着于自己拿着的半杯酒，全然未注意到周围形形色色的人和不同的声音。

她坐在我的正对面一个拐角的位置，阳光透过她左侧的大玻璃斜射在她的周围，让我总是看不清她。她的眼睛并非清澈透亮，而是似乎微微迷醉在酒中，懒得睁开，目光呆滞，一会儿眯成一条缝，一会儿半睁着，眼神不断游离。她只是把一头长发简单地用发夹收一下，让它们自然披下来，两缕刘海垂在两鬓，露出额头，不时随着她的动作而晃动，零零碎碎，遮住她的脸，她的头微微低垂着。

她纤细的手指头紧紧握着酒瓶子的颈部，椭圆的手指甲盖也是淡淡的肉粉色，很有光泽。在阳光下，手指关节处细微的裂纹好像呼吸的鱼鳃一样，微微地动，一会儿深，一会儿浅。桌子上还放着一本书。

鹅蛋形的脸上有一个不太挺的鼻子，鼻尖圆润，微微向上，抿着的嘴,似乎还在品尝酒的余味,皮肤白皙,微微发黄的脸颊两侧有几个不太明显的斑点,也许那是因为阳光而产生的幻觉,她并没有化妆。

"你要的买来了,快吃吧。"我妈说。

白皙一致的脖子、手臂、胸脯,像是一张完整的纯洁的白纸,却被很细的黑色肩带破坏了整体的和谐感。它也许会压下一条印子,顺着隆起的胸部曲线自然向下一点一点延伸……不过整个饱满丰盈的胸部仍然撑满黑色低胸吊带,在阳光下水润并且透着光,仿佛会渗出晶莹的水珠。

"身体还不舒服吗?还是没精神吗?发什么呆呢?"我妈一边吃,一边问我。

"我没有发呆。"

"是吗?感觉你的眼珠子一动不动的,还以为你发呆呢,想什么呢?"

"什么都没想。"

"你是不是还在想上课的事情?没关系的,耽误几天也能补上。"

"嗯。"

我没有在想学习的事情。

"来喝口水吧。"我妈把水杯递给我。

"我不想喝。"

"你不渴吗?"

"不渴。"

我还没有彻底清醒。

"我听见你好像在咽口水。"

"没有。"

"是吗?可能是我听错了,那你也喝口水吧,都坐了半个小时,一口水都没喝。"

"不了。"

"这不是你想不想的问题,来喝一口吧。"

"不。"我妈太固执了,我很烦。

"好好，不管你了。"

我希望自己做一件事不受干扰。

我妈说："餐巾纸掉在地上了，快捡起来。"

我一点点地弯下腰去，我看见了她两条并在一起的腿又长又白，小腿上的肉紧致，但没有肌肉……也许是因为距离太远了，她的双膝紧紧靠在一起，白皙的大腿肚子，上面的肉自然垂下来……她的下身穿着黑色牛仔短裤，裤边上细碎的黑色毛边儿垂下来，看不清……

"你还没捡起来吗？"

她穿着一双黑色高跟凉鞋，黑色的细绳紧紧地勒着她脚背上的肉，就像绳子勒着一团白色的海绵。

也许她只是我的幻觉，如果现在有人狠狠地扇我一巴掌，她定会消失。她似乎更像是背景，和桌子一起组成一幅画的背景……她和其他我见过的人——那些年轻的情侣或是大爷大妈，或是职场的西装革履的男人和那些穿工作正装的女人都不一样，她带着堕落感和暗黑色调，是个冷冰冰的女人。

"你怎么了？"我妈探过头来，认真地看着我。

"没事，阳光让我有点晕。"

"你还没好吗？"

"好多了。"

她的头忽然抬起来了，我低下了头。她的腿蜷曲着，个子大约一米七，看起来三十岁的样子，像个成熟的女人。

"你还不吃吗？都快凉了。"

"我吃。"

叮的一声，她放在桌子上的钥匙掉在地上了。这时候，如果一个男孩弯下腰捡起那串钥匙，先是矜持地笑一下，然后把拳头在她面前慢慢展开，那串钥匙变成了一枚钻戒！他绅士般微微弯腰，上去……不，我想得太美好了。

"你一个人想什么呢？"

"呃……没什么。"

也许她不属于《恋爱秘籍》中的任何一类。

"好吃吗?"

"嗯。"

我的视线只会短暂地停留在她身上不到一秒钟,这样的停留对任何事物都是平等的,天花板、地板、窗外的马路、每一个行人,无论对着一个女人发呆还是对着木头桌子发呆,都与他们本身无关,我只是有点无聊。

她始终没有注意到我,她喝醉了。即便她看到我会怎么样呢?她弯下腰去捡那串钥匙了,头发轻轻地散开,胸脯前出现一道浅浅的阴影……

我等了很久,她没有正眼或是斜眼看我一下,但我总觉得她能看得到我,而且她早就注意到我了,这种错误的感觉很强烈。

我妈说:"快点吃,吃完下午还要输液。"

"嗯。"

也许,她会像我在火车上遇到的旅客,见一面之后就消失了。我对她一无所知,她住在哪,她在哪里工作,她为什么会给我一种不一样的感觉呢?

"快点吃吧,都在这待了快一个小时了,好不容易才和医生说好让你出来的。"

她无所顾忌地举起整个精致的墨绿色酒瓶,刘海随着重力自然向两侧散开,露出更完整的脸,一股暗红色的液体就从瓶中一点点进入她的嘴唇,她的喉咙有节奏地跃动着。

"嗯……"

我妈还在不停地催我,眼前的她越来越模糊了,阳光也越来越让我晕眩。我原本以为眨眨眼她就会消失,但她变得有些清晰了,很快又模糊起来。阳光像是一层纱,始终让我看不清。

"不好吃吗?还不舒服吗?"

"不。"

油腻的甜奶油和咸硬的鸡肉混在一起,并不好吃。

005

"走吧，吃完了就走吧。"

我和我妈迅速地从那里出来了。

二

下午我一个人待在病房里，病房里摆设很简单，白色的单人床，刺眼的白炽灯，灰色的立柜，洁白的墙壁，我感到有点无聊。她到底是一个什么样的女人呢？现在在哪？她也许是一个老师，也许是一位女白领。不，她只是看起来有点成熟，她更像是一位有几个孩子的市长夫人。

她确实很漂亮，可这再普通不过了，走在大街上总会有这样的女人，可她们之间的区别到底在哪呢？

也许是因为我只见到她一次，她很神秘。她如果是一个我每天都要见到的同学，我了解了她，知道了关于她的一切，那我就会厌烦她，并把她归为俗世一流。

我以前也曾觉得有些女生很漂亮，也会这样猜想关于她们的事情，可那是喜欢吗？它与今天的感觉相同吗？我也许应该多读点书，多看点电视剧。不，我应该想想回到学校后该如何应对那些要补的作业，毕竟后天我就要回去学校了。

不，明天中午再去一次，和医生提前说好，我的病是我的眼睛视力下降，畏光，因此才视线模糊。不过我现在已经可以出院了。

"来吃饭吧！你明天就能出院了。现在头还昏吗？"我妈问我。我没有注意到，我爸和我妈这么快就提着盒饭从外面回来了。

"哦。"

我妈说："我俩买回来了，我们三个人就在这儿吃吧，把旁边的柜子搬过来。"

我爸进来一句话都没和我说，他的话很少。这会儿他拿着饭盒，低着头，绷着脸，仿佛捧着一份成绩单。

我和我妈搬着病床旁边的柜子，把它放在中间当作饭桌。我妈脸色发黄，眼睛虽小，却很有神，而且什么都看得仔细，头发只是盘起来然后卷成一个小球，嘴唇有点干枯，个头和我一样只有一米六五，可她非常有力气。

我妈说："已经确定你明天下午就可以出院了，明天中午我还会来的，你爸就不来了。"我们开始吃了，菜是青椒炒肉和红烧茄子。

"不，你明天别来了。"我说。我爸埋头吃饭，不说话。

"怎么了？"

"你们……明天不上班吗？"

"上班，我可以请假。"

"你别请假了，我自己就行。"

"不行，明天我怎么也得来，还得办手续。"

"不用了，我想自己试试。"

"那就给你留点钱，你一会儿和他说说怎么做，让他明天自己办吧。"我爸突然说话了，声音低沉。他的脸色发黑，额头上总是有几道很深很粗的皱纹，平时不太明显，抬头看人时就会堆在一起，像涌过来的波浪。也许是因为发际线向后推移得太快，他的脑门很大。他的身子虽然矮小，但看起来非常结实，小肚子微隆。

"你怎么能让他一个人做呢？"我妈说。

"现在的孩子都这样，本来在学习之外就应该锻炼一下，他们现在觉得自己长大了，能办这些事情了，正好，让他自己做吧。"

"不行，我不放心，还是我和你一起去吧。"

"我自己就行。"我说。

我妈说："好吧，那我就不管你了，你自己多长点心眼儿，仔细看好了……"

"嗯。"

饭菜挺好吃，我妈一边吃饭，一边好像在思考什么。过了一会儿，她说："我觉得应该给他补补课，他少上了好几天课，你上次开家长会的时候老师不是说正在开办补习班吗？"

我没说话。过了一会儿，我爸说："嗯，有的，但还是算了吧。"

"怎么就不补了？这事都说了好几次。"

"他能把课上那些学会就长进很大了，他不需要额外多学。"

"这也不算多学，他又不是提高，他就是耽误了好多课程。"

"你问他愿意吗？"

"不了，没用的。"我的声音很小。

"补课也是对你有好处的，都和你说过多少次了，嘴还犟，我们当初最后悔的事情就是没好好学。"

"你看他根本就不想补课，我们给他补课又有什么用呢？"他搛了菜放在嘴里，嚼了嚼，嘴角沾着油渍，嘴里的食物碎屑以及唾液随着声音喷出来，在灯光下闪闪发亮。

"是吗？我还是觉得给他补补课会好一点。"

"他根本就不是那块料。"

补课的费用并不低，我爸也从来没有放弃我的学习。

三

第二天中午，出院的所有手续都已经办了，我还是一个人来了餐厅。中午十一点，我坐在最中间的位置上，以便能够看到所有人的状况。我没有和医生说我要出去，下午医院的医生两点半才上班，办完手续直接去上课。

夏天的中午，整个餐厅有一种让人不愿意说话和活动的闷热，透亮的大窗子让所有的阳光照射在暗褐色的木地板上，餐桌是暗色木制方形的，两侧的白色皮质沙发可以坐四个人，白色天花板上五颜六色的吊灯在阳光下闪烁着明亮通透的浅色光。星期一的中午这里只有零零星星几个人。

当我感觉无趣的时候，我会去看窗外的街道或者那些进出快餐店形形色色的人，这里远远要比在教室所看到的景象丰富得多。有些女人化妆得并不精致，脸上的粉呈现出颗粒状，整张脸显得油腻发亮，与脖子不是同一肉身似的；有些女人总是把脚脖子露出来，显得小腿很细长，不过她们的脚后跟有点糙黄，好像被什么烘烤过一样。

那个女人，说不定也会像电影里那样，故意迟到。说不定她现在正在家里打扮自己：她打开自己的衣柜，看着无数的裙子与短袖，犹豫不决，穿上这件，照照镜子，觉得不合适，摇摇头，又把几件衣服拿在手里，站在镜子旁比来比去，最终皱着眉头还是定不下来……

可这个处于繁华市中心的快餐店又有多少人会来两次呢？也许她现在正坐在回家的火车上，或者上班的城际列车上，她勉强靠在又脏又硬的座椅上，闭上眼睛，本想在火车上小睡一会儿，可火车太颠簸了，还夹杂着不停歇的噪音——咚咚咚，使她难以入睡。她脸色苍白，眼睛看着窗外的雪景，深深地叹了口气，那些白色水汽清晰可见。她感觉脚底下的冷气吹得她受不了，哆哆嗦嗦，蜷缩成一团。旁边的一个四十岁的大胖子已经睡着了，他压在那个小桌子上，身体占了大部分的座椅，还发出鼾声。她无奈地看了看表，才十一点半，距离目的地还有四个小时，遥遥无期。她突然又想到了自己的工作单位，她又……可这是夏天！

奇怪的只有自己，我为什么宁愿花一个中午在这儿遥遥无期地等待呢？这种等待的感觉已经非常熟悉了，已经不再厌烦了，我在等什么呢？可我即便等到了又能怎么样呢？也许，我只是有点无聊，仅此而已。

当我回过神的时候她已经来了。她还是坐在昨天同样的位置，正对着电脑敲字，她的笔记本电脑是白色的。她的样子仍然模糊不清，强烈的阳光洒在她周围，白色笔记本和旁边的透明玻璃杯更加刺眼，把她真实的样子禁锢起来。我越是执着，时间越久，景象反而越是模糊。她脸上没有明显的粉，呈现出皮肤最自然的颜色，介于淡黄色和白色之间，脸颊上还有几个很小的点，是淡黄色的斑，很不起眼。灰色的西装几乎没有明显的褶子，略带条纹，在阳光下显得干净。里面穿着白色的衬衣被撑得满满的，解开了三个扣子，仅仅露出三角形的胸脯，袖子挽起来，露出两条赤裸裸的手臂。桌子上放着一颗苹果，还有一杯饮料。今天我坐在她的正对面，距离她仅两个桌子之隔，我看见了她的正脸。她微微低着头，头发遮住脸颊的轮廓，我甚至觉得自己可以看到她嘴唇上的细纹……

她的脸上满是阳光，她的精神似乎全都集中到眉心一点，紧紧地绷着，随着阳光变幻角度。她偶尔转动身子，当阳光侧着照射，光影在她脸上对比鲜明，左边明亮，右边却沉沉地暗着，脖子上的筋在光影下变得明显。一只眼睛变得无神，仿佛盯着我，又仿佛在看别处，也许是在强烈的阳光下失去了生命，变得涣散，无法聚焦。另一只眼睛笼罩在阴影中，它又在看哪里？

也许阳光照射到她不该照射的地方，她和昨天的样子有相似的地方，但又少了些什么很重要的东西，有时候我觉得是那悲伤的眼神。

周围已经有人用眼睛斜着瞟我，当我注意到他们的时候，他们的眼神就迅速移开了，或只是把我当成一个不正常的人，毕竟我此刻还穿着病号服。

我闭上眼睛，周围的声音仍然杂乱，脚步声，聊天的声音，轻音乐的声音……我仔细闻，好像可以闻到她的体香。她距离我更近了，窗外的阳光晒在她的脸上，其实也晒在我的脸上……

当我再次睁开眼睛，她仍然像我闭眼之前的那样，只是看着电脑，一动也不动，手指偶尔滑动一下，也许那里才有她的灵魂。周围的一切都在动，坐着吃饭的人不停抽动的嘴唇，那些服务员的小碎步，不停变换的音乐旋律，光影也在不停变换方向，她永远只是静静地，在那里。我似乎也像她一样，静静地，可我在不停地想：她在想些什么？

也许在想工作上的事情，她偶尔眨眨眼，只是那么一瞬间，短到连我自己也不能确定她是否刚才真的眨眼了。

她在写什么？也许我可以帮她。可她面无表情，脸上带着高傲，给我一种距离感。她并不像一个活生生的丰富多彩的人。她并不说话，并不喜欢发牢骚、喜欢笑、喜欢哭……她就像一张油画，一道静谧的彩虹。她虽然就坐在我对面几米之外的地方，不知道为什么，我却觉得距离她很远，远到她永远也看不到我，即便她抬起头来……

过了一会儿，她拿起了苹果，她的大拇指和食指轻轻捏住苹果的两侧，手掌其他的地方都不愿意碰一下苹果。苹果的皮碰到了她的嘴唇，她的嘴唇慢慢张开，慢慢地吮吸着苹果的全身。那嘴唇里的唾液滋润着苹果，牙齿轻轻地压在苹果的表皮上，微微用力，苹果的汁液就忍不住流出来了，汁液与唾液混合搅拌在一起，她吮吸着，一部分留在嘴中，另一部分仍然留在那颗苹果的缺口处。

她一定在这附近工作，这已经是我第二次见她了。她只在这儿休息一会儿，一到下午就去上班了。下午的课我不去上了，我想知道她去哪里了。

我一直在等。在两点十分的时候，她开始收拾东西，动作干净利落，收拾完就走了。

那颗只剩核的苹果被她扔进垃圾桶里了，那个布满她的唾液与牙印的红色苹果，现在已经满身都是黄褐色的口子。那个喧闹的快餐店也空空如也，没有什么值得我留恋了，除了那个苹果、那个座位，只有它们还留有她的味道。我得快点走了，趁还能看见她的身影。灰色的西裤裹在她腿上，她脚步急促。

我正要走却发现她的一支笔和一本书丢在椅子底下，笔是黑色的中性笔，书是《少年维特的烦恼》。

我一直跟着她，她的单位距离一楼的快餐店很远，十五分钟她才进了一栋十层楼里面。相比较这个热闹市区的其他建筑物而言，那栋楼确实感觉有点陈旧，不过用我妈的话来说，是属于"非常值钱"的那种。我妈总是一边走在大街上，一边看着那些城市边缘的旧楼——我们自己也是其中一住户，脸上洋溢着满意和幸福，就像看着她的结婚戒指，说一句："它们的升值空间非常大，要是拆迁一定能卖大价钱！"要不是我生病，我妈几乎不会来市中心，因为我家距市中心坐出租车需要半个时，如果是坐公交车那就更久了。我在本市一所普通的中学上学，我妈在一所小学当图书管理员，我爸在企业当司机。

她走到了一楼左侧，等电梯。我想和她一起上去，想在电梯里把笔和书还给她。

 | 011

我们等了一会儿电梯才来。有十几个人等电梯，年轻的，年老的，男的，女的，都穿得花花绿绿。在这样一个不到十平方米的空间里，站了十二个人，一个个突兀的陌生面孔突然距离自己这么近，变得这么大。她侧对着我，我只能看到她的长头发，以及偶尔会露出来的耳朵。她对着墙壁，不愿转过身来，我也很讨厌和陌生人挤在一起。她的手指头紧紧地攥着包的带子，我可以清楚地看见她的发髻、她的耳朵，以及藏在她耳朵旁边头发里的一颗黑痣。

我不知道她能看到谁，也许她谁也看不到。她只是吸引别人，却从来不做回应。也许她只是很疲倦，工作太累，中午没睡觉……

她在十楼才走出电梯，我跟了出来。

她打起精神，挺直了背，进了左边办公的地方，右边好像也是一个办公区。门口没有保安，我进去了。办公区看起来简洁，并没有我想象的那样：她可能是世界五百强企业的高级员工，办公楼有五十层高，灯光明亮，大理石的地板，发亮的烤漆木桌子，有质感的皮沙发，长长的铺有毛毯的走廊。她是一个普通的职员，公司里人还不少，大多都是二三十岁的年轻人，他们或是安静地坐在自己的隔间里，或是三三两两聚在一起聊天。

"你是？"有人拍了一下我的后背，我转过身来。

"你是谁，怎么进来了？"一个陌生人说。

"我是送外卖的。"我用坚定的眼神看着他。

"你的工作服呢？你怎么能直接进来？"

"有个人拿了外卖却没给我钱，我很着急，就直接冲进来了！"

"好吧，不过请你拿到钱就离开。"

"我也不愿意待在这儿。"

他说完就转身走了。

到了两点半上班的时间，这里突然变得安静了。整个长方形楼层里摆满了小型办公桌，蓝色挡板隔出几十个狭小的空间。阳光肆无忌惮地照射在塑料的挡板、桌上的文件和地板上，人们的衣服和脸，被烤得很热。这里的通风并不好，闷热的空气无力骚动，只是不断地聚集，静静地压抑着所有人。大家都只是低头，盯着电脑屏幕，只能听到敲击键盘的声音和零星的脚步声，没有人管在角落的我。这种环境比我们上自习的时候还要安静，还要压抑，我宁愿听老师讲课，也不愿意待在这里。我的汗渗出来了，我要走了。

当我正要走时，却再次看见了她。她拿着两个纸杯，分别递给两个人，其中一个中年男子后背很宽，背上的肉挤满衬衣，形成好几道棱，他的脖子很短，头发很短，耳朵上架着眼镜，袖子挽起来。他背对着我，他的正面会是什么样的呢？也许他极为油腻，在太阳光的映射下，他脸上的那层肥肉和薄薄的油都会像钻石那样亮晶晶的，很大的肚子顶在办公桌上，裤带勒得很紧。

她只是微笑一下，一个非常标准的笑容。我眼睛里充满了透过窗户射过来的阳光，最近天天都是晴天，几乎没有刮风下雨……她的脸突然又枯萎了，充满淡漠与疲倦。她朝着另一个隔间缓慢地移动，又给好几个人都端去了水，每次递杯子时，都挤出一个僵硬机械且带有敷衍的笑容。

她在给几个男人送过水后，便坐在了自己的隔间里。我只是看到她的背影。在阳光下，有光泽的长头发把她的侧脸遮得严严实实。她的背挺得很直，偶尔会放松一下，可很快又挺直了。她的手指一直在敲键盘……

不能再看了，我真的该走了。

四

我虽然离开学校仅仅几天，可还是会觉得不适应，而且这种不适应非常熟悉，也许我的病还没有彻底好。窗外强烈的阳光笔直地照射在我的眼睛里，不时地闪烁着，教室如同一个透明的大缸，里面的水温不断加热，我呼出的透明气泡零零星星地不断向上，沉重的身体不断向下沉，早已失去知觉，但眼睛仍然看着缸外的世界在水中变了形状，时而随着波纹变得弯曲。窗外无声的世界安静得可怕，向下沉，向下沉……

教室不透亮的脏玻璃是灰色的，上面总是蒙着一层洗不干净的灰尘，大量的灰尘颗粒紧紧聚集在一起，形成了一层纱。天空也是灰色的，云也是发暗的，苍翠的杨树、柳树也略带灰色，有一种时间空间的距离感，遥远，古老。

在阳光的照射下，大量的灰尘飘浮在教室的角落，也像镜子一样会反射太阳的光辉，并且永远也不会沉下来。老师的嘴巴不断张开合上，在那些不太整齐的黄褐色牙齿间，有无数细微的小水珠从中喷出，形成一层弥漫开来的水雾，在阳光下短暂地闪耀后，一部分与灰尘混为一团，一部分慢慢落在地上，一部分落在书桌上，也有一些落在学生的头发上，大多数人对它们视而不见。

"英语学习委员袁华发烧请假了，今天的英语作业就交给李瑾文吧。"英语老师在讲台上说。

"袁华请假了？她感冒了吗？发烧？是她自己请的，还是家长帮她请的？这种理由太假了吧，难道老师会信？"王浩对张跃然说，他对这种问题很关心。

"别管那么多，她请假了，我们今天终于可以轻松点了。"张跃然回应他。

"她总是一大早就把作业收起来交给老师，一点补作业的时间都不给人。"王浩又和张跃然说。我们在学校的时间很长，但有一些时间是宝贵的，早自习是睡觉和补作业的时间。

"她这个人有病吧？她帮着老师把我们这些不写作业的抓住有什么好处？老师会给她提前透露考试题，还是说抓住一个人就给她奖励多少钱？典型的损人不利己！"王浩回过头来对我说。张跃然继续趴在桌子上埋头玩手机。

"她一直就那样。"我告诉他。张跃然和王浩是同桌，而我和王骏就坐在他俩的后面，我们四个是朋友。张跃然和王浩很喜欢说话，而王骏话很少，总是坐在座位上思考什么。他现在睁着眼睛呆呆地看着前方，双手交叉自然下垂。这也许一种偶像包袱，不过他不喜欢看偶像剧，不谈恋爱，偶尔和我们一起去网吧打游戏或去操场打球玩时，他依然很少说话，仿佛那些热闹和他无关。他的天性也许就是那样。

"她的作业写得不怎么样，还不给别人抄，也不让别人抄，喜欢做这种损人不利己事情的人一定心理有毛病。"王浩一边对我说，一边往嘴里塞薯片。他很能吃。

"她们不是一直都这样吗？你还没习惯吗？"张跃然回应王浩。张跃然很注重自己的外表，我觉得他的长发很帅，简直能和美男花泽类能媲美，刘海轻轻地盖住额头，那多出来的几缕头发似乎也会轻轻遮住眉毛和眼睛的一部分，显得眼神迷离。他的眼睛很小，但个头很高，清瘦。

王浩对我说："好吧，我真是受够她了。要不是她，我每天也不用早来十分钟先把数学作业写完。而且，你知道吗？老师都特别信任她，你知道我帮你请假的时候发生什么了吗？"

我在写作业，很忙。我在医院待了一个礼拜，有些作业需要交。可我即便不生病，又为什么要写作业？

"不知道。"我回答得简单，抬起头来看了他一眼。他很胖，那张硕大扁平的圆脸对着我，突然间有点吓到我了。他的脸很白，两腮的肉很松散，但不至于耷拉下来，眼睛很小，眉毛很浅，头发很短。他喜欢吃零食，也经常分给我吃……我在抄作业的时候这么走神，字会斜着向上或者向下，甚至会上上下下歪歪扭扭。不过即便交作业了，老师也不一定会看。

"当我告诉老师说，你因为感冒而请假的时候，你知道吗，那时候我可是非常严肃的，就像老师骂我的时候那么严肃。可当老师一听到请假理由的时候，表情很无奈，一脸嫌弃我的样子。上课了，班长把作业交给老师说只有你没交的时候，老师就立马刻意大声说，你因为感冒请假了，那声音阴阳怪气的，就好像在嘲笑你。全班同学突然大笑起来，仿佛配合老师演一出愚人剧。"

"那本来就是嘲笑，王浩，没发现你还挺有幽默感的。"张跃然忍不住直接说了出来。

　　"嗯。"我说，"我已经习惯了。"

　　"王浩，当全班同学都笑的时候，你笑了吗？"张跃然问他。

　　"我没有。"

　　张跃然忽然严肃地看着他，可王浩忍不住突然扑哧一声笑了出来。张跃然也笑了，他的小眼睛几乎变成一条缝，同样很小的鼻子和微微凸出的嘴皱在一起，瘦弱的身体因为笑而颤动只猴子。

　　"我其实真的不想笑，只是那时候大家都笑了，笑声就像流行感冒会传染的，我坚持了很久，但最后还是没忍住。"他对我说。

　　"我虽然笑了，但我心里是同情你的，这你应该明白，咱俩，谁和谁啊！对吧？你也知道，这不是我第一次帮你请假了。以前帮你和老师说的时候，老师还多少会有些生气，恨不得把我也骂一顿。请假真的很危险，尤其是帮你请假，我每次觉得像闯关似的。"

　　"你说她是怎么请假的？王浩。"张跃然问他。

　　"老师就这么说了一声，我哪知道。"

　　"为什么她感冒请假老师就信，我请病假老师就不信？"

　　"张跃然，你请假的次数太多了，你总是感冒、肚子痛、发烧，然后每次等你来了，都见你活蹦乱跳的。"

　　"那都是我好了才来的，难道我要病快快地来上课吗？"

　　"你看李瑾文什么时候都是那么腼腆，话很少，很文静，什么时候都像病没好一样，况且人家也很少请假。"

　　"王浩，我请假有时候是去上网了，难道李瑾文每次都是难受得要死才不来吗？她就不会因为早上起晚了，或者突然不想去上课，假装很难受的样子和爸妈说自己不去上课了？难道她就不喜欢玩游戏吗？我就不信女的不喜欢玩游戏。她也一定会偷着玩，会去买衣服，或和同学去看电影等，她应该也和我们一样吧？"

　　"我觉得……张跃然，这大部分……都是你自己想出来的，我们和她就不是一类人，说不定人家学习的时候就像我们打游戏那样高兴，当然我也不了解她。"

"怎么又扯到她身上了？多没劲！我们下课聊点别的不好吗？"张跃然抬起头来说，他不再玩手机了。

"不过，我跟你俩说，她请假会使用一些极端的手段，比如装病。我在家装病，我爸妈一眼就能看出来，每次都会被揭穿。像她这种天生就像有病的人不装都很像。"我一边说一边设想这些神秘人的生活经历与个性，仿佛写一部小说。

"比如，可以让商店的大妈来冒充家长给老师打电话，只要在那个商店多买点东西，她就肯定帮你。"我继续说。当然这些假设有一部分来源于我自己积累的经验。他俩在我面前说话有点影响我写作业的效率，可我不得不听。

"最关键的还是老师，有些人无论谁给她请假，无论说什么，老师都信。"王骏只是轻描淡写地说出了这么一句话。

随着铃声响起，上课了。我抬起头来，看到语文老师兼班主任王建国站在讲台上准备上课了。上一个班主任是英语老师，教了我们一个学期，他叫什么来着……不过王建国也不会待很久，王骏好像之前就认识他，当然具体原因我不清楚。

王建国年龄很大，脸上都是褶子，皮肤黑，稀疏的头发掺杂着白色，整整齐齐的，眼睛因为年龄太大而陷了进去，整个人看起来倒是很和蔼……

"咱二十三班的水平高低并不取决于数字，而是取决于你们，我知道大家对于学习呢，都是非常热爱的，只在中考的时候呢，自己涂卡涂错了几个，或者是那天正好感冒了没吃饱，或者是拉肚子了，也有可能是那天运气比较差，对嘛！看了黄历上说那天不宜考试！"班主任说。

"哈哈哈……"全班人都笑了起来。他身后的黑板仍然没有擦，上面写满了数学符号以及同学的涂鸦，整个黑板被占得满满的。黑板两侧贴满了乱七八糟的告示、课程表、文件，也许它们贴在那太久了，都已经变皱了。黑板上面贴着几个崭新的红色大字：艰苦奋斗，卓越超群。

"无论如何,那些……都已经过去了,既然已经都过去了……我,相信大家是非常有潜力的,是金子总会发光的。大家呢,之前没发挥好没关系,只要在现在这个阶段好好学,对自己有信心,总会脱颖而出的。大家千万不要破罐破摔,觉得自己来到这个班级就绝望了,就自暴自弃,那样的话,即便是天才,也会夭折,就像那方仲永。当然呢,大家学完《伤仲永》这篇文章,可能快忘了,不过,有人提前预习今天的课文了吗?"

"呃……看来是没有……大家可能预习得没有我想的那么快……"

我自己居然听得这么认真,也许我只是有点无聊。在学校,我是学生,学习是我生活的一部分,即便我不听又能做什么?也不能出去,况且出去了我也不知道自己能做什么。

"家长对于你们是最着急的人,他们会选择补课,买辅导书,说不定还会骂你们,你们也没必要生气,因为这些方法不管用。大家千万不要跟别人比,尤其不要和前面的班级比,或者和你们邻居小孩比,每一个人都是不一样的,重要的是改变我们自己,我来给大家讲一个温水煮青蛙的故事。"他说话的时候表情丰富,"这个故事,非常简单,意义深远,值得我们每一个同学记住它,假设现在有一盆刚刚烧开的水。"

台下没人配合他,也许他是一个不错的老师。我喜欢语文,至少目前来看……嗯……我不讨厌他,但对他没有任何特殊的感觉,没有什么特别的感情。

"它放在哪儿?"底下的同学有人在说。

"嗯……就假设它放在讲桌上吧,别问盆是什么颜色,什么材质的,这不重要。重要的……是它刚刚烧开,水温有一百摄氏度,冒着气泡。这时候,假设我们有一只青蛙,我们把它扔进这盆水里,大家猜会发生什么呢?"

"热水会溅出来!"

"哈哈哈……"同学们都笑了。

"对，热水确实会溅出来，回答得很好，我刚一发问就能回答，说明大家的反应很快，思维敏捷，一看呢都是个好苗子。但可能大家在思路上还有欠缺，稍微有点偏差。正确的答案就是青蛙会立刻跳出来，这个青蛙和我们人一样嘛，对不对？它感觉到，哎呀，好烫好烫，就一下子跳出来了。"

他脸上的笑容很僵硬，别扭，但教室里一片安静。他停顿了一会儿。

"现在又有另外一种假设，就是假设有一盆冷水，底下有火，我们用火一点点把水加热。用这个酒精灯，一点点地把水加热，对了，忘记了，要提前把青蛙放进去，要在点燃酒精灯之前，把青蛙放进去。"

"那只青蛙不是蹦走了吗？"

"哈哈哈……"

"这是另一只青蛙，大家的问题意识虽然很好，可最好不要在老师说话的时候打断老师，这样是不太礼貌的。回归正题，我们把酒精灯放进去……青蛙！把青蛙放进去，然后把酒精灯点燃，会发生什么？我就不提问了，水温一点点加热，这只青蛙反应迟钝，它感受不出上升的水温，当水温再次达到一百摄氏度的时候，它就被烫死了。为什么同样是一百摄氏度的水温，第一种情况下，它跳了出来，而第二种情况下，它就被烫死了？有没有人愿意回答问题？举手站起来回答。"

没人回应。

"非常关键的一点，就在于这只青蛙对于水温的感觉，当青蛙直接感受一百摄氏度水温的时候，它会跳出来，但当水温一点点上升的时候，它就无法感受，就像我们洗澡一样，对吧？一开始觉得水很烫，可慢慢地就觉得没那么烫了。我们一定要养成一个好的习惯，你每天玩十分钟手机，另一个人每天把这十分钟用来听英语听力，看起来似乎只有十分钟，但久而久之，你们之间的差距就会越拉越大。一年三百六五天，一共是三千六百五十分钟，将近是六十一个小时。每天玩十分钟的手机，好像没什么感觉，可不知不觉对游戏越来越上瘾，心思也离学习越来越远了。因此我并不要求大部分人一天学习十个小时，我也不会说这种话，大家就先每天坚持听语文课，这个大家都听得懂，我也尽量讲得有趣些，其实大家只要认真听，就会觉得时间过得很快。"

是有那么几个人热衷于学习，那几个人都不爱说话，就坐在前面。但大多数同学和我一样，都在看着表，等不及下课了。可惜下课之后还会有另一节课。以前快到了期末考试的时候，我们还会刻意找一个表倒数计时。

老师长叹了一口气。

张跃然说："哎呀，王浩，你这假装认真听课的样子，我差一点就相信了呢。"

老师出去了，班里面躁动起来，乱七八糟的声音混成一团。

"我本来就在认真听，张跃然。"

张跃然说："一会儿放学后，我们去'多多网吧'吧？"

"干吗？张跃然，又去打游戏？"

"我去不了。"我告诉他们。打游戏现在是我们打发时间有限的方式之一。

"张跃然，你都几天没打游戏了，技术肯定没我的好了。"王浩说。

"我才不会输给你！只是我昨天下午才和张涛一起去了网吧，晚上又去了KTV。"

KTV我一次都没有去过，我很想去一次。

我问张跃然："你确定你说的那个网吧不需要身份证？"

"当然了。"

"不会玩着玩着突然又有警察进来检查吧？"

以前，我被警察逮住过，回去被我爸妈狠狠整治了一顿。

张跃然说："王骏，你去吗？"

"不去了。"

"那行。"

每一次他去了，玩得不怎么高兴，也许他的零花钱少，真的很少见他买东西，也不知道他把钱花到哪里去了。我把差的作业全部补完了，收我们作业的人就坐在我们这一列的第二个，而我在这列的第八个，最后一个。整个班级六列八排，整个座位都是严格按照每一次月考成绩来坐的。

她背对着我，埋着头，正在写着什么。我并不想跟她打招呼，她的头发有点干枯，短马尾在阳光下倔强地上翘着，一只绿色发卡像守门员一样紧紧地卡在马尾上部。她皮肤细腻，弓着的背显得那么瘦弱，松松垮垮的校服勉强裹着她的身子，好像随时会掉下来一样。她的侧脸露出来一点，眼睛呆呆的……她好像还有什么事儿没完成，周围已经吵起来了。

下课后，我带着书和笔飞快地冲出教室。我想去市中心的那个餐厅，时间有限，中午十二点十分放学，下午两点半上课，中间总共一百四十分钟。她若没来我就走，下午还要上课，绝对不能迟到，否则中午不回家被爸妈发现了，他们一定会起疑心。在那个餐厅点一杯最便宜的饮料，我身上带的钱还是够的。

五

快餐店还和往常一样，中午的人流在窗外的阳光下熙熙攘攘，陌生的他们穿梭于城市中，不时会有人进来，我对他们进行一一确认，以免错过她。餐厅仿佛每天都是全新的，虽然桌子、椅子、天花板及所有的装潢，还和以前一样，然而无数的陌生人来来回回，让我始终有一种陌生感。

她经常待的那个角落仍然空着，被阳光晒得暖暖的，仿佛那个位置是为她一个人留着的。我仍然坐在老地方，那本《少年维特的烦恼》静静躺在桌子上，它和我一样在等待。我喜欢等待未知的新鲜事物，我期待着……

她水润的眼睛正看着我，她的嘴动了，可我似乎听到了她温柔的声音。她站在我对面，大腿靠在桌子上，大腿上留下一条浅红色的印，黑色纱裙上系着一条橘红色的细皮带。她上身穿着白色衬衣，衬衣不算太紧，胸部的轮廓若隐若现，胸前解开了两个扣子，V形的领口……她的脖子纤细，皮肤细腻，她的下巴……

我的眼神从她身上挪开了，她在我的对面坐了下来。

"你的名字是？"

她的声音似乎很短促，空灵。

"我叫……"

我的视线渐渐从一张张陌生模糊的脸上移开，慢慢地，转到我座位的对面，想要转到她的脸上。

可当一张张陌生面孔渐渐消失，当灯光混合着窗外刺眼的阳光渐渐清晰起来，时间好像一个个片段闪过，我的座位对面其实空空如也。周围人们聊天的声音，服务员忙碌的脚步声，手机发出的声音，渐渐清晰起来，我终于从我的幻想中醒了过来。我还是我，我还是一个人坐在这里，面前放着一杯满满的可乐，它的气泡已经消失了。

我又一次下意识地朝周围仔细看了看，只不过是无数张陌生的面孔，他们的图像在我的脑海里转来转去，经过仔细而严密的分析却没有任何结果。她没有来，她也许不会再来了，她只是留下一个稀疏模糊的影像，不久这个影像也会随着时间流逝而消失得无影无踪。

这种感觉不错，这不是在焦急等待糟糕的成绩，也不是在逃课被爸妈发觉后回家路上的焦虑不安，这是一种期待，只要没有真正遇到她，保持这种心情似乎并不坏。这无聊透顶的生活有那么一点点期待，带着这种感觉去上课，至少也不会太无聊，不用看着老师那张严肃的、老化的、布满皱纹的苦瓜脸，听他念紧箍咒经文，不用坐在那把狭窄憋屈的破旧椅子上感受教室里那股混合的独特臭味，以及永远挥之不去的弥漫着的灰尘颗粒。也许对我而言，仅期待这种感觉，就足以换一种面貌去面对生活了。

六

"大家抓紧做吧！"老师说。

这周五整个高中二年级组织了义务劳动。我们在城市边缘的村落，眼前是大片黄色的荒地，不远处有一片连绵起伏的荒山，山底下零星地点缀着几个破旧的矮房子。我站在一棵树下，仰头向上呈四十五度，整个黄色的光球毫不收敛它的光芒，天很蓝，周围的云都躲得远远的，但大块大块地连在一起，很厚重，仿佛一整块健硕的希腊雕塑群屹立在天边。天上偶尔会飞过一只鸟，渺小得看不见。我闭上眼睛，想象自己假如是那一只鸟，会看到什么。但我不敢继续，只是抬头看着蓝天，想象着高空中凌厉的风声，恐惧扑面而来。写作文的时候为什么从来没想到这么多高级的词汇和比喻？那是编的，像老师说的一样，只要有真情实感，只要是亲身所见所闻，就一定会写好的。

那些随行的女老师都已经不知道去哪里了，仅仅能看见两三个男老师走来走去，他们偶尔会拿着喇叭说一两句，装模作样地对学生指指点点。

这总比上课要有趣。我蹲在有阴凉的地方，天气这么热。刚才班主任带着我们一起过马路，我仿佛突然回到了小学二年级。那时放学老师会送我们很远的路程，看着同学一个个被父母接走，我爸妈没时间来接我，我也不需要。我会经过一条小巷，听到口琴的声音，可是怎么也找不见人。每次听完一首曲子，我才回家，然后对我爸妈说我自己又主动留下来打扫卫生了，那时候爸妈相信我。我在巷子里围着笛声打转，不断接近再疏远。有一次，我走累了，弯着腰停下来休息，发现一个女孩儿站在阳台上吹口琴，她穿着蓬松的暗红色毛衣，瘦小柔弱的身体藏在里面，一边吹一边看着我……

"你蹲在这儿，干吗呢？"

"哦，我休息一会儿就开始。"问话的老师头发稀疏的头顶布满了汗珠，闪闪发亮，脸上的皱纹在烈日下愈发可怖。不只我一个人闲着，

023

张跃然正和他的女朋友蹲在树底下聊天，两个人手里拿着一株草，不时晃晃手里的草。张跃然还是那么腼腆，声音似乎很轻，一会儿看着她，用眼神交流感情，一会儿看着远处山，装出迷茫的样子，眼神不停地游离，还偶尔刻意地晃一晃脑袋，刘海也会随着那节奏而轻轻摆动。他用手仔细地梳理一下刘海，留给她一个微微侧着的脸颊，偶尔露出戏谑的微笑。他似乎在深思，对零零星星的学生视而不见，眼神只是自然地滑过。

为什么我也认识那么多女孩儿，却很难像他一样真正地谈一场恋爱呢？

他的女朋友脸很白，化了妆，五官精致小巧，头发是黄色的，和发白的肤色很协调，灰色的牛仔裤紧裹着她细长的腿，露出白净的脚踝，上身是肥大的校服，却像是定制的情侣装。

我不知道王浩又躲在哪里吃东西，他那么胖，肯定做一会儿就累了。周围非常空旷，很多同学都没来，比如刘睿、王文晔、张雅敏，还有那个谁，很胖很矮的，学习特别好的。这种活动从来没见过她们一次，可能她们又躲在家里偷偷学习。我在心里说，你们随便学，放心地学，没有那么多人喜欢学习。

我们组的学习委员来了，她叫什么来着……对！李瑾文，她天天收我们组的作业，一个人默默做。她天生就喜欢独来独往，似乎感觉不到周围的人。她现在戴着一顶紫色鸭舌帽，只能看到她的半张小脸，一只手拿着一个黑色的大垃圾袋，另一只瘦削的手沾满了灰尘、泥土，纤细的胳膊好像随时会断掉，黑色的运动裤裤腿也沾了些泥土，有点长也有点肥大的裤子和破旧的咖啡色运动鞋把脚腕遮得严严实实。她是个无趣的人。

当然，有些人只是三三两两围在一起，坐在地上，两腿伸展，晃动双脚仿佛也把心事要晃掉。我有点无聊，决定往远处走。

我看到了王浩。我不能让他发现，我悄悄地靠近……他跪在这地上，脑袋使劲往地上钻，撅着的大屁股全是松垮垮的肥肉。

"你干吗呢？"我说。

他身高一米七，可他的腿看起来又短又粗，胳膊也是圆滚滚的，小腿就像圆柱形的垃圾桶一样，他最少有一百六十斤。

"你拍我屁股干吗？吓死我了。"他忽然把大脸转过来，脸上的肉轻微晃动，也吓了我一跳。

"你干吗呢？"

"我正捉蚂蚱，好不容易抓到一只，你别烦我。"

我尽量拉长视线，从他的身躯所堵着的地方窥视，有几只蚂蚁，还有一只绿色的蚂蚱，但都不一动不动。

"别看了，你先找别人吧，我一会儿再去找你，好吗？"

他又把脸和屁股换了位置，屁股上灰尘的形状倒像是一张生气的脸正怒视我。

我继续往前走，看到了女老师们。她们坐在小板凳上围成一圈儿，一边嗑瓜子，一边明目张胆地聊天，因为坐在荒野的制高点，随时可以监视我们。这些老师和我们有什么区别？她自己明明平庸到不能再平庸了，却像标杆一样要求我们听她们的话，然后成为和她们一样的人。那只会让我恶心，如果我像她们这样，机械循环度过闲散的时光，平淡乏味，那就没有任何意义，不值得期待。

可我该期待什么？我完全没必要把她们放在眼里，可除了她们，我眼里还能看到谁？我好像看到了王骏，他站在小山的山腰上，好像在画画。我向他挥了挥手，他也向我挥挥手，我向他走去。

王骏总是喜欢留犯人的发型，头发的长度不足一厘米，可以清楚看到头皮，不过脑袋上没有什么包。各色铅笔、水彩笔他都有，一上课他就画画。他的桌子上摆着高高的一摞书，正好形成一个画架，他把画纸靠在书上，耳朵里塞上耳塞，开始沉浸在绘画世界，旁若无人。我第一次看见他的时候，他就是这个样子。他的肤色有些发黑，脸很瘦，脸颊两侧的颧骨非常清晰，鼻子很挺，典型的瓜子脸。两条很长的腿蜷缩在那个小桌子下面，裤子非常破旧，膝盖的地方还破了一个小洞，鞋子看起来像是被许多人踩过一脚的样子，那些脏的痕迹重叠在一起。我怀着好奇，一点点地走过去，发现他正在画画。记得开学的第一天，他画了一个男孩的背影，男孩面对着快要落山的红太阳，脑袋正好挡住了太阳，周围全是光晕。男孩穿着背心和一条肥大的裤子，脚踩着地平线，手里拿着一张白纸，看不到脸，也不知道表情，只是站着，两臂自然下垂，是严肃地站着还是很懒散地站着，我记不清了。没有背景，颜色和构图也很简单，也许那张画还没有完成，但有那个男孩似乎已经足够了，我后来再也没有见到那张画。

此刻，他左手拿着一张画板，画板上面有一张纸，而右手拿着彩色铅笔画画。

"你快看那片云。"他用手指给我看，他说话的时候看不出他的表情。

他真应该买一个画架，就像电影里的那种，再带一个凳子，可以安安稳稳地坐着画画。不过，今天我们是来参加集体活动的。

"你看远处的那片云，感觉距离我们非常近，而且很白，很厚，非常有层次感、立体感，黑白灰对比也相当明显。"

他手指的方向，确实有一朵云和其他云不太一样，它格外的大，格外的厚，很有层次感。可画板上的那朵云彩画显得非常无力，和天上的几乎看不出是同一朵，毕竟彩色铅笔很难表现出一整朵云的立体感，尽管他正尽力表现明暗关系，运用浅黄色、淡蓝色、深蓝色以及留着的空白来表现这种美。

"我其实很想画素描……"他的神色有点失望，眉头紧蹙。

"画得还不错。"我说。素描也许对于他来说太难了，他以前也只是画一些人物速写或是几何石膏的组合，并没有老师教他，他完全靠自学。

"用水粉和油画会比较合适。"他的声音越变越小，似乎要消失在风声中了。他瞪着眼睛看着那朵云，眼神有些空洞、迷茫，仿佛那朵云跳进他的眼中四处飘荡，停不下来……

"你之前……"我话说到一半，却突然间被嗞的一声打断了。他把整张画都撕成两半，把那些画纸揉成一个团，我说："你为什么要把它撕了呢？"

"我没办法带走它，只能放在兜里，否则老师会发现的。"他好像跟我开玩笑，却自己先笑了起来。他继续说："风有点冷，我们下去吧。"

天上的风非常大，那朵云随着风飘，距离我们越来越远。

我们等了很久，时间过得很慢，像天空中的云朵变化那么慢。

"行了，再有半个小时就完事了。"一个年轻女老师说。她戴着一个大遮阳草帽坐在小凳子上，大墨镜挡住了她那张干枯得褪去青春颜色的脸。她的脸要比颈纹环绕的脖子白得多，脸上涂的粉薄厚不均匀，甚至会有很多明显的颗粒状，如同水彩画用力过猛了，让人窒息。如果没见过她长什么样的人，一定能想象粉下面藏着一张怎样恐怖的脸。有些大龄女老师在我们面前打扮得简直像个可笑的小丑，她们丧心病狂地清除岁月的痕迹，结果狼狈不堪。

不过，今天下午确实不像义务劳动，而更像是郊游，不光是我，大多数人有同感。老师也不再尖酸刻薄，他们睁一只眼闭一只眼，或者干脆两只眼全都闭上，和我们一起享受这个人很少的村落带来的宁静，当然如果能少来几个班这里就显得更静谧。太阳的光晕仍然让人头昏，风挺大的，这也许就是这里比有些闷的城市气温低几度的原因。我们和老师之间只有这种时候似乎有一种不言自明的默契，如果在学校也能这样就好了。

"大家平时在学校缺少锻炼，在家里也很少干家务，一定抓住这次锻炼的机会，这是一种不同于校园生活的体验。大家在捡垃圾种树的时候也可以体验一下乡村劳动的艰辛生活。"我们的班主任王建国老师说。他一个人走在荒地里来回围着我们转圈。他戴着一个大草帽，干瘪的脸没有一点水分，还有很多皱纹，因为没有话筒，没人理会他的话。他那黑色的衬衣、黑色的运动裤和浅色的凉鞋，全身着装倒是和村子里那些农民有些像，让我有些分不清了。

"大家如果真的对于今天的活动很有感触的话，可以写作文给我看看。"

没有人理会他，我们继续做我们的，互不影响。我倒是很想种树，可那只有高中三年级学生才能做。种树就如同我养了一只猫，我只要喜欢它，那我一定会照顾它了。不过那些野猫只有一部分才能摸摸它们的毛，大部分只能远远地看着它们。

"大家不用做了，可以吃点东西了，半个小时后我们回去。"班主任说。

这里没有食堂，我只能找王浩要点面包了。现在才四点半，虽然什么也没做，可好像哪怕只是晃悠晃悠，也会觉得很累，可我宁愿天天这样。其他人看起来很高兴，大概和我一样吧。我走进了一个类似于仓库的房子，里面光线不太好。

这里面黑漆漆的，仅仅能看到一个个模糊的黑影在窜动。王浩不知道在不在这，他还没有和那只蚂蚱分出胜负？可能他玩得太专心，根本没听到老师的声音。我借着光仔细分辨，张怡、刘钧昌、马乐、袁春……有些人的脸总是看不清，一束光从墙壁上高高的窗户外斜射进来，把整个大房间一分为二，我能看清的那些人恰好是在这束很窄的阳光之间。有很多漂浮的灰尘颗粒，顺着阳光向窗户口飘去，光束仅仅照在几个同学的身上，然后就到了地面。有一张熟悉的脸在光束下闪现，她的下巴、侧脸因光晕变得柔和，随着她变换姿势。阳光有时显示出她的眼睛和脸颊，也有时候会展示头发和额头，有时候她的脸从这束光中逃走了，仅仅留下无数悬浮的似乎凝结于空中不动的灰尘。她的目光一闪而过，在阳光下停留得太短暂了。所有的这些零星的碎片拼贴在一起，她是谁呢？她露出了她的眼睛，她不再动了，好像在盯着我看，她发现了我，然后转过头去，绿色的发夹在阳光下一闪而过……是李瑾文，她发现我后，就起身走了。

七

《少年维特的烦恼》没有还给她。它仍然放在我的书桌旁，绿色的封面，黑色的字体，里面的每一张纸都是新的，像锋利无比的刀片，可以在人手上划一个口子，一页一页地慢慢翻书发会出清脆的声音。书里夹着一支笔，可我在书上并没有找到手写字。她在那个餐厅总是那样坐着，她翻得很慢很慢，漂亮的手伸展开来，放在书上休憩，像是一只晨曦中缓慢爬行的蜗牛。拇指肚子轻轻按压在冒着香气的硬纸上，压在每页两侧的空白处，并且随着看书的进度一点点向下移动，视线不断顺着精致的字移动。也许只要我握着笔，就能找到与她阅读这本书相同的姿势，以同样的方式看着同一本书，仿佛抬头就会看见她在我面前……

她的头发自然低垂着，一部分柔顺的头发卷曲地散在书上，头发遮挡着她的侧脸，只能看到一双认真的眼睛正一动不动地看着书本，偶尔会眨一眨，累了就会用手去揉一揉。黄昏的阳光洒在那本书上让它变成金黄色，桌子旁边放着一杯咖啡，热气慢悠悠地飘出来。

这本书说不定也会有她的名字，她的名字叫什么呢？她长得这么美，会不会像韩国女明星的名字那样，名字里带着秀、允、晶、金、淑、蓝、希这些词汇呢？她们总是人如其名，我想知道……

书的封面和第一页没有她的名字。封面署名是很傻的行为，这是上小学的做法，课本那种东西放在书桌里，谁会拿走？可这本精致的书怎么会没有名字？捡到的人连失主是谁都不知道，唉……不过，这本书里会不会还有她的其他痕迹？会不会夹着她掉的头发？我得赶快找了……

一页一页翻书的声音干脆利落，我喜欢把鼻子放到书跟前，书的香气会随着快速翻过的书页而飘出来更多。一旦那些书又老又旧，随着翻书在阳光下会冒出灰尘来。这是她看过的书，也许还留着她的体香，我只要这样闻一闻，好像就能拉近与她的距离，只要闭上眼睛仿佛她就坐在我对面。

在这本书中，一根头发、一根眼睫毛或是她的妆会不会落在书上呢？哪怕只是她的咖啡洒在书的某一页也行。我慢慢地翻书，总会发现她的痕迹的。也许，我之前翻书太快了，错过了，因为那些痕迹总是那么细微，台灯的光太亮了，很容易看不清，而且每一张纸并非是光滑的，而是凹凸不平的，摸起来会有一点涩……

　　我找到她的一根头发了，在第六十一页。它卷曲地夹在两页的缝隙中，看起来有点发黄，断掉了。为什么找遍整本书就只有这么一根呢？它是如何留在书中的呢？

　　也许是她一边读书的时候，一边把头发一圈一圈地缠绕在手指上，然后再放开，才悄然落下这么一根。她会不会像有些女生那样把头发咬在嘴里？不，她应该不会那样做。

　　也许那些碎头发就藏在稠密乌黑的头发中，她只是专注地看着书，窗外的风轻轻一吹，那根断掉的头发就随着风的方向轻轻地飘，一点点地飘，最后落到书页上。

　　这一根头发现在就放在我的手掌上，我用鼻子闻一闻，是她的香味。似乎只要我把它放到手掌上闻一闻，闭上眼睛，就可以看见她，就可以看到她生活的片段：她的朋友，她的生活环境，她哭泣，她欢笑，她发呆，她睡觉……

　　我开始看这本书，这本书的说话方式很奇怪。是写信，为什么只展示一个人的书信，而不是两个人？书并不完整，也没什么跌宕的情节，我读了二十多页，情节模糊，有点像日记，没有偶像剧精彩。读她感兴趣的书籍，也许是拉近我们之间距离的最好方式。不过，以后我一定要给她推荐一些有趣的小说，像这样几百年前的小说也太无聊了……时间快到了，马上就到了，再等几分钟，几分钟……

　　在每个周日的上午十一点半至十二点，这是我每周唯一一次可以打开电脑的时候，平时电脑就只能蒙上一层布，静静地待在我的桌子上，可怜巴巴的。在它和我互动的短短半个小时内，我必须得借助它听英语听力，完成英语作业。我没有手机，班里的一半的同学都有手机，他们经常拿着手机在课间十分钟玩游戏，当然学校也是不让带，只有那些刻板同时又爱学习的少部分人不带手机，我不属于那类人。家里面是有网的，可电脑开机速度很慢。

打开电脑又是一次挑战。我已经尽可能地做好了准备，先打开百度翻译，从书包里掏出我的英语书，随便在百度翻译中输入几个英文句子，再点一下翻译，不要把这个界面关掉，放下鼠标，拿出笔来，在英文课文中随便写几个汉字，然后要静静地等。这是我经常干的，也是我最期待的……

哒，哒，哒……脚步声渐渐变大，吱的一声，门被打开了。

"我给你洗了点葡萄，你吃吧。"我妈已经笑眯眯地进来了，心里不知道藏了多少馊主意。

"噢，学得有点累了。"我顺着她说，不动声色。

"你正学英语呢？"她仔细地看着我的英语书和电脑桌面。

"嗯，我正预习下一篇英语课文，有点不太懂，上网查一查。"

"英语这门课确实学起来不容易。"她似乎还恋恋不舍，眼睛却不停地打量着周围的一切，没有发现什么异常。

"我预习完这篇课文，还要听英语听力。"

"哦，那你好好学，我先做饭去了。中午吃蒜苗炒肉。"

"噢。"

她轻轻关上门离开了，这时候我已经通过了第一关考验。就在这短短的三十分钟内，我妈一定在第十分钟时以送水果的名义进来一次，因为她还要做午饭，下一次再进来就是她叫我吃饭的时候，通常是半个小时以后。因她规定的时间是半个小时，在这半个小时内，我肯定没办法打游戏的。

我首先戴上耳机，然后打开一个老师推荐的英文听力网站，随便点开一个听力视频，再把声音完全设置成静音，这很关键，然后再打开另一个网页，点击无痕模式，直接输入网址。这个网址还是我花了十五块钱从张泽那里搞到的，它是一个摄影网站，里面全都是身材特别好的模特的照片，每周四下午两点更新四组照片，可我得等到周日上午才能看。里面分为几个板块，性感车模，丝袜美腿，童颜巨乳……我几乎从来都不会错过，按时浏览，绝不拖欠。其实我非常想去网吧看这些图片，可是在网吧看的话，那怎么好意思？周围那么多人，多难为情。这不是只要有钱就能弄得到的，有些网站没几天就被封了，有些网站几乎从来不更新，有些网站的内容不对我的胃口，只有很少的一些网站才能够保持更新，并且内容足够吸引我。

她们的身材为什么这么好？凹凸有致，皮肤细腻紧致，充满光泽，就像田地里成熟的麦子颗粒一样饱满，洋溢着活力，洋溢着成熟美，和她们身后的山林相互映衬。摄影师是个天才，通过大自然展示她们的美。她们光着身子，用青翠的树叶遮住她们的胸脯，在各种草掩映下露出她们洁白的身体，隐隐勾勒出身体的曲线，比那些零星的碎花还要更耀眼。有时她们干脆两臂展开抱着树干，身体紧贴着树干，黑色的长头发如同轻纱一般轻轻垂下来掩映着洁白的背，在密集的头发之间会留下许多细小的缝隙，隐隐约约可以看到她们露出光洁的背部。她们的妆容看起来非常清新自然，牙齿、脸、身体同样洁白，与黑色的头发和周围的绿色形成强烈的对比。王骏应该画这样的风景画。总要有人和自然相得益彰，否则大自然也会孤零零的。照片上的人似对着我笑，笑得很大胆而且美丽，在生活谁会这样对我笑呢？

照片中，有些模特会躺在花丛中，两条修长的腿自然延伸到茂密的花丛中，延伸到照片看不见的地方，两条光洁的手臂交叉放在胸前，头上戴着花枝编成的花环，头发披散在大地上，脸自然地向一侧倾斜，轻轻地闭着眼，仿佛睡着了一样……

为什么在生活中从来见不到这样的女人？生活中的女人只有在夏天会露出来一点腿、胸脯，平时都裹得严严实实的，身体的轮廓非常模糊。比如，我们学校那个史老师，她长得一般，小肚子也很大，皮肤发黑，完完全全被现实生活勾出了粗线条，找不到那种细腻的美。

这些的照片肯定经过修改，为什么模特们的腿看起来那么长？是因为穿了高跟鞋，还是因为整条腿都露出来了？那大概和摄影的角度有关系吧。她们的胸，像两颗石榴那么圆，说不定比我妈的都大，呃……她们用很少的布料遮住最关键的位置，也许正是因为这样才显得神秘，可那三角形的布料遮住的是什么？我完全可以想象得出是什么样子，是黑色的，是许多黑色的毛发……

她应该有这种资质，只是她没有去做而已。她一定不比我看到的图片上的这些女人逊色，她要比她们高得多，皮肤虽没有她们的白，可肤色更自然，胸也要比她们小一些。不过我只是看轮廓而已，她也穿得挺多的……哒、哒、哒……

不能松懈，不要回过头去，立刻把这个窗口最小化，点开原来的英文听力窗口，虽然戴上了耳机可还是要认真，不可以打开听力，不可以有任何声音干扰脚步声。

这种潜伏与伪装，与父母对抗的感觉也同样让我觉得刺激。这也是我现在的生活中为数不多的乐趣了，就像《无间道》一样，潜伏、卧底、探听情报。

又传来吱的一声，这是我妈从冰箱里取东西的声音，一定是她把昨天买的猪肉拿出来了。在白天的时候，还有一种更好防范监视的办法，就是通过电脑屏幕反射。白天太阳光会照射进来，拉了窗帘的话，屋子里视线会变黑，这样可以通过电脑屏幕看到我妈的脸；如果不拉窗帘，阳光照射进来，屏幕就会很模糊，只会看到电脑屏幕上的一层灰尘。

我妈没有戴眼镜，她的眼睛眯成一条缝，像老师，挤出眼角丛生的皱纹，有粗有细，有长又短，深浅不一，共同旋转着，朝向中心一条黑色的缝隙。

我可以隐隐约约看到我背后的那扇门，因为在屏幕上正好可以看到门上的小窗户，我没有任何理由拉上窗帘。我妈很忙的，又要做饭，又要监视我。我爸很难找理由进来，因为他总是不在。不过，主意都是他出的。

利用镜子的话可以做得更好，只是我没有任何理由把镜子拿到自己的屋子。镜子的角度要正对着那扇小窗户，我妈很有可能在一扫眼

| 033

的时候发现那个镜子奇怪的地方，并且看到她自己的脸。为什么我不去正面反抗呢？我干吗非要动这些小聪明，天天提心吊胆？我想直接告诉他们，而且不需要他们的同意，甚至都不需要告诉他们，为什么我所有想干的，他们都要阻挠？他们总是逼我，总是强迫我干一些苦差事，而我却无力正面强硬地反抗，反倒像个间谍，反倒以这样一种软弱的方法追求自己的生活。不可能，你们让我干的，我绝对不会干！绝对不会！监视我，偷看我写的日记，还打我骂我，你们等着吧，等我哪天翅膀硬了，我就……哒、哒、哒……算了，不想这些了，时间宝贵，我妈走了，终于可以点开隐藏的窗口继续看了。

她们诱惑的姿势所显示出来的线条就如同花蕾的弧线，如同露水圆润的形状。无论是"丝袜美腿"还是其他板块的模特，她们都穿高跟鞋，大概也就是二十岁到三十岁的样子。她们都穿得很少，当然也有一些穿得比较多，打扮成护士或者乘务员的样子。可为什么生活中乘务员的腿没有她们的这么长，领口也没有开得这么大？为什么生活中的她们穿得那么保守？即便她们穿成那样，也没有这么好的效果。这大概就是老师所说的理想与现实的差距吧，就如同我们小的时候想成为一个科学家，可长大了偏偏成了工人。

老师从来不解答这些问题。老师，我可以把这些对女人细致入微的观察写进我的作文里面吗？我可以不观察四季的花朵吗？在我眼里，她们远比花朵美。我也不想观察我妈是怎么刷碗的，我看腻了。我只想观察我热爱的。我可以写一篇虚构的爱情小说作为期末考试的作文吗？我不想把从百度上摘抄的词句一股脑地堆进作文了……哒、哒、哒……

"吃饭了，吃完饭再学习吧。"我妈没有打开门，而我早已关掉电脑，做再多再好的防范措施也不如取得父母的信任。之前我在家里抄作业就被发现过一次，就那么一次，从此以后他们就一定会在我写家庭作业的时候进来，而且进来不止一次。即便后来我根本没有把别人的作业带回家里，可他们就是怀疑。他们不相信我，当然，我也不相信他们。

"吃饭了，快出来吧！"

"噢，来了。"我失落地从我的天地里出来，看见的却是我爸撑着鼓鼓的肚子一边用手拍拍它，一边慢悠悠地走过来，他的短袖向上挽起露出肚子，肚脐眼下面连缀着浓密的黑色的毛。我妈弓着那个似乎直不起来的腰，瘦弱单薄，粗糙的手布满了筋骨，干枯瘦弱却充满力量感。

我象征性地帮她拿一下筷子，假装拿碗要去盛米饭，就像应付那些老师一样。他们有一些相似之处，但还有很多不同，我爸妈主要跟我的生活联系紧密，而老师只管学习。如果我学习不好的话，告诉我爸妈，完全会影响我的生活，他们也许会对我更苛刻，或者给我更少的零花钱。如果我学习好一点，在生活上表现得差一点，那么我爸妈就会原谅我，因为他们会认为我把心思放在学习上了。不过目前，这种情况还没有发生过。

我为之前中午没回家解释道："我昨天中午没回来是因为我之前耽误了好多课程，所以得在学校多补一些。"

我妈说："是吗？那你得多努力了。"

我不能确定他们是否信了。周六周日的中午，我爸才和我们一起吃饭，其他时间他都在单位吃午饭。我爸似乎总是在忙一些很重要的事情，和我交流很少，他掌握我的情况都靠我妈。周末的饭菜总会比平时多一道，这一道是我爸点的。我会假装去盛米饭，我爸却从来不会这样做。他就像饭桌旁边那个呆呆的电冰箱一样安稳，仿佛若有所思，实际上啥都没想。等到给他盛好米饭，拿出来碗筷，端上来饭菜，他还是那么正襟危坐着，没有一点要帮忙的意思。为什么一切都是我妈或我给他准备，他连装一下都懒得做？为什么不能是他们给我准备呢？为什么不能是我先动筷子，然后大家才能吃饭呢？为什么谁想训我就训我呢？我觉得按照年龄大小来排辈分对我很不公平，我们每一个人管好自己不好吗？

"因为你几天没去，老师才额外照应你的学习吗？"我妈继续和我说。

"嗯。他留了不少作业。"

"你现在和谁来往多？"

"我就和我们原来那几个。"

我爸什么话也不说，除非吃饱了，或者噎住了。他吃起饭来比我和我妈快得多，牙齿、唾液、舌头、上颚四者和食物充分配合时，总是发出刺耳的吮吸声。我妈总说我爸的那张脸是死人脸，因为它几乎没有任何大幅度的表情，除了生气的时候。这也许是一种职业病，因为我爸是一个司机，他开车的时候要很专心。我不知道那个称号我妈是什么时候给他颁发的，自从我有了记忆以来就时常听到那个称呼，不过她从来不在我面前这样叫他，除非在吵架的时候。他晚上吃完饭了就看电视，看完电视就睡觉，我妈不应该叫他"死人脸"的，有一个更好的词语，那就是"行尸走肉"，至少表面上看起来是这样的。不过，很多关于管理我的计划，都是他和我妈一起商定的，他只是不太喜欢直接出面干涉我。

"是谁？你说说名字。"

"就王骏、张跃然、王浩他们。"

我回答他们的时候心里却想着我养的那只猫现在是不是还在饿肚子。我昨天本来应该去喂它的，结果捡垃圾回来后太累了，就没去。

"他们几个成绩都垫底，你别老和他们混在一起。"

"嗯……"

去年王骏在我们班可是全年级前五十名的学生，以前他们还一个劲地吹捧他，这会儿却让我保持距离。家长们为何这么势利？他们在教育面前永远没有标准。唉，刚才那半个小时真是短暂，我根本就没时间仔细看个清楚，比起听大人们唠叨，记住她们的样子更重要……手臂卷曲，轻轻闭着眼，用手掌梳理自己肩膀旁的长发，仿佛在听风的声音……

"你多和你们班的好学生相处，比如刘睿、王文晔，还有你们组的那个李瑾文学习也挺好的，上次开家长会，我看见人家小姑娘可好了，学习又好，长得漂亮，还挺文静的，你多和人家相处相处，学学。

我每次和老师提起你，老师一句好话不说，说你字写得乱，写作业粗心大意，脾气像驴一样倔强，说话还没大没小的，真让我丢脸。你自己多努力，别老让我们操心了，我们自己工作已经够烦了。"

"哦……"

如果我告诉我爸妈，我的成绩这么低他们也有责任，不是我一个人的问题，我妈一定会立刻反驳说学习是我一个人的事情。我爸妈一天到晚喜欢抱怨工作，却要求我上进。我可不想和一些无趣的人待在一起，况且她们也不会愿意和我待。我和她们是彼此的参照物，老师已经按照成绩用座位把我们分开了，泾渭分明。咦，今天的饭菜味道还不错，虽然辣椒放得有点多了。

"你生病的时候，你们班主任还经常发消息问你的情况怎么样，几天能回来，病得严重不。"

"是吗？"我回答。我一点儿也不信。

"你们班现在新来的那个班主任以前好像是尖子班的班主任。"

"嗯……"

"命真好，你要好好学了。"

"哦。"

我看着碗里的米饭一点点减少，盘子里的鸡肉是褐色的，我不想抬起头来，不想知道我妈以一种什么样的神情看着我……

八

那个女孩儿刚一发现我，口琴的声音就停了，她转身走了。后来我几次找她，都没有找到。我用零花钱买了一支口琴，但我并没有告诉我爸妈。我隐约记得那口琴的旋律，但吹不出来，哪怕是最简单的音符。我努力用简单的缓慢的旋律组合去模仿，直到它听起来有点像。我又一次走到那个阳台下面，趁着巷子里安静没有人的时候，鼓起勇气拿出口琴，闭上眼睛，吹我的作品。我吹了一遍，她没有出来，再一遍，又一遍，周围的人来来回回，偶尔会看我。我闭上眼睛，一遍又一遍地吹……

　　当我睁开眼睛的时候,有人用手指摁我的肩膀,这人一定不是张跃然,这个时候他也在睡觉,或忙着补作业。他叫我的时候,一般都是直接叫我的名字,如果我上课睡着了,老师发现了我,或者叫我回答问题的话,他会直接用手拧我的肉……

　　当我抬起头来的时候,我们组的组长李瑾文正站在我的桌子前看着我,这样的时候总是很少。我俩看着对方,时间停顿了一会儿,好像回到了电影里的慢镜头。她扎着马尾,刘海分成两股自然随着额头的曲线倾斜,露出额头,鼻梁瘪瘪的,小巧的鼻子并不明显,眼睛像个两颗黑珍珠,圆圆的,看不到眼白,粗糙干瘪的校服与紧致的脖子形成一种对比。

　　在阳光下,我没有看到那些明显的乱糟糟的头发——那通常是一些喜欢上课睡觉的女孩的标志。我稍微仰视一下,发现她一脸惊讶,也许她看到我睡眼惺忪的样子感觉到很震惊。她为什么要突然在早自习来找我?

　　"那个……记得交英语作业。"她迟疑了一会儿才说出这句话。果然,她是来催作业的,除了这些,我还能听到什么?"你交一下作业!班主任叫你去办公室,快点,老师好像很着急。""班费是五十元记得交给我。"这几句话还算是比较客气的了,大多时候非常生气:"你能不能早点交作业啊,每次你都是最后一个。给你,快点抄,抄完赶快交给我。""这次不等你了,我先交给老师了,你写完以后直接交给老师吧。""这次打扫卫生,你负责提水和擦黑板。"当然也有一些句子使用频率比较小,比如:"老师说课本来了,叫你和另外几个男生去搬一下。"

　　她很少叫我名字,不过我也很少去找她说话,不是很少,就从来没有过,毕竟我们是两种人……

　　"嘿!你想什么呢?"

　　我在想什么呢?在教室中仅有一个男孩恬静地把头埋在书桌上休憩,一个女孩怀着忐忑的心情,轻轻拉开教室的门,步履轻盈走进来,走到他的书桌前，看着他黑色的头发在阳光下闪闪发亮。她犹豫了很久后，轻轻用手指点点他的肩膀。他的身体微微扭动一下，慢慢抬起头来，睡眼惺忪。她不能长久直视，羞涩地低下了头。他在等待着，还没有意识到要发生什么。

"反正你记得把昨天的作业赶快交给我。"她继续说道，"你听到了吗？"

"哦，我现在还没写完……"

"你怎么还没写完？不是给你一个早上的时间吗？"

写个作业有什么好催的，真是烦人！不，现在我已经没办法独立完成作业了。很多老师总认为只要教过的知识我们都学会了，但我真的没学会。知识和作业题对于我来说永远是新的，而且量还大。

"那个不好意思啊……老师昨天留得有点多，我今天早上来得有点迟了……你能不能等一下。我今天精神不太好，写得有点慢。"

"对，你生病了刚来是吧？"她忍不住笑了一声，"那你最好尽快啊，我最多等你到第二节课下了，否则，你就一个人去交吧。"

"好，我一定尽快，一定尽快……那个……能不能把你的给我看看？我写完英语作业还得抄单词……通融一下，通融一下。"我客客气气的，仿佛是我自己难得一见的失误才导致的。然后，我又歉疚地笑一笑，态度诚恳得如同老师把我拉进办公室训了一顿，虽然心里完全无所谓，却还要装出一副痛定思痛重新做人的样子。其实，刚刚我很想对她说："天天都他妈的交作业，烦死了，我写腻了，懒得写了，不要再找我要了！"可我忍住了，因为我知道说真话的后果。况且，现在她莫名其妙把她自己放在一个高于我的地位，我能怎么办？我只能选择这种迂回的办法，不想写作业说自己忘了，不想学习说别人干扰，不想上课说自己不舒服，尽管无所谓被拆穿，还要装出羞愧的样子被同学取笑。这可能就是成长吧。

"你还挺……"她又笑了，和之前的那一笑不太一样。这一笑突然冲淡了之前似乎有点紧张的气氛。她的两颊还有酒窝，有那么一点可爱，但很快就消失了。

这不代表我们之间和解了，也许她只是装出来而已，或者是一种不加遮掩的嘲笑，毕竟她上一次在那个村子的时候……她现在一定是想缓和关系，尽管她依然很讨厌我，但还不能表现得太明显。

　　"那你千万记得交，下节课语文一定要补上。"她走了。是的，她们总是一个人，而我们通常是成群结队；她们似乎不太喜欢集体行动，不愿意和我们交流，或者说，几乎不愿意和任何人交流，即使交流也就那么简单的几句话。可她们喜欢那些学习较好的学生，就像我们这些坐在最后的同学关系也不错一样。

　　老师说，君子之交淡如水。是的，她们爱学习，听老师的话，觉得自己积极向上，而我们经常一起去网吧、一起吃饭，我们和她们像一条绳子上两个互不干涉的结。我也觉得自己的朋友挺好的，他们不会影响我对英语的讨厌，不会使我对数学茅塞顿开，但他们多多少少可以帮我打发一些无聊。

　　我们班五十个人挤在一起，还要在讲台和前后黑板之间空出来地方。桌子、凳子上满是以前的学生留下的痕迹，或是刻下的密密麻麻的名字、语句，或是因老化而产生的坑坑洼洼，让人眼花缭乱。据说这种独特的课桌文化只有在排名靠后的几个班中才看得到，因为这几个班的教室永远是为奖励那些学习最差的学生而准备的。

　　"你作业没写完，睡什么呢？"王浩模仿老师的口气对我说。

　　"我想睡就不能睡吗？"

　　"我也想睡。"

　　王浩正在抄作业，我也得写了。每一个老师都经验丰富，他们知道我写的是什么，是对是错，但他们很难分辨出我是抄谁的。作业这种东西，尤其是英语作业，不能只抄一个人的，而且不能完全照搬，要根据自己的话语来进行修改；数学作业一定要抄学习好的，因为正确答案只有一个，而错误答案有很多，一旦抄错了的话，老师立刻会根据错误的答案发现我抄谁的。

　　这里有一种更好的办法使得老师无法发现，就是刻意把抄的一部分答案写错，例如本来得数是五十，而我必须得写成六十，即便我写错了，老师会认为我是自己写错的，而不是抄的。我在班里是一个成绩靠后的学生，如果我全部做对，老师会怀疑的；若全部做错，老师会责备的。

丁——零——零，她总是有这样一个好习惯，打铃前几分钟就到，打铃后几分钟才走，不过这并不会影响到我。她安安稳稳立在那里，靠着桌子，洋洋得意，身体的全部脂肪都掩盖在深绿色的长裙下，处于一种松散、凝滞的状态。

"刚才凡是单词听写写错的人将错的抄二十遍，其中环境、人性……这几个单词写错的，每一个抄三十遍，因为这几个单词已经多次听写了。抄写完毕，明天由每一组的小组长负责收上来，在上第一节课之前放到我办公桌上，这些都是老规矩了。另外打小抄这种态度有问题的，一定要严肃处理。那个打小抄的同学，你要把听写的每一个单词都抄五十遍！我就这次就不点你的名字了，你得亲自交到我办公室。明天我会继续听写第八单元和第九单元的单词，此外我还会挑十个以前学过的单词来听写。抄的目的是让大家记住，大家抄的时候放慢速度，边写边记，可以省下背单词的时间，千万不要为了抄而抄。"

这位年龄很大的女老师面色发黑，脂肪虽撑满整个大脸盘，可还是因为衰老，下巴下面有一些松弛缺水的皮肤下垂，样子像漏了气后的皮球，表皮皱在一起，看起来与紧绷的脸盘很不协调。幸好，她有些胖，如果瘦的话会更难看。惩罚我们也许是她的一种特权，她交代完便大摇大摆地走出去了，高跟鞋发出的声音尖锐、凌厉、急促。

在一班到八班，听写时错一个英语单词，只需要抄十遍；老师要求背诵的每一篇课文，只在第二天默写，而我们后面的班级却需要在前一天就抄一遍，我有点羡慕他们。为什么不能把我分在那些好班？对前面那些班的同学，老师就经常劝诫，可为什么每次对待我们这些差班的同学就重罚呢？我改变不了什么，虽然我从心里觉得父母和老师一样，没什么了不起的，他们是那么平庸，但还不是得听他们的。不，没有那么多为什么，生活它一直就是这个样子，我没有选择权，要不适应，要不就去死。

"老师可说得真好听！每个三十遍！谁不知道环境、人性、特征这几个单词特别长呢？"王浩抱怨道。

"唉！每个单词我得抄五十遍。"我原本只想看看一两个单词，却被老师发现了。五十遍，这就是老师在我生病后给我的一分惊喜，为了讨回那些在医院没学习英语的日子。

"你他妈心理素质太差了，刚才抄的时候你慌什么？"

"我紧张，那张小纸条明晃晃地摊开放在桌子上。"

"一看你就是经验不足，你看看我，根本不慌，听写我就没背过一个单词，每天都抄，心理素质练得可好了。你，用英语老师的话来说啊——还是缺乏锻炼！"王浩说话时阴阳怪气的，还刻意伸出自己又粗又白的手指指着我。

"这打小抄可是技术，我可得给你好好讲讲。"

"我开抄了，不和你说了。"

也许，这就是校园生活的一部分，虽然没有大波大澜，可还不是有小插曲吗？虽然没有浪漫的邂逅，可还不是有繁重的作业吗？看来今天晚上是不能去网吧玩了，这怎么也得抄一个半小时。

"首先呢，即便是抄，也得知道抄的范围，而这抄的范围，正是最关键的，比如说明天吧……你他妈到底听不听？"

"你说吧。"

"老师明天说第八单元和第九单元，这部分呢，并没有什么特殊之处。抄的最难的一部分，就在于老师在以往的单词中挑出的十个。她到底会选择哪几个单词，这是最考验一个打小抄的人的功力的。"

"你倒是说句话呀，算了，老师到底选哪些单词，这只能靠自己听写的经验了。每次听写过后，我都要把老师自己选的那些单词记下来，做一个记录，我特地为此准备一个大笔记本，从中寻找规律。我也不用你请我上网了，免费告诉你，我的好兄弟。"他停顿了一会儿说，"老师通常会选择那些字母较多，比较生僻的，通常她不会选择黑体词汇，同样一个单词，一般不会连着考两次。另外，她通常会选择距离现在这个单元最远的那个单元。比如，明天考八九单元，她很有可能从三四单元中挑几个单词，当然了她挑选的十个单词一般来自三个单元，通常呢，这三个单元就是连着的。我是不是很厉害？"他接着说，"这之中也会有特殊情况，毕竟老师这个人到底在想什么，我们根本就不知道。或是因她更年期到了，或是因她丢了钱，十个单词都集中在一个单元。"

"另外我还有一个更大的技巧。这个技巧是张跃然告诉我的，我专门请他上网才得到的。自己打小抄不能用英语直接抄在纸上，要用数字和符号来代替英语字母，五个元音字母就用加减乘除和等号分别代替，二十一个辅音字母要用二十一个数字来替代，总共有多少字母，绝对不能搞错了。用数学算式的样子来写在纸上，写得很乱，但自己心里要明白顺序。老师看到后会以为是垫着的草稿纸，况且她也不会细看。"

老师这样惩罚我早就习惯了，打游戏和抄单词同样是消遣时间的办法，我总得有点事情做，不管做什么，最终都是等待。我最佩服的就是王骏，他仍然在画画。我闭上眼睛都知道他在干什么，但我不能闭，不然我会写串行的。

"我建议你用两支笔一起写，那样快。"

王骏就能几乎全写对，可他的成绩为什么是倒数呢？

"特征""运输"为什么是最长的单词？想想就觉得烦！这样的日子什么时候能到头？这一天到晚，多少时间都浪费到这个破作业上了。她为什么不能骂我几句就完事了？哪怕打我几下也行，非要抄……算了，写一点少一点吧……可我想起英语老师的那张脸，恨不得举笔自刎。

陷入这样一种纠缠简直是自讨苦吃。这纠缠使得本来抄单词这种小事，变得无限复杂。我没完没了地抄写，没时间回家吃饭，我爸妈肯定又要问我这两天学习状况怎么样，跟不跟得上，老师对我怎么样，我真想告诉他们：很差劲！现在，把我的脑袋掏空，里面的东西全都倒出来，恐怕唯一有趣的也就剩去见她了，至少能远离校园……

九

  可当我到了餐厅后，我并没有看见她。她以前坐过的长椅空空如也，桌子沐浴在阳光中。我多多少少有一点失望，尽管我早就想到了这一幕，可我还是希望能够获得一种宁静，并且我确实也获得了——形形色色的人影中停滞的阳光，熙熙攘攘的车流映衬下的悠悠白云……

  当我看着窗外和餐厅里无数陌生的面孔，我的生活似乎一下子又恢复到了一种平静。学校的事情似乎变成了很久很久以前的事情，变得模糊而遥远。随着时间过去，生活的波澜又变得平缓，最终变成静滞的液体，浑浊又半透明，把我凝固在真空中，难以呼吸，身体无力动弹，睁不开眼睛，却又迷迷糊糊的，仿佛有什么在心头压着。我正在一点点慢慢死去……阳光一点点升温，我也只是慢慢溶解在时间中，随着上升的温度，自己一点点消逝。也许，时间并非连续的，它总会在某个时刻断开，或是在任意一个点停滞，展现大量模糊的事情，一晃而过。也许在某一个断开或停滞的点，我就可以看见她。当时间再次变得连续起来，一切似乎又完好如初，我似乎无法发现那些曾经断掉的痕迹，她消失在时间的线条中……没有人知道是什么时候，生活就像心电图那样，并非是一条直线，而是一条连续上下波动的绵延不绝的线。当我看着她的时候，我总会有这种感受，这太奇怪了！她总是静静的，周围的人也是有规律地运动着，来来往往，模模糊糊。时间不再是视频，而是一张照片，或者是她的容器，周围那些不断走动的人、桌子、背景墙只是陪衬。她虽然一动不动，可时间似乎脚步匆匆，向身后溜走了。而溜走的这段时间对于我来说，过得很慢，因为她似乎很安静，只有我俩，周围的那些服务员只是变成了一张纸上的图案，他们是平面的背景，静静的。时间也许和这温暖的阳光一样缓慢地舒展开来，陪着我俩慢慢地流淌……当我意识到时间的流逝，突然发现她变换了一种姿势，她在过去的某个瞬间动了，也许在我看着她的时候。但当我现在看着她的时候，她已经埋头趴在桌子上，看样子就像她已经熟睡了很久很久。可她刚才不是在看着电脑吗？也许，她们不是同一个人，而是无数个长得相似的人都摆出不同的姿势，不停变幻……到底哪一个才是她？到底她在干什么……

时间似乎错乱了，它时而快，时而慢，时而停止，时而倒回去。她刚才不是趴在桌子上吗？我明明一直看着她，她却什么也不知道。也许，这是一张弥漫着香味的照片，看着照片的人也许被香味欺骗了，什么也看不清。我看着，看着，不光她周围的环境，连她的头发和衣服的轮廓也渐渐模糊起来。我想，我也快要和她一样睡着了……也许最幸福的事情就是这样，任凭阳光温暖着我的脸，看着她，静静地和她一起沉浸在时间的悠悠长河中……

然而，当所有人和物的轮廓由远及近渐渐清晰起来的时候，那个座位上却空无一人。也许是周围的迷雾终于散开，露出本来的样子。我越是眨眼睛，周围就越清晰。她的东西还静悄悄地放在那个桌子上沐浴着阳光，没有了她，那些摆放着的东西似乎又变得普普通通。有时候，我满怀激动，幻想很多美好的事情，想象自己和她发生的种种故事，想象自己英雄救美，想象自己和她认识的种种可能，想象我们拥抱、亲吻、聊天……

可有时候，我又很气愤。为什么能为她做的就是这样花大把大把的时间眼巴巴地等着她？只能任凭这种内心的幻觉和意志折磨我……有时候，我却发现自己内心是那么平静，突然间没有了什么幻想和欲望，就那样远远地等着她就会有一种淡淡的满足。为什么我这么奇怪呢？到底哪一个才是真正的我……

也许，她去卫生间了，她的东西才会丢在这儿。我应该坐在这里帮她看着东西，以免丢了……

一个小男孩浑身沾满了血，衣服划破了许多处。他皮肤白皙，身材瘦弱，眉毛很细，眼睛很大，苍白的脸上血迹斑斑。那个女人缓缓地向他走来，略带疑问地看着这个小男孩。他似乎一个字都不愿意多说，只是怅然地看着她……

我要在这儿等一个小偷。

不过，怎么这么久她还没回来？难道……一个蒙面的谢顶男人只露出两只小眼睛，左手持一把水果刀架在她那纤细白净的脖子上，右手不停地做出不要发声的手势，用仅露出来的小眼睛从上到下打量着她的身体，好像能看穿一切似的，然后色眯眯地笑着。她无助地看着周围，再看看那个猥琐的色狼，摇了摇头，一点点退后。那个男人一点点地向她靠近，她背靠着墙了，没有退路了，他的右手一点点向她的身体伸去……

我迅速跑到了女卫生间，可什么也没发生。她的手慢慢放到裙子的细裙带上，解开扣子……她停顿了几秒，纤细的手轻轻捏住裙子的上腰慢慢地向下……黑色的裙子顺着她白皙的大腿向下一点点滑，像花瓣轻轻随着风飘落，带着香气，随着水流消逝……不要这么下流！别想了。

我站在洗手间，发现镜子里的自己呆呆地看着我。虽然我的脸长得并不棱角分明，可我并不难看，皮肤很白很稚嫩，没有瑕疵。也许，我差了一点性感的胡茬，也许鼻子还不够挺，眼神一点也不深邃，嗯……

镜子里浮现出她的脸，她正对着镜子轻轻地摆弄自己的头发。她笑了，只是在那一瞬间，没有露出牙齿，很快又严肃起来。我知道她只是看着镜子里的自己，即便离得这么近，根本看不到我，我连背景都算不上。

镜子里又只剩下我一个人了，那张脸又消失了。我知道，这一切只是我根据她的气味幻想出来的，碰都不能碰，似一阵雾，很快就消散了。也许这漫长的等待就是为了她，我的时间将会再度获得意义，不再只是无声无息地消逝。尽管我想否认，尽管我的生活和以前没有什么区别，可我还是没有没办法欺骗自己，以及这微妙的期待带来的变化：当我在镜子里，清清楚楚地看着那个呆呆的自己时候，我总是想着她；在学校上课无聊的时候，在吃饭的时候，甚至是在抄作业时候，我总会在不经意间想起她。我不仅仅希望看着她，更希望我们能像小说中的主人公那样浪漫邂逅。我似乎在餐厅的每一个角落都能看见她，但我真的看到了吗？现在我仍然有一个机会，那就是我带着她的书和笔，要把握好时机……

我还需要定情信物，我该送什么？当我回到座位的时候，她已经走了。刚刚一点半，她的东西已经不在了。

现在我得作出选择，选择就是得到一个所需而失去另一部分，而不是将一个正确答案从四个选择中拎出来。对我来说，不管是和张跃然上网玩英雄联盟，还是吃学校对面的卷饼，还是给她买项链。所有的一切都需要钱。

我不能迟到了，旷课的次数已不少了。期中考试后要开家长会，如果老师把我爸留下单独说两句，那我独处的自由就少了。可她在哪个小区住？她的朋友是谁？如果这些都不重要的话，我至少该知道她有没有男友。

我到了附近百货大楼的首饰店。

"先生，你好。你要选一款什么饰品呢？"售货员很有礼貌。

"我想看看项链。"

"项链在这边。"她用手示意。在这种强烈的灯光下，那些精雕细琢的项链刺眼地闪耀着。那些大的价格很贵，我觉得小的就挺好的。至于样子，越是复杂也就越贵，但是太过复杂也不好看……

"你为女朋友挑吗？"

这太过强烈的灯光是一种折磨，我的眼睛什么时候才能痊愈？

"嗯……"仅仅在售货员和我的对话中，那个女人仿佛是我的女友了。是啊，她是我的女朋友，我要为她选一款项链，怎么能小气！

"她大概是个什么样的女孩？"

我对她几乎什么也不知道。

"她大概二十八岁……不……她只是看起来很成熟。"

"哦，是吗？那你看看这几款。"

售货员指给我看的时候，我突然觉得生活变得充实起来，变得有趣，充满希望。那一刻，我仿佛不是在选择项链，而是在选择人生，

047

怀着憧憬，给未来的女友选择项链。我第一次为了别人这么用心，这么绞尽脑汁……

小熊形状有点可爱，却不适合她气质。天鹅形状的水晶吊饰形状好看，不过旁边那个黑色的也挺漂亮的。还有心形的透明无色水晶也不错……

有一只天鹅与其他天鹅有很大的不同。之前看到的天鹅项链，天鹅收着翅膀，脖子向前，眼睛直视前方，侧着身子，像一只在水里的大白鹅。而这只天鹅用翅膀轻掩着自己的身体，脖子微微弯曲，头向后侧着轻轻地靠在自己的羽毛上，用喙梳理着自己背上的羽毛，就好像回头看水中自己美丽的倒影，羽毛一层一层的，每一层都是月牙形的，白色的水钻与黑色的水钻相间分布，一层一层铺满了天鹅的翅膀，翅膀尖轻轻向上扬。这是一只优雅纯洁又纤弱的天鹅，它在湖面上孤独地静望着自己高贵轻盈的身影，目光中饱含深情和不舍。正是笼罩在它身上的悲伤，才让它显得那么高贵和纤弱，也更让我怜爱。这如同那个女子一般，她也是高贵的，那种安静的美，只有这款项链才配得上她。

"这款项链价格多少呢？"我胆怯地指向那款黑白相间的天鹅项链，仿佛只是指一指就会玷污了它。

"这款要一千四百九十九元。"

以我现在的每个月四百五十元的生活费，我大概需要三个月才能攒够。当然，我的收入也不是固定的，如果我的成绩提升的话，父母还可以给我更多，但那太难了。而且最关键的是，我等不了那么久。

十

我的眼睛还没有好，有时视线会有点模糊，尤其在光线强烈的地方，眼前总是白茫茫一片。她曾坐的那个地方中午阳光是那么强烈，若光线能稍微暗一点就好了。今天我来学校有点早，平常除非大家约定来学校打球或玩扑克，否则不会这么早的。

中午教室静悄悄的，灰尘也沉下去了，阳光变得干净，桌子、地板，在怀旧的阳光下变得温和又亲切。那些能被阳光亲昵到的角落是幸运的，如同一株蒲公英，它白色的绒毛，黯影在黄黄的光晕里腾游。

我们都在时间与阳光的这口大锅里，锅里填满了水。柏油马路和高处的玻璃都会因为阳光而弯曲，并且变得虚幻，忽高忽低，好像在来回晃动，非常刺眼。我常常感觉自己的身体变成风中的缎带轻轻地飘，事物外形硬朗的直线变成无数曲线，在阳光下闪耀摇晃。马路上的车在这个弯曲的空间内划着弧线，整个餐厅也并非四四方方，而是变成了和眼睛一样的形状，由两条对称的弧线组合而成，阳光在弧线之间穿梭并滞留。在静谧中，光线好像在沿着一条弯曲的轨道缓缓移动，似乎还带着声音，像电波那样一闪而过……

当我睁开眼睛的时候，那个吹笛子的女孩没有出来。但我喜欢上了口琴，仍然在回家的路上一个人吹。学校里的张老师会吹口琴，她态度很温和，拿着口琴教给我哪个孔对应哪个音符，还给我画了一张草图，标记着先后顺序。最简单的是《小星星》，上活动课的时候我就在操场的角落里，对着一棵树吹。有时候，我演奏完后，会对着它鞠躬，就好像感谢唯一的听众。我本以为我会吹更多的曲子，但有一天我的口琴被一个同学拿出去吹，被老师发现后没收了。现在那个口琴还放在我的抽屉里，只是我已经不吹了。有些声音被打断以后，就无法再回到原来的音群……

教室里陆陆续续来了一些人，我发现了一本绿色的书，和那本书有点像，它扣放在桌子上，是全新的……我拿起来，发现它不是那本书。我的头有点昏。

它从我手中滑了出去，掉在地上了。我蹲下去捡它，在旋转的光线中心，有一个站着的人，我看不清。地上的绿色笔记本脏了，沾染上了地上的灰尘，我用手擦，怎么也擦不掉。我慢慢地站起来，发现一个女生就站在我的对面。她穿着白色的凉鞋，浅灰色的运动长裤。她是刘睿，这是她的座位吗？她只是站在我面前不露声色，她的刘海全都刻意向后梳到马尾里，露出宽大白皙的额头，小巧精致的金色圆形框的眼镜后面有两只细长的眼睛，正瞪着仓皇无措的我……

"我……"

我想解释，笔记本却顺着我无力的手又滑落到地上。她没有理我，两根手指捏着书的一角，径直朝着教室后面走去。我转过头去。阳光照在她的背上，她走路很快，没有声音。咚！随着一声沉闷的响，那个笔记本却掉进了垃圾桶里，声音如同被击毙那样沉重。那个崭新的暗绿色笔记本已经沾满了无数看不见的细菌和灰尘，它也许原本想与她的主人度过一段美妙的时间，但因为我的一个失误，一切还没有开始就已经结束了。

她扭过头，趾高气扬地走了。我对于她来说，仿佛就是桌子、凳子，只是整个教室的某个摆设，也许连垃圾桶里的东西都不如。我原本想向她道歉的，但是现在看来，不必了……

李瑾文把绿色的笔记本从那个纸篓里拿了出来，从我面前径直走过去，走到刘睿跟前对她解释什么。她神态恳切，一副很真诚的样子。也许，她在劝刘睿。她们在说什么呢？一定在埋怨我，我不想知道……

刘睿呜呜地哭起来，让我想起了我自己。

"你哭什么，不就是一个东西吗？有什么好哭的！"我爸说。

"你别管他，你越是惯着他，他就哭得越厉害。来吃饭吧，别管他，一会儿就好了。"我妈说。

就这样，小时候，我爸妈把我放在一边，任凭我哭……

"你别和她们斤斤计较，她们就这个样子，你又不是不知道。"张跃然走了过来一边对我说，一边不怀好意地看着她俩。

"呃……"

"本子掉在地上又不是不能用，况且地上又没泥，就一点儿土。"他继续说道，"你干吗要招惹她们？"

"我只是……"每当我从她们眼神中感受到嫌弃、鄙夷，甚至是冷漠无视的时候，我也不知道我该怎么办，我也很好奇自己看她们的时候眼神是什么样的。我承认我的眼神并不会在她们身上有过多的停留，因为她们对于我，就像天空中飞过的一群麻雀一样平淡，没什么可惊奇的。

王浩每次看班里第一名张静楚时，似乎故意表现出轻蔑的神情，好像在嘲笑她。可事实上，他并不是那样的。他比我胆子大一些，更爱说脏话，可他人很亲切，性格有点可爱，对生活充满希望。

我希望自己看着她们，习惯性地微笑一下。可我总觉得那样很奇怪，况且我即便看到朋友也并不喜欢微笑。如果只是看着她们平时的样子，我并不讨厌她们。但我不喜欢她们看我的眼神，那样子不像是看自己的同学，更像是在看一个怪物。不论怎么说，我们还是一个班的，这是不可争辩的事实。

十一

窗外阳光柔和，轻微风拂过柳枝，一片柳叶随风飘着，它飘啊飘啊……它落在白衬衣上，那个女人穿着白色紧身衬衣和黑色裙子，长发轻轻卷成一股，斜着搭在右肩上，她的身影渐渐清晰起来，而她背后的蓝天、教学楼、地板仍然因阳光而非常模糊，我看不到她的鼻子、眼睛、嘴唇，只能清晰地看到她的脖子以及肩膀上的头发。

视线一点点地往上，我看到了她梨形的下颌；继续向上，嘴唇是红色的，微微颤动着，也许她在说话……

铃声响了，她走到了教室门口，侧着身子，模糊的脸上只能看到轮廓，捕捉不到表情。

"我他妈的王浩！"

我的脚感觉到了一阵疼痛，当我从桌子上抬起头，才发现老师正盯着我看，全班的同学也都盯着我看。我不知道自己刚才是不是把梦境说了出来，反正老师的脸拧成一团，记录年龄的青筋和皱纹全都横在她的脸上，两腮的肉被逼下脸盘，像一只年老的青蛙。

"请你滚到外面去，以后的英语课请你站在外面！"她说。

我，一个高中生，在全班同学审判的目光中，从座位上站起来，缓缓走出教室。我知道只要我走出教室，他们就会快慰地大笑，就像嘲笑一只懒惰的羊跳涯而死。

　　我低着头，连老师都不敢看一眼，像一个犯了滔天大罪的人服从法官裁决一样。可事实上，那种羞耻感只是暂时的。她说以后的英语课请我站在外面，可下次英语课，我还会坐在我的课桌上，还会睡觉做梦，也许还会被罚站。唯一的不同，也唯一让我感兴趣的是，下次我会做什么梦，梦里有没有她。

　　除了语文课，我倒愿意永远站在外面，那样我可以干点有趣的事情。当然，对我来说，惹自己最讨厌的老师生气本身就是一件趣事，因为久经考验，老师的愤怒已经无法让我情绪波动了。

　　我一步步地走出教室。要是以前，这样走出去，我会感到气愤，会狠狠地把门关上。但现在我从容不迫地走出去，就像是每天放学一样。满脑子还是刚才的梦，似乎在某个角落，那个女人的身影一闪而过。不得不感谢英语老师，让我的思绪在梦境中多停留了一会儿，而且教室里又热又闷，外面空气好多了，可惜没有风。

　　是的，这情况和两周前有什么不同？我站在外面等下课，其他的学生都坐在教室里等下课。我可以一个人清闲地看看这个安静的校园，只有在这种时候它才不会吵闹匆忙。她的影子似乎仍然在这个空荡荡的楼道里若隐若现，幻影每出现一次就伴随着痛苦。我似乎又一次看到了老师和同学的眼睛，他们奇怪地看着我，忍不住大声发笑……美的事物盯着看，也会变丑；丑的事物一直看，也不会那么突兀。我妈在玻璃上偷看时露出来的脸和刚才老师的那张脸混合在一起，感觉奇特。我不会学习，想让我干什么，我就偏偏不干什么。可希望在哪里？我什么时候能够光明正大地打游戏，勇敢追求我所爱的人，光明正大地不学习？

　　我来到了教室外面，那儿有一个狭窄的过道，过道的一侧是教室，另一侧是一排树，梦中的事情就发生在这儿。在这里站着的每一分钟，我都被老师和同学排除在外了，只能隐隐约约听到教室里的声音，不知道里面发生了什么。虽然我一直都不关心这个问题，但它总是作为一个问题在我的脑海里出现。

  这种惩罚相比较抄几百遍单词轻松多了，只是站着而已。平时不也经常站着？我现在甚至可以出去买东西，也可以去上厕所，或者干脆把作业带出来在外面写，多清静。

  深蓝的铁栏杆已经掉色生锈，轻薄的白云，火红的太阳，被涂画得乱七八糟的教室墙壁，上面有一些不太明显的细裂纹，像蛛网延伸开来。仔细看墙壁上坑坑洼洼，灰尘趁机镶嵌进去，像肿瘤一样密布。教室门窗的玻璃也是灰白的，长期累积的灰尘均匀得蒙在上面，好像一层雾罩着。

  整个教学楼是方形的，共四层，中间围着几棵柳树，长得又高又茂盛，它们朝着不同的方向伸展枝条，绿得放肆。我也曾特别喜欢绿植。三年级的时候，在回家的路上无意间看到花店里有一株万年青，叶子油亮油亮的。我一个人进去，店主正和几个阿姨对着一盆花指指点点，完全顾不上理会我。我摸摸那株万年青的厚叶子，阿姨说那盆花一百多元，我买不起，然后指了指旁边不起眼的一盆，比先前的那盆矮很多，茎很细，叶子也只有几片。我希望有一盆盆栽和自己一起长大，那样我会更有成就感。我看着它，仿佛已经看到了它茂盛的黑绿色叶子在阳光下闪闪发光。阿姨便宜了五块钱，我买走了它，可我手捧着盆不知道自己该去哪里，因为我妈不喜欢花卉……

  突然，砰的一声！王骏从门口出来了，他的表情看起来还是那么镇定。

  我问他："你怎么也出来了？"

  "被发现了。"他说。

  "哦，是吗？"

  他就站在我旁边，眼睛呆呆地看着栏杆外的几棵大柳树……

  "如果能在外面画画就好了。"他的声音很小，也许是在自言自语，并不希望别人回应他。

"那你下课拿出来画吧。"

"太吵，"他停顿了一会儿，"人多！"

又过了很久，他突然说："你要吃巧克力吗？"

他从兜里掏出来一块巧克力，我几乎很少看见他买零食。

"嗯……"

我俩沉默了很久。

我突然问他："嗯……你说一个将近三十岁的女人会喜欢什么样的男人？"

"不知道。"

"那你说一个将近三十岁的女人会喜欢十七岁的男生吗？"

"会，电视剧里什么都有可能。"他说起话来永远是一副心不在焉的样子。

"我最近没看电视剧。"

"小说里的？"他靠在墙上，突然接了挺身子问。

"不是，我就是在问你，算了。"

"根本不可能。"

我问他就是个错误。他根本不看剧，也没谈过恋爱。他不懂。

一直等到下课，老师出来了。我们假装镇定地站着，她扭头就走了，什么都没说，只是留下一个干净利落的背影和高跟鞋发出噔噔的声音。

"王建国老师叫你俩去一趟办公室。"一个女孩儿对着我俩说。

"叫我俩？"我说。

"嗯，没错，就是你和王骏。"

"现在吗？"

"嗯，就是现在。"

情况有些不对劲。

"哦。"他似乎刚从那些幻想中缓过神来，那样子好像感觉什么都无所谓，又好像什么都在他意料之中。

我问王骏："你没有和老师吵架吧？"

"没有。"

办公室里，老师各做各的。蓝色挡板分割的小隔间，隔得开视线却隔不开声音。有老师正大声训斥学生，其他老师却充耳不闻，连一个情绪波动的皱眉都没有。没有一个特地为老师训斥学生而建立的地方，但我感觉他们真的需要这么一个地方。老师已经习惯说出一些带刺的话，这些话随着不断重复而变得普通老旧，但是对于每一届稚嫩的学生是全新的。作为老师，他们必须熟练掌握几句这样的话，以免在学生突然做了坏事后自己词穷才尽，或者训斥之词不具有震慑力，那简直比教了倒数第一还糟糕。一些语文老师在这方面表现得较为优秀，不说一个脏字，仅仅运用一些比喻、拟物、联想、对比手法，就可以将一些简单的词语组织成一句颇具艺术感染力的话语，或是一长串颇具震撼的语段，让某个人潸然泪下的同时，又让其他人哈哈大笑。

那些话对于我而言早就像打招呼：你怎么一点脸都不要呢——你今天看起来气色还不错。你的脑子怎么不会稍微灵活一点，锈住了吗——吃早饭了吗？耳朵里塞驴毛了吗？吱个声啊——今天天气不错。像你这样的学生要是能打回娘胎里重造就好了——再见……

我的大脑会自动翻译，把一些难懂的艺术语言译成通俗易懂的话语。一些新来的学生总是不懂，还以为老师在骂他们，伤心得五内如焚。其实，他们根本不懂老师，那是老师以自己独特的方式在和他们打招呼。

老师的特点很多，都要亲身经历过才知道。有时老师情绪激动且声音刺耳，有时老师夸人也冷冰冰的，像是在撒谎。有些老师觉得一定要手舞足蹈，唾沫横飞，才会给学生带来活力。一些男老师满身赘肉，走起路来稳稳当当的，头发也梳得干净整洁，就连皱纹似乎都是精心排列才滋生出来的，可他们一旦训斥人，完全丢掉斯文和优雅，一个个变得血压增高，满脸通红，表面上在骂人，心里却想着刚才和老婆电话争执时怎么就不知道发挥一句。他们熟练一心二用，凡是发火后很久都不能平静下来的都是新手。完事后，他们甚至都不知道自己说了什么。反正对他们来说，重要的不是被训者。他们很快拿起电话拨给自己的老婆，瞬间变得和颜悦色，仿佛刚才飞溅吐沫的狂喷只是一缕轻飘飘的烟雾，前一秒那么逻辑缜密的讽刺挖苦之语，马上被家人间脉脉温情的关怀冲淡。被训者身受极刑，正思考如何才能痛改前非，结果被老师无数绝妙搭配的词句以及其营造的氛围又拉回自己的"错误"中，想入非非。对于老师和学生来说，这种模式只是一次次愈演愈烈的预演。

"你上课一定要集中注意力，其实很多事情，你只是想的话，也不会有结果的。"王建国老师居然没有狠狠批评我，"我觉得你很聪明，你自己要努力了，这个学年结束就要重新分班了，你爸妈也和我说过你的情况，感觉应该没问题的，只是要抓紧时间喽。"

王骏就站在我旁边，眼睛看着老师们背后的窗外。

老师继续说："上课要认真些，不然你会错过很多关键的知识，比如你在上英语课的时候……"

周围有很多老师，不过大家都各做各的，唯有我们的英语老师正看着我俩。她背后就是窗户，她就像一块挡住太阳光芒的巨石，让我突然觉得有点阴冷。

"如果上数学课，一旦漏掉很多关键知识的话，整节课都会听不懂。"

一个老师该打的该骂的都做了，但学生仍然没有反应，她还是不会承认自己无能的。

"你好像还在走神。"

那么，她就会请班主任过来，或者是请我们的家长过来。

"嘿！"

他那双干枯老化的手在我眼前挥来挥去，骨关节清清楚楚，皮和肉似乎一晃动就会散开。在阳光下，那些凹凸起伏、颜色深浅不一的骨节都非常有层次感——这是王骏经常用的一个词。

"嗯？"我下意识地回应了一下。

"有些孩子也许天生就是注意力不集中。"他补充道，"行，那就这样吧，你下次注意就行。"

我很少看到王骏学习，老师交代的任务他却都能完成，他几乎很少被老师罚站。

我出来后躲在门口偷听。

"你变了个样子。"

"你以前可是全年级前五十名的人。"

可他还是没有说话。

"现在怎么会变成这个样子，你为什么要放弃？"

"你只要随便学学就可以在高三的时候摆脱这个班，现在还来得及。虽然上一次月考很差，可是以你的水平，后面的几次考试只要努力，你一样可以去最好的班级。你看看你现在的样子！"

"很好。"王骏的声音很轻，很冷淡。

"什么？"

"我觉得我现在很好。"

"你这个孩子，唉！老师好心说你几句，你怎么能顶嘴？"

我们班主任好像不太喜欢其他老师惯常用的手法，他很客气，可结果都是一样的。没人说话了，我想知道里面的气氛是什么样的，也许，那个英语老师仍然委屈地看着他，课堂上她差一点被王骏气哭了。有一些老师把最肮脏的话说给学生听，自己却流下了最纯洁的眼泪，楚楚可怜……

"你爸妈说你，你也不听，我们说你，你也不听，不知道你是怎么想的？"

"你怎么在上课画画？"

当然只有女老师才会哭，男老师如果太生气了就直接放弃学生，从此以后再也不理会，除非这个学生杀人放火，或者触碰他们的底线。有些老师如果真发起火来，那可不是闹着玩的。

"你下课画不行吗？"

平时他们拧一下耳朵，扭一下皮肉，踹两脚，用扫把棍子在腿上抽几下，在胸口捶打一两下都算是轻的了。一些脾气大的老师，还会抽耳光。要是比力气，谁能比过体育老师？可他们从来不打学生，总是很和蔼。

"不行！"

"既然说上没有用，那就算了，你回去吧。"

王骏的声音尖锐，突然爆发出来，我有点蒙了，第一次见他发这么大的火。他太认真了，而且缺乏经验。其实只要忍一忍，随便想些别的，时间很快就会过去。老师也有自己的事情，会主动打发他的。这样公然顶撞老师的话，很有可能被叫家长，甚至还会受到处分。

他背影决然且脚步急促，老师沉默了。也许，那些低着头工作的老师会抬起头来惊讶地看着他，而那个女老师可能被这声音吓呆了。

王骏径直推开门走了出来，他的脸并没有因为声音而变得潮红，脸上的表情冷冷的，几乎和他平时的样子没区别，嘴唇轻微向上翘着，根本没有注意到门侧面的我。他一股脑向着楼梯走下去了，动作迅速，门被拍得很响，却没有被关上……

我一直在观察他，看他会不会随着时间发生一点点变化。可事实上，他依然是那么平静，仍然说话只说几个字。如果那些句子写成作文的话，要么缺了主语和宾语，要么字数不够。也许，他天生的就像是在生气，或者说他生气的样子就和平时一样。我不知道他在想什么，因为他很少说话，更不知道他经历了什么事情。

"你怎么了？"他的眼睛盯着我看，没有一点点愤怒。可他真的没有愤怒吗？也许我看不出来，也许他觉得这太平常了，也许他心中满是痛恨……

"没什么。"我回答王骏。

"那你老看我。"仅仅这么一句话，他又开始画上午那幅没有完成的素描。他的画在我看来还不错，但和专业之作比，总要差一些。周围环境不好，一会儿上课，一会儿下课，还老有人在说话，最关键的是，他没有一个像样的画板。他的手掌很宽大却很薄，有点干瘪，筋骨随着手不停抽动变得很清晰。我的左边是窗户，右边是他。阳光把教室分为两部分，一部分光明磊落，一部分灰暗。他要寻找一个光线合适的地方，很难。他的脸颊下面有一小块铅锌的黑色，满手也染上了铅笔的黑，在他发黑的肤色中并不明显。他的额头干净，额角向后延伸，五官蕴藏着凝固的火焰。

我俩一起放学回家的时候，谁也没有说太多话。我们一直都是这样，慢慢悠悠地走着。老师骂人这种事情太频繁了，又不是每年只有一次，而是三天两头，不至于让我们生不如死。况且，那两句不痛不痒的话，不值得我们痛不欲生。没必要天天和老师置气，我可不想让这不堪的生活变得更加糟糕。

我俩住在同一个小区。在这个小区有一个钉子户的房子矗立着，我妈常以羡慕的目光望着这个钉子户，说什么自己心地太善良了，不然肯定能好好要一笔。这个小区的位置在城市的边缘，距离火车站比较近，小区修建时间很长了，陌生人进进出出，流浪的小动物也来来往往，我和王骏几乎天天来这个钉子户的旧房子喂猫。

他站在那个废弃的房子下，看着一只流浪猫，轻轻地蹲下来，把一根火腿肠放在猫面前，然后在一米远的地方观察它吃饭。大部分野猫总是认生，它们拒绝人们摸自己柔软的毛，它们身上有点脏，毛也并不整洁，没有人给它梳理，一到下雨了，四条腿有一半被污水染得发黑，身上的毛也是黄的，走起路来会不时地甩甩身上的泥水。他的表情稍微有些欣喜，却似乎想要隐藏什么。他的头尽可能地向前探，两只手放在他那双又破又脏的灰白布鞋上，却又不敢有太大动作，也不敢出声，倒是和那只小心翼翼吃饭的猫有点像。

"你……其实站着装装样子就行。"我忍不住说，"完全没必要把他们的话当回事，这才是对付老师最好的办法。"

他还是没有说话。

"你这样会受处分的。"

"嗯……"他的语调很低沉，就像这个字也是叹气时带出来的。

"我们走吧。"我说。

从几座高楼缝隙勉强穿过的黄昏阳光照在他的侧脸上，他脸上的

皮肤显得更加黑，轮廓有点模糊，却显得有些柔和，泛着红光。那只黄猫已经不知道溜去哪里了。

十二

  我很早就发现我爸妈有偷看我的日记的习惯。以前我写日记，会把我认为漂亮的女孩和老师的名字或生活中的趣事全都记下来，比如一只和我关系很好的流浪猫。不过，我爸妈每周亲自读的这部日记不是交给老师的，交老师的那本充其量是一个摘抄本，我只会写写阳光多明媚，写写秋天硕果累累之类的。我把那些漂亮女孩的班级写出来，如果老师选中我的拿出来在班上念，同学肯定会笑话我。可是我确实喜欢那些漂亮的老师和女同学，我会记录她们穿什么样的衣服，通常走哪条路。这也许是我上学的唯一乐趣。偶尔，我会跟在她们后面，看她们过马路会不会看红绿灯，看她们会不会刻意去水坑里玩水弄脏衣服，看她们上学的时候是蹦蹦跳跳，还是步伐沉重……

  小时候爸妈经常打我，我不会把这些记在笔记本上的，那是不值得回忆的。是的，我真想比他们更残忍，可我既没有力气，也没有钱。我会记下矿泉水瓶子里养的蝌蚪，它们在没有变成青蛙前，就肚皮朝上，死了。我还会记下那只陪了我很久的流浪狗，它灰白色的毛，以及和它有关的一切……只是这些而已。我爸妈对它有执念，但他们从不光明正大地看我写的日记。现在我只会把所有都记在心上，他们休想再多了解我一点点，他们将永远看到我作为一个学生的日常，仅此而已。他们看不到我这颗心，永远。

  他们之前偷看了我写的日记之后，居然问我李冰是谁，她只是一个记下名字的小女孩而已。我爸还问我李健红是谁，她是一个漂亮的女老师，我为什么要告诉他们？

  我此刻坐在写字台上，根本无法准确地猜想出我妈每天把所有的抽屉拉开几遍。她天天借机收拾这儿，会把抽屉翻个底朝天。有一次，我跟我妈说要交班费和书本费之类的加起来总共一百多，她竟然详细盘问我明细，我发现事情不对劲，突然觉得自己之前攒的钱夹在一本书里，肯定被我妈发现了。那天我的书桌，最下面的抽屉是没有完全关上的，留着一条缝，这是我妈粗心大意才造成的。现在她似乎已经没有检查另外两个抽屉的习惯了，但她偶尔还会拉开最下面的抽屉。

现在需要换位思考了。我最近继续写日记，写写流水账，写每天的学校生活有多辛苦，写作业有多累，题有多难，还融入一点感情在里面，写得自己很可怜，说不定他们看了我的"真心话"还会同情我。我还要在这些日记里面夹上几十块钱，让他们以为我在存钱。我确实在存钱，把他们每天给的零钱全部在小卖部换成一百的，再把它们压在电脑的显示器底下，这次为了她我一定要全部存下来。

每天的七点到九点半都是我写家庭作业的时间，这是我妈规定的。如果我是一个说话有分量的人，我一定会取消家庭作业，甚至为了这件事我愿意去各个中学发表演讲，让这一观念深入人心。也许，当我站在操场的主席台上，洋洋洒洒且激情昂扬地发表演讲词，下面的学生一定会大声欢呼的，那些老师和家长应该把鼻子都气歪了吧？这些还远远不够，我还要禁绝任何形式的补课，嗯……我还要规定学生每天在校时长不得超过四小时，包括打扫卫生和学习时间，规定男女必须挨着坐，不分成绩等次。

讨厌学习需要理由吗？难道喜欢学习就不需要一个理由吗？我始终找不到一个喜欢学习的理由，数学很难，英语老师长得又胖又丑，历史全得记忆，麻烦死了，政治看着就觉得无聊，地理老师喜欢打人……

我热衷于漂亮的事物。比如说那个女人，我可以通过衣服的模糊轮廓来想象她身体的样子。不过，这可是我一个人的秘密，绝不能告诉李思远，他若见了，肯定也会喜欢的，肯定会和我争。虽然他已经有女朋友了，但他这个人三心二意，没有标准。

"你的作业写得怎么样了？"我妈竟然悄悄地走进了我的卧室，我没听到。

"呃……正在写，正在写。"我说。

"我给你端点刚洗好的水果，累了就吃点吧。"

"嗯……哦。"

"你写什么作业呢？"她从来都是借着各种名义在我写作业的时候出入我的卧室，来检查我是否在写作业。当她说要检查我的作业时候，我必须镇静，虔诚得就像自己把抄好的作业交给老师，还要装作胸有成竹的样子，以此显示自己人正不怕影子斜。她只是扫一眼，我并不担心她看到什么，反正作业本上有字，反正我妈文化程度很低，她看不懂。

"你是在写数学吗？"

"是的。"

"怎么，不好写吗？"

"呃……"

这些数学作业很难，我最多只能做对三分之一。班里只有极少数的同学可以全部做对，这也造成抄作业困难的局面。毕竟，只有那么几个人愿意给我抄。

"不会做的话，你最好独立思考一会儿，实在不行，就打电话问问你的同学，问人家学习好的人。"

"噢，我会的，如果我实在是做不出来我会问的，不过人家也在写作业，这样打扰恐怕不太好。"

问了也不一定会，况且我怎么可能认识班里的好学生！她们一天只顾着学习很少交朋友的，而且还都是几个女孩子，我怎么好意思！再说，她们私心那么重，不会给我抄。

"那你自己看吧，我不打扰你了，反正不会的题一定要尽力学懂。"

"嗯，我尽力吧。"

我妈监视我学习，大概也就那么几种方法。第一种就是像刚才，她也许端着水果，也许拿着一杯热水，借机进入我的卧室，来近距离地观察我写作业的状况。以前我把家庭作业拿回家里来抄，现在我已经不用这种笨办法了，第二天去了才去抄作业。近来，老师留的作业越来越多，仅靠课余时间已经无法完成。而且大部分学习较好的同学更喜欢把家庭作业带到家里去写，那我只能抄到一些质量一般的作业，错误率高，还容易被老师和父母发现。在家战战兢兢地抄，太耗损精力。我妈常像幽灵一样飘进我的房间，我就因为一次失手，被我爸踹了好几脚，从那以后，我再也不敢在家里抄作业了。

我妈监视我的第二种方法很隐秘，使用也很频繁。我的卧室门上有一个小窗户，当我写作业的时候，正好背对着那扇小窗户，我妈常装作不经意，在小窗户上乜一眼我。根据我的经验，她常风轻云淡地从窗户里扫一眼，平均每小时两到三次，时长不等。

我妈刚出门，我做一次深呼吸，放下手中的笔，一动不动，不敢发出太大声响。我可以听到一连串混杂在一起的声音，这些声音有大有小，认真听就不难辨认，有时是洗锅刷碗，有时是拖地洗衣。在这些混杂的声音中，通常会有一些金属或陶瓷碰撞的声音以及水流声。我妈刷碗的时间不会太久，是根据那顿饭吃了什么决定，如果是炒菜和馒头的话，时间会短一些，烩菜、炖菜加米饭，时间则会长一些。而我爸则坐在客厅看电视，他通常会选择看新闻联播，声音一部分就是从电视里面传出来的。我爸喜欢在看电视的时候抽烟、剔牙、嗑瓜子，而这三样东西都放在我的卧室门旁，我爸特别喜欢在我写作业的时候去那里拿这几样东西。

我妈性子很急，家务活很多，总是脚步急促轻快；我爸大腹便便，脚步沉重，但他们轮流监视我，这是串通好的。

集中注意力通常要整整两个小时，脚步声交错通常也会有十几次，这就是写家庭作业，所需要的注意力远远比上课时候还要多。作为一个学生，一心二用，一边写作业，一边像个间谍那样仔细揣摩父母的心思，真是刺激。

写完作业后，他们允许我看一个小时电视。我会看一些偶像剧，最近《那年冬天风在吹》快大结局了，不知道结局是喜是悲，悲剧我可受不了。看这些电视剧的时候，每当男女主人公甜蜜接吻，虽然我会觉得不好意思，但忍不住会看。万一被他们看见了，他们也只是说两句。但这样的画面太少了,男女主角之间的障碍太多了,这些亲吻拥抱的画面往往是让我等了很久才看到的……

现在十点半,该到上床睡觉的时间了。但是我不能安心睡觉,因为我爸妈在这时候也没有睡觉,我必须要彻彻底底地摸清他们的想法。他们在暗中监视我的一举一动的同时,我也必须时刻感知环境中微妙的变化,一一识破他们的诡计。他们总是热衷于在夜晚悄悄地探讨培养我的计划,探讨我的一言一行。什么工作那么累,这些抱怨就是故意说给我听的,也是他们苦心设计的。每当他们私下讨论我,立刻像电影中的国家情报局那些人一样神秘和谨慎。只有这件事情,他们才肝胆相照,荣辱与共。要知道,他们平时换个衣服都不关门的,对于生活中这个人或者那个人的抱怨也会在吃饭的时候随口说出来。

有时候,他们吃完饭看新闻联播,会把电视的音量稍微调小一点点。但另一个征兆就是原本应该有的噪音都消失了,包括脚步声、碰撞的声音,只有我侧耳贴在门上才能听得见他们到底在说什么。他们偶尔会声音变大,也许是因为讨论到了关键的地方,或者起了争执,比如到底给李老师送几条烟,这个月到底应该在银行存三千还是四千,但很快这声音又会被刻意控制得很小。如果我正在想那个女人,或者正在抄作业,那么我就会完全错过。现在是午夜十一点十七,在这种夜深人静的时候,他们聊天仍然不会太长。哎!每天上课早起就已经很累了,但自从发现了他们有夜晚聊天的习惯后,我必须坚持到晚上十二点才能睡觉。这种时候如果我去尿尿的话,那么他们的谈话就会立刻在我的卧室门打开后中断,然后就没有任何声音了,包括打呼噜声。

第三种情况属于一种猜测。他们可能趁我不在的时候讨论我,但我仍然能够通过他们在晚上睡觉或者饭后看电视的时候的聊天内容猜到他们之前到底说了什么。

我继续等待,可以听到了。

"那你明天要去吗?"

终于开始了。刚刚十一点，比上一次早了二十分钟，他们认为我已经睡着了，声音很轻。

"肯定要去，不去怎么办？"

去什么？这是我不知道的，但我知道学校并有邀请家长参加什么，很有可能是我爸工作方面的事情。这不重要。

"那几个领导事真多。"我爸的声音。

"他们一直就那个样，算了，别说这些了，听见了我就烦，明天只能硬着头皮去了。"

"我这几天麻烦事情也多，那几个老师要写论文，天天来图书馆，把地踩得很脏，我得一遍遍打扫……"

我爸是一个企业的司机。我妈是才扬小学的图书管理员，就是给图书馆打扫卫生的。几乎没有人去过那个安静又阴森的图书馆，因为好奇心，我会往里面看几眼，总有一个五六十岁大妈坐在那儿玩手机，桌子旁边还放着一小盆瓜子。那些热爱学习的人都在教室或家里学习，那些不热爱学习的人，比如我更是没有必要进去。一个月以前，我进去过一次，想找一本小说，可是那里根本没有。那个大妈当时戴着一副眼镜织毛衣，我问了那本书在哪儿，她一脸迷惑，好像我走错了地方。

"老师通常都借什么书来着？"我问。

"关于马哲的吧，还有一些其他的书，在那一排。"

她似乎只是知道图书的编号。我更喜欢书店的老板，他们总会向我介绍，告诉我书在哪儿。

"你打扫你的卫生就行了。"

"可他们进来了，总得跟他们打声招呼，都是认识的。他们每个月都要来，我估计是写思想汇报。"

"那很正常。"

"他们总喜欢把书借出去，那些书其实都是不能借的，老师和学生都不能外借，可那几个老师，偏喜欢借走了看，有时一个月都不还。"

 | 065

"那你找他们要了吗?"

"去哪儿找他们要？我不太知道他们在哪个办公室。好不容易碰到了，一问他们要，他们还不乐意还。况且，我凭什么要去找他们要？他们自己借下的东西，不赶快还，还要别人催。算了，反正也不是我的书，学校一两年才清查一次图书。"

"你这事儿算什么！你不知道给领导当司机有多么麻烦，简直就是他的秘书，没有准确的上班下班时间，随叫随到，不光是开车，什么提东西送文件之类的杂活全是我的。最近李总身体不太好，可能是前天喝酒太多了，昨天没上班，按说我也应该休息，谁知整个公司的人都给我打电话，问我李总到底为什么不来上班，烦死了！这口饭可真难吃。"

"那说了半天，你能休息吗?"

"哪能啊，我又临时给王总当几天司机了，他的司机结婚请了假。你说人家司机都是二三十岁，我都四十多岁了，还是司机，之前有好几个比我小的都被提拔了！"我爸的声音突然变得很大。

"他每天中午还不回来。"这是我妈的声音。他们终于开始说我的事情了，不过声音变得很低很低。

"是吗，最近才开始吗?"

"嗯，他说是在学校学习。"

"你千万别信。"

他们保持一贯的态度。

"我当然不信了，你觉得他每天中午在学校会有什么事儿……"

看来，他们不知道我干什么，可结尾那句话我并没有听全。我妈的声音在那个节点突然变小了，缺失的词汇需要我填充。这就好比在做英语完形填空，空一个单词，要填一个动词、形容词、副词，需要根据情景推理。这也像一篇文章，即便从中间或者开头挖空一两个句子，只要我能够理解全文，就能大致猜出空出的句子在说什么。遇到这种类似的难题，最忌讳的就是一直想到底空着的内容是什么，浪费时间。

"你这态度也太……"

我错过了我爸对于这个问题的回答。同样，后面的内容我也没有听见。

"反正每个月就给他那么多钱，他能干什么？他不想回来就算了，总不可能饿着肚子去打游戏吧？"我爸说话声音总比我妈大一些。

"你说得有道理，可我还是不太放心。"

"你说他不会在学校……"

"不太可能的，你这都是乱想，他最多就是不学习，那些事情他还是不会干的。"

"是吗？不过也是……"

噔，噔，噔……声音在一点点变大，我妈穿着拖鞋出了卧室，来到客厅倒了一杯水后又回去了。这个时候，跪在门口偷听的我是不能动的，只要我不发出声音，她就不会从小窗户看我。她出来倒水的时候是从来不开客厅的灯。

"我觉得肯定有问题。"我妈说。

"即便有问题我也不知道是什么。"我爸回答道。

"那怎么办，现在就先这么着吗？"

"马上就要开家长会了，我问问老师，老师应该知道他最近状态怎么样。"

"嗯。"

"我再给老师送点东西？"

"管用吗？真的能……"

唉……

"你懂什么，那肯定了，我让老师多看着点。"

"不过现在有的老师不负责任，管得……"

"我肯定要让他多管管，该打就打，该骂就骂。"

"就要那种厉害的老师。"我妈说。

"他们就是这样，后面的班稍微抓紧一点成绩非常明显，老师一个比一个懒。"我爸说补充道，"这又不会影响他们拿工资。"

| 067

"会影响收入的,有些老师额外收入来自于补课,学生没有成绩,谁会去找他们补课?有些老师就是没有上进心,耽误自己倒罢了,还把学生给耽误了。"我妈对于老师还是有些了解的。

"行了,我看他不是学习的料,还是早点看点别的吧。"

"先不管他是不是这块料,他现在是学生,学习就是他的本职。他中午不回家,钱也不能多给他,再看看。"

周六上午写作业,中午睡午觉,下午可以看三个小时电视,晚上洗澡后继续学习;周日上午学习,下午原来是补课,现在不补了,可以看一会儿电视,晚上依旧学习。这是他们给我安排的。

事实上,我写作业主要在周一早上,除此之外的学习都是走神,偶尔趴着休息一会儿,虽然我不累。可我想出去很难。如果我告诉他们我出去上网,会被拒绝;如果我说我要出去玩乒乓球,他们一定会问我和谁一起,他们不希望我和王浩、张跃然一起玩。即便没有正当的理由拒绝我,他们以后也会唠叨。比如我周末的作业没写完,他们就会说是因为我和王浩他们打球浪费了时间,尽管我经常完不成作业,也极少去打球。

我的生活除了学习还是学习,我喜欢的只能和学习相关的,就连恨也只能恨学习。如果我说出去找刘睿讨论运动会项目的事情,即便这和学习无关,他们会立即鼓励我去;如果我告诉他们,要用电脑学习一下午我最薄弱的英语,他们一定会欣然答应,恨不得把我的卧室门锁死。可是如果我要求看一会儿电视,他们立刻关心我,说:"你的眼睛才好,不能太用眼。"无论我中午在学校学习还是跑去看她,只要我期中考试能考好,即便老师告诉他们我在玩,他们也会给自己找理由说:"这小子醒悟了,偷着学习呢。"那些成绩好的学生上网,就是适当娱乐调节学习生活,我上网就是耽误学业,沉溺网络游戏,反正学习差干什么都不对。既然你们觉得我糟糕,我就糟糕透顶吧……

我跪在学校的桌子上,周围的同学和老师都在嘲笑我。我全然没有理会他们,继续趴在黑板上,我的脖子和腰有点痛,我在偷听什么呢？黑板的另一侧是什么……

我看到两只女人的手，它们灵活地舞动着，时而缠绕起来，时而又放开来如同两条蛇，光滑洁白的手腕，白嫩纤细的手指，非常短而且干净的长指甲。两只手慢慢向前蜿蜒，一点点地向我靠近。突然间，那两只手触碰到我的右手，就如同一层纱轻轻覆盖着，但很快就又抽离了。我的汗毛似乎都立起来了，手指头肚子不停地在我的手背上轻轻滑动。那些汗毛不停地被按压，似乎变得兴奋，一点点地向上。那只被抚摸的手变得微微发红，但仍然没有阻止那洁白的手顺着的我胳膊继续轻轻滑动，一点点地向上……原来只是一个梦，身体靠在门上，我的身体有些酸痛……

十三

我盼着能多见到她几次，上一周每天中午我都在那里等她。我每天真正的开始都是从坐在那里等她开始的。如果见到她了，就是美好的一天；如果她没来，那天对于我而言也结束了，其余的时光不过是一场梦，有时是噩梦，有时是绮梦。

我真想给她拍几张照片，这样上课无聊的时候看看她的照片，不用刻意闭上眼使劲回忆她的样子。我总感觉她就在我身边，那淡淡的光泽在我周围，那独特的气味让我梦绕魂牵，如坠异境。

在我眼角的余光中有种气味的残存，光环的余晖就隐藏在阳光照射不到的某个角落，她的影子似乎总是出现在某一个背对我的人身上，让我产生一种错觉。可明明知道是错觉还是忍不住想要看看她的样子，确认不是后，是无尽的失望。我常觉得餐厅里的光晕和教室里的相重合，以至于每当我坐在教室里的时候，总感觉自己仍然坐在餐厅的那个角落，观察餐厅里来来往往的人。无论身处何地，我都是一个局外人，既不是学生，也不是顾客，只是像空气一样的存在。而在那里，我才置身于现实生活之外，静静看着生活中普通平淡的一切——餐厅里的人和我是那么相像，都是碌碌无为者中的一分子，都是生活的附属品。如果说在餐厅是为了等她，那么坐在教室里，我又在等什么呢？

教室里的空气永远弥漫着灰尘，那些漂浮的颗粒物在阳光下变得明显，就如同那些与我们朝夕与共的苍蝇、蚊子、蜘蛛、蚂蚁、蠕虫。墙壁上满是不清楚的浅黑色的印记，坑坑洼洼。粘在墙壁上很多年的纸，它们早已褪色褶皱，只是在墙壁上留下一小部分，以显示它们曾经存在过。水泥地面与灰白色的墙壁自然连成一体，地面干净的时候就像脏的，灰蒙蒙的。白天它一旦干燥，那些地面的灰尘向上飘扬，向一群失控的飞蝇。在这个不大的教室里，五十多个人挤在一起，大家套着肥大的校服，显得臃肿，没有精神。这些人有的不喜欢换袜子，有的不喜欢刷牙，有的不喜欢洗脚，有的不喜欢洗脸，有的不喜欢穿袜子，有的不喜欢洗澡，有的不喜欢换鞋，还有些人不喜欢上课。校园生活总是百味俱全，每一个人身体至少有一种独特的气味，也许是浑然天生的，也许是不幸沾染的。大家在一起，不同的味道汇聚在一起，总是能够让我感到生活的丰富，却又难以分辨它们到底是什么。天天待在这里，根本无法逃避这种浓郁的生活气息，只能习以为常。

"虽然我们班的成绩相较差一点，但每天仍然在进步，这是值得肯定的。"

老师的声音让我回到现实中来，重新想起自己的身份。但在老师清晰的声音后，我又感觉自己忘记了很多重要的东西，也许是一些记忆的片段，也许是一些幻影，也许是那些关于她的感觉。

"在上次的月考中，我们班的地理成绩平均只有五十三分，希望大家在学习上多用点心，不是你们笨，也不是家长和老师不负责，而是有些人的心思压根就不在学习上……"

我突然觉得老师的声音一点都不平淡，它就像起床的闹铃，无论是早上还是在其他时间听到都会让人感到恶心。为什么它是那么刺耳呢？

"其实我们老师下了很大功夫，只是大家不知道。希望你们在期中考试时进步再快一点。"

"总之大家一定要相信自己，上一次的成绩已经是一个月以前了，不要和别人作比较，即便家长说什么别人家孩子如何的话，大家也不要理会，永远都要和过去的自己作比较，哪怕进步一点点都是很了不起的。比起让大家多做题、多练习，也许端正学习态度才是关键。当然了，我希望我说的都是错的，我相信大家只要努力就能摆脱现在的状况，而且永远不晚……"

这些老师为什么这么执着我早就放弃的事，真让我反感。

"我相信你们每一个人都想变得优秀，你们也希望被别人称赞和表扬。我呢，也一直在鼓励大家……地理张老师每周日在补课，有需要的同学可以去试一试。"

"来补课的同学，我不敢向你保证你的成绩下次月考就会提高，张老师只是讲讲一些题，这对你们绝对只有好处，没有坏处。学习呢，它也不是立竿见影的事情，而是自愿的。"

"明天就要期中考试了，大家好好发挥吧，我相信大家一定没问题的！"

班主任已经五十多岁了，却总有点年轻保险推销员的样子，说话时声情并茂，还不断用手比画。那些照射在他脸上的阳光使他的青春重新焕发，让他的皱纹变得模糊，让他的白发和黑发一同闪着光。

班里面没有人回应他，不过期中考试后放一天假总是很有趣。我真想惩罚一下这位老师。当自己受的苦一旦太多，那么这种苦就不算苦了，它只是生活的一部分。也许在多年以后，我不会把它当作一件稀奇的事情来回忆，可现在我居然又冒出这种想法了……

"他在下课后拖堂五分钟，然后下一位上课老师提前进教室，连个尿尿的时间都没有，提升个屁，全班都倒数了，还一天在那儿说提升，往哪提啊，作业又难又多。你听到了吗？他说要补课！这真是天大的笑话，我他妈连这种免费上的课都不想听，还要花钱去做题！"王浩说。

他总是在老师说完后发很多牢骚。他说话时脸盘周围一圈的肉会轻微地抖动，松松垮垮的。他的眼睛太小了，眼神因为脸上的肉拥挤而缺少变化。

"你说班上会有多少人报呢?"王浩问张跃然。

"最多十个人,肯定到不了一半,就那几个天天坐在门口,连教室都不出的人会报,其他人谁还会报?老师够狠,我们学生每天在学校里还不够辛苦吗?老师真是好精神,我们只念三年,他们天天年年这样弄,不嫌累吗?为了赚钱我也真是佩服。"张跃然回答。

"唉,万一报的人多了……"

老师给我们留的作业要比前面的班级少得多,估计对于补课的事儿,也压根没希望我们全报。不同的班有不同的对策,有时候真羡慕那些有和蔼老师的学生,不过有时候觉得他们太苦了,作业多,还得参加很多补课班……

"去他妈的,就算全班都报,我也不去,说什么也不去!"

"我也不去。"

"他肯定不会强迫我们,这是违反规定的。"

"违反规定的?我还可以找回以前想尝试的方法——举报,可是我们不花钱在老师那儿补课,这不算强制,只有交钱的,才是违规的吧。"

"你们俩别说这些扫兴的了,"我打断了他俩交谈,"这样随便乱说举报是很有危险的。"

"那好吧,确实聊这事挺无趣的,说点别的吧。"王浩直接趴到桌子上了。

"最近新上映的一个电影你们看了吗?叫《夜静心慌》,是个恐怖片。"张跃然问我们。

"我没看。"我说。有时候真羡慕王浩和张跃然,他们的爸妈都不怎么管他们。

"我看了,还行吧,看到后面都不敢睁眼了。"王浩回答。

"你的胆子也太小了吧,你以前看岛国爱情片的时候不是眼睛睁得很大吗?看得很仔细吗?"

"我才没看。"

"还不承认?这恐怖片中间的时候,电影里出现几块糖。"

"怎么了?"王浩问他。

"我看着特别眼熟,因为这种糖我以前吃过。二年级的时候,我看见杨慧的桌子上有几块白纸包的糖,看着挺好看的,我就趁着教室没人把它偷偷吃掉了。杨慧回来以后可着急了,到处找,到处看,怎么也找不到……"

"她没告老师吗?"

"你怎么这么笨?我就是看准她不敢告老师才吃的。"

"张跃然,你干的这事也太恶心了吧!"我直接指责他。

"你说话也太难听了吧,不给兄弟留点情面。"

难道我说得不对吗?

张跃然说:"不过我也被老师整过,但我忘了是哪一次了,只记得老师说如果我不道歉就让我一直站着。我还骂了那个老师几句,结果我站了一整个下午。放学时老师不让我走,要把我锁在教室里,后来我妈来了,才把我领回去。现在想想那个狗屁老师,我都来气。"

"你们俩有没有好人好事给我们讲讲?瞧你这一天说的事情。"王浩插话进来。

"你们坐过游乐场那个海盗船吗?那个很爽。"张跃然问。

我没说话,王浩应和道:"我不敢,感觉心脏要跳出来了。"

十四

今天的早餐我妈做了蛋炒饭,以往都是面包或是昨天剩下的饭菜。今天是期中考试,这只是一个甜蜜的陷阱。我妈是如此平静,如果我这次考好了,说不定我妈每天都会起来亲自做早饭了。今天的早饭我若不吃的话,我妈一定会问我。可万一我刚咬一口,我妈直接说出她的交换条件怎么办呢?是比上次期中考试进步五名,还是在全班成绩排到中游?她一定会说她的诡计。吃还是不吃,这是一个问题。

我为什么不能吃呢?我又没让她给我准备,是她自己非要给我做的。我只能像平常一样吃早餐。要不我别去参加期中考试了,有什么理由能逃过这次期中考试呢？我拉肚子？我受伤？我可不愿意自己找罪受。

"你不吃吗？"我妈和蔼地问我。

"哦，吃，我吃……"

也许一个有骨气的男人，应该放下碗说自己肚子难受，这样的话期中考试成绩差可能会得到一点原谅。

"这个炒饭要比干吃面有营养，是热的。还要水吗？我给你倒。"

"不，不用了，妈，我自己来吧……"

以往我都是自己倒水，她拿出来早饭就做别的去了。

"你们今天要考期中试吗？"

"哦，是的……"

"那你好好发挥。"

"嗯……"

我妈早就知道了，在今天这个独特的日子要进行期中考试，而且考完试必须召开家长会，以往考试完，老师仅仅是电话联系。如果我吊儿郎当，最后成绩很差，老师就会夸张地把我说得一无是处；如果我吊儿郎当，最后成绩意外好，那么老师就会认为我极其聪明，对我刮目相看，并且告诉我父母，如果我再努力一些一定会更好。他们永远也不会满足，总是有更高的要求。因此，无论我怎么做，都无法让我爸妈永远满意。我只能给他们一个美好的不现实的希望，即使它永远也不会实现。因为我知道，即便我这次考得很好，受到了表扬，也不过为下一次更大的失败做铺垫而已。因为下一次，我只要倒退了一点，还是会被批评。

在那个被流浪猫占领的旧房子里，我相信那儿有神灵。它是一个四方形的砖瓦房，像个庙，里面总是很黑，窗户上放着一些东西，如同供品。经常有流浪的小动物路过或在这里休息，它们好像是神灵的信使，出出进进。

现在是早上，我把从家里带出来的剩饭打开放在房门口，然后上献，站在那儿，许愿：我希望无论我考成什么样，父母的心态能平和一点，至于其他的我也不奢求，唯愿老师别说我的坏话。

当我睁开眼睛的时候，一只猫已经出现在祭台上，它浑身的毛都是乌黑的，在晨光下发亮，黄色的眼睛缩成一条缝，盯着我看。奇怪的是，我每次来这里看到的都不是同一只。

我买的那株万年青没有拿回去，曾经就放在这个小房间里。我想自己真正做成一件事情，没有任何人的介入，既不需要他们批评，也不需要他们帮助，成功后也不需要他们的赞美。刚买到那株万年青的时候是秋天，我每天早上都要带着自己的水壶，小心翼翼将水均匀地浇在盆四周。水温不能太高，也不能浇太多的水，这些都是我后来问阿姨才知道的。早上我会把它放在窗户上，保证它能晒到太阳。窗户早已经没有玻璃，只是一个大方框。在学校上课的时候，我会担心有人把它拿走了，毕竟它太小太不起眼。中午的时候，我用手摸摸土壤，检查它的湿度，查看它的土壤是否板结。我没有小铲子，只能用手小心地刨，唯恐伤到它的根部。

我看着它，仿佛它能够陪着我一起度过小学初中高中。栽它的盆很小，我完全可以换掉盆，把它移植到整个房子的中心，那里地板破碎不全，露出了块块地面……

"这周五开家长会的时候我们去哪儿玩？"王浩问我们。

大家都在搬桌子凳子，调整座位顺序，把我们几个关系好的人都分别调开了。就那么半天的时间，去网吧，去看电影，还是去游戏厅玩玩跳舞机，都难。我估计自己出不去，如果成绩差的话。

"我要和我弟弟去KTV，没办法和你们在一起玩了。"张跃然回答道。

"张跃然，就你的那个干弟弟？"王浩说。

"嗯，我也帮他介绍了对象，我们四个打算一起去游乐场玩玩。"

他的干弟弟，是谁？叫什么？我见过吗？我似乎没有什么印象，完全想不起来他的样子。他似乎提起过，是个高中一年级的学生，也许我见过几次,只是没怎么留意。

"瞧你,不就是拜把子,还一口一个弟弟,至于吗?"王浩说。

"你们不知道,他为了谢我,给我买了一条烟,南京烟。"

张跃然一只手插在裤兜里,另一只手夹着一根烟,甩一甩刘海,短暂露出的额头,很快被垂下的刘海遮住。他身子向前倾,朝着男厕所的便池,另一个男生人高马大,比他高比他壮,手里拿着打火机,给他点着了烟,然后给自己也点了一根。他们背对着我,我看不清楚他们的脸。冬天天气黑得早,很冷,只有两个红点在暮色里忽明忽暗。他们俩吸了一口,然后轻轻吐出烟圈儿。那几缕灰蓝色的轻烟形状不断变幻,向上飘去。张跃然忽然发现了我,笑一笑,又吸了一口,然后故意朝我吐出。那烟味儿有点呛,和我爸抽的那些烟有点像。我轻轻咳嗽了几下,厕所的空间有限,烟味儿混合其他味儿呛得我难受。他笑了,那种有点成熟的笑。这是以前冬天我遇到他俩在厕所抽烟的情景。

"我应该出不去,王浩你去吧。"我说。

那就是他弟弟,头发很短,可是脸的样子我记不清。我肯定还在其他的地方见过,难道那个经常给张跃然跑腿的人是他?张跃然要买什么东西,都是把钱给他,然后让他去买。他是什么时候认识那个弟弟的呢?好像已经有一段时间了吧。

"我也不去了。"王骏心不在焉地说。

"你们都不去的话,那我也不去了。"王浩也没兴致了。

"我们四个好哥们儿,谁也不能考在前面。考试结束后,我们还得一起坐在后面!下次我们有时间再出去玩吧。"张跃然说。

"那肯定啊,我反正还是倒数第九,要是换一个名次,我就是孙子,张跃然,你还得当我同桌。"

"大家即便能前进,也千万要保持现在的名次!"听了张跃然的话后,大家都哈哈笑了起来……

很快我们就开考了，恐怕只有在数学考试的时候，我才会真正的和数学题面对面较量，平时我都懒得理它。既然平时都是那个样子，现在的思考又会有什么结果呢？会做的可能会做错，不会的还是不会，即便用了各种各样的技巧，还是没办法保证正确率。比如，把选择题的答案都代进去算一遍，这种方法仅仅针对很少一部分题有效果，而且它很浪费时间。大题的话，只能把公式列出来，即便解不出来，还是可以得分的……

当我把这一切都完成的时候整堂考试仅仅过去了一半。一个陌生的男老师站在讲台上，同学们都在埋头答题，没有什么比等待交一张不会做的试卷更让人煎熬的了。今天下午天气有点热，我只想提前交卷子，可是老师不允许。

我留在这里只是一种折磨。燥热的天气，挥发的水分，莫名其妙的题目，只会让我更焦躁。老师像是狱警一样精神抖擞，只要看他一眼，凌厉的目光会逼我低下头，尽管我什么也没有做错。外面的阳光斜射进来一部分，老师的脸紧绷着，由于不能频繁走动，他的脸上满是汗珠。

没有什么比思考一道难题更折磨人了。明明不会做，可还是要做，是觉得活得还不够辛苦吗？可有些人习惯了逆来顺受，感觉不到痛苦，反而会病态地陷入兴奋。戴钟辉，刘睿，李瑾文，他们不正写得高兴，写得入迷吗？那些平常拘谨的人，现在仿佛解开了他们的束缚，头彻底埋在试卷上，脖子上的汗都流出来了，后背和衣服都因为汗液黏在一起了。毕竟半学期学习的成果只有这一次展示的机会，他们恨不得现在多长几只手。

这是决定我们命运的时刻，他们为了和我们保持距离，必须得这样做。现在只要我站起来把他们的卷子全都撕掉，我们就是一样的了。他们只在这个时候比我们好那么一点点，他们只是钻进了老师设下的圈套，出不来了。学习是老师提出来的，也只有他们会认可，我绝对不羡慕，即使我平时抄他们的作业，那也不是心甘情愿的。现在我若再抄他们的试卷，成绩提升了，下次月考还得抄，这是一种恶性循环，这和他们陷入圈套有什么区别？教室里现在的气氛真的和我格格不入，我还是喜欢那个灰尘满天飞的操场，时间还久，先睡一觉吧……

十五

记得小时候做过一道题，说有一个水池，如果单开甲水管则需两小时注满，单开乙水管需要五个小时注满，请问同时打开两个水龙头几个小时可以注满？所谓的应用题应该解决实际问题，即便我不算，我也知道这个应用题的参考答案不符合实际。我家里也有两个水龙头，打开浴室的水龙头注满一壶水需要60秒，打开厨房的水龙头注满同样的一壶水也需要60秒，虽然两个水龙头一个在浴室一个在厨房，可它们注水所需要的时间是一样的。为什么这道题中两个水龙头单独注满一壶水所用的时间会不一样呢？是乙水龙头堵塞了，流水比较慢，需要100秒才能注满？那么，两个水龙头同时打开需要多久呢？还是需要60秒的时间，因为浴室的水龙头堵住的那一部分水，会从厨房的水龙头中流出来。数学应用题，还是这么不讲实际……

政治怎么会考一道那么奇怪的题？从来都没有见过。英语的写作能出点简单的吗？我不会写"环境"这个词。什么时候作文能让我写点自己想写的东西？我多想用自己的笔去描绘那个女人，而不是写我妈、我爸、我的狗、晚霞，还得怀着对他们的爱——我没有。一想到要写下对他们的爱，整个写作过程就变得荒诞不经。老师永远是这样，出的题永远不考虑实际，考试只是他们摒弃一部分人的手段。

总体上来说，这次考试和往常一样，不会做的题还是不会做，会做的题还是那么几道。期中考试似乎总会出得难一些，复不复习结果都一样。如果题简单，我考得高，那些学习好的人就考得更高了，差距反而会更大。还是题难点好，反正我都不会做。

考试结束后的家长会才是噩梦。老师肯定会向我爸妈告状，我上课迟到、睡觉、不听课的事情全都被我爸妈知道。如果糟糕的成绩再配上老师那些司空见惯的说辞，我死定了。

我不是老师重点关注的对象，凭什么把我的缺点全都说给我爸妈？难道那些老师就看不见我的一处优点？老师的心坏透了吗？其实，我是有优点的，比如，我上课虽然不怎么听课，但我没有刻意去捣乱，去影响那些学习好的同学。而且老师罚我干的事情我都做了，罚站、抄单词一样不落地服从，从不拖欠。况且全班不是我一个人这么糟糕，我后面还有一排人。老师的唾沫够用吗？

周五下午正好去看看她，我觉得应该有一些实质性的进展了。老师总是要求我们在学习上向前看，为什么不能在爱情上也向前看呢？同样是比较，为什么比学习要和学习好的人比，而家长给我们钱时就要和生活条件差的人比呢？带上她忘记的笔和书，是时候还给她了。管什么期中考试，反正最坏的结果就是爸妈回来后打我一顿，况且他们又不是没打过我。他们打完，我忍一忍疼痛就过去了。

十六

我把自己的成绩和排名全都告诉我爸妈了，否则等到家长会上看到我的糟糕成绩和排名就晚了。我爸去开家长会之前看起来还算平静，也许他认为我这次考得还不错。他这个人要么平静，要么发火，只有这两种状态。

每次开完家长会，老师总会点名表扬几个学生，也会留下几位家长单独谈谈。我妈回来后总会叮嘱我多和那几位被表扬的学生玩。是的，我也想，可我没有这种机会。

在《流星花园》中，男女主角在机缘巧合下认识，然后彼此慢慢了解对方，最后喜欢上对方……我们有这种缘分吗？现在，我拿着她的一支笔和一本书，我可以把书递给她说："这是你丢的书吗？"她什么都不说，只要看我一眼，把书直接拿走，留下一个模糊的印象给我就够了。即便是那样，我对她而言不再是陌生的路人。她不会那么冷淡的，一定会先确认东西是不是她的，然后说一些感谢我的话。

我要选择一个合适的时机还给她，不能等到餐厅周围没人。如果她问我怎么会捡到这支笔，怎么会知道她是失主，我就说自己中午经常在这个餐厅吃饭……等打开了话题，说不定我们还可以聊一聊。如果她并没有和我多说的意思，我就回到自己的座位上，干净利落地吃完东西，立即起身走开。

她还没有来，也许得等一会儿。现在都已经下午一点了，平时她应该来了，难道她今天坐到别的地方了吗？是不是刚才错过了……

整个环境仍然安详不变，熟悉简单的背景音乐，看不清楚脸的陌生人，他们总是距离我很近，但我们不认识彼此。我眼中的世界因为灼热的阳光变得模糊……

已经两点半了，家长会肯定结束了，我爸妈应该在等我。可我还在等她，她才值得我花时间。今天我特地没穿校服，想把第一印象变得不那么幼稚。

太阳变成了一团燃烧的火焰，快把大街的地面烤干了，柏油马路和反射的光都已经变得弯曲，看起来虚弱疲惫。街上的人脚步匆匆，汽车也不耐烦地响着喇叭，我漫无目的地走着，眼皮一直跳个不停。左眼皮跳财，右眼皮跳灾。可我是左右眼皮都在跳，这又意味着什么呢？说不定她早就注意到我，只是觉得我们之间的障碍太多了。但只要我今天走出这最重要的一步，就会打消她的顾虑。很多困难也许是我想象出来的，比如年龄，她很有可能喜欢比自己小的人。如果因为我年龄小，她对我没有任何感觉，简单地感谢我把书和笔还给她，并不会发生什么糟糕的事情。只要我不明说我喜欢她，她怎么会知道，又怎么拒绝我？但如果她真的喜欢我，简简单单地还笔，就会被她赋予特殊意义。她的内心一定充满激情，热情似火……

我在她公司的走廊上来来回回地走，装作焦急等人的样子。一间办公室的门没有上锁，我隔着玻璃看，里面人影晃动。对面窗户透过来的阳光很刺眼，切断了我的视线。

那些头发很短的男人占了大多数，他们后脖子上的肉像是高高低低的山脉挤在一起，油脂和汗水浮在皮肤上油光闪闪，似乎隔着玻璃也能闻到一股恶臭的味道。女人的脖子被长发遮住，我必须一直盯着，等到她们偶尔撩一下自己的头发才会看到她们的脖子。在阳光下，她们脖子上晶莹的小汗珠似乎在呼吸，脖子凸出的骨头和筋轮廓清晰，被肉包着，一层一层向下，消失在衬衣的领口中，很快，头发就会再把它们隐藏起来，什么都看不到了。

当然，也有些女人是梳着单马尾的，有些是短发，她们的脖子露了出来，若隐若现的。但我更喜欢那些被白色的料子所遮挡的部分，也许它们更迷人……

有一个女人很像她，撩头发的样子，揉自己眼睛的样子，都很像。只是那个女人的头发烫成了大波浪卷，而且在阳光下是暗红色的，不太像她……

阳光让人昏昏欲睡，似乎在这阳光闪耀的办公室里，一切都发亮，什么也看不清楚。我靠着墙壁，坐在地上，对面白色的墙壁连一个污点都看不到。我靠在墙壁上微眯一会儿，没有人发现我。

我醒来后，里面仍然和我刚才看到的情景一模一样，好像一张逼真的照片，只是因为时间流逝而变得有些模糊。无论什么时候看，它总是那样，明明近在眼前，却总觉得很远。我揉揉眼睛，仔细看看是不是弄错了什么，这么久都没有看到她，只是胡思乱想了一通……

突然，很多人走出来了，其中一个人那走路的样子，那暗红色的长发，好像是她。我先跟上……

她黑色的短裙紧紧裹在两条腿上，裙子被撑得很满，好像要裂开的样子，一双小巧的高跟鞋发出急促的声音。

她下楼后又朝着那个餐厅的方向走去，在过马路的时候，偶尔把头转向左边，留给我一个被头发半遮半露的侧脸。她的脸轮廓很完美，鼻子小巧，也足够挺拔，鼻尖圆润，眼睛的睫毛似乎也比平时更黑更长更明显，她化了妆。

她没有去常去的餐厅，而是进了另一家高档的餐厅。我也进去了。

"你好，欢迎光临！"门口的服务员对我微笑着说。

"你好，先生，请问您一位吗？"一个女服务员问我。

"不，还有我的女朋友，她一会儿才到。"

"那您想先坐到哪里呢？"

她好像刻意选了一个类似于包厢的隔间，我只能坐到她侧面的位置。

"就这个位置吧。"

"您是先点餐，还是再等等？"

"我等她到了再点吧，先把菜单留下。"

"好的。"服务员礼貌地微笑了一下，留下菜单就走了。

她化了妆，她的暗红色头发和餐厅深黄色的灯光相当配，嘴唇抹了唇膏，微微张开，脸上抹了粉，那些模糊的浅色斑已经消失了。她的衬衣扣子解开了三枚，露出了饱满紧致的胸脯，虽然只是露出了一点点，可我还是忍不住去想象。她的双腿靠拢在一起，一只手自然地放在大腿上，另一只手拿着手机。她不时地看看手机，再看着窗外，她的动作、表情自然而真实，在我眼里不再是一幅画了。我第一次感觉自己距离她这么近。

我总会想起她第一次沉醉的样子，那时候她似乎更迷人。

她是为了谁化妆呢？为什么会提前下班？她在等谁……不过，这个高级餐厅的菜可真贵，我不能看菜谱，只能看窗外。

两个陌生男女面对面坐着，都呆呆的。两个人都只是扭头看着黑漆漆的窗外那些点点灯光，沉默不语，挂着的大钟表每走一秒都响在他们心中。

"你是在等人吗？"他转过头来看着她。

"是的，我是在等一个人。"她也许觉得难以打发无聊的时光，但她并有转过头看他，只是继续一个人坐在那里看着窗外。

两个人又陷入了沉默……

"你呢?"她看着窗外璀璨迷醉的灯光漫不经心说出这两个字。

"我也在等一个人。"他仍然看着她的侧脸。

那个女人突然转过头来,用略带惊奇的眼神看着他。两个人看着对方……

女人应该喜欢烛光晚餐,我穿得不够帅,而且身上只带了八十元。我家里倒是存了一些钱,可那是用来买项链的。最关键的是,我根本没想到自己居然会来到这样浪漫的地方。整个餐厅很大,餐厅顶上有零零星星的几盏吊灯,像一个个孤岛的灯塔,深色地板和咖啡色的桌面映衬得灯光更加昏黄。天花板上的灯,地板和桌子的反光点,若干个光源与其他地方浓重的阴影相重叠,黑色和暗黄色交替不断自然过渡,朦朦胧胧的,让人既难以看清楚,又感觉头脑昏昏沉沉的。

不知道什么时候,有两个女人和两个男人坐到她的桌子旁,他们都穿着西装,是她的同事吗?他们认真地说话,不苟言笑。

已经快七点半了,我还是没点菜,不能再坐在这里了。可我才见到她就不明不白地走了吗?说不定她正和同事聚会,借此我正好看看谁是她的好友,而且说不定还能……

"你喝醉了,一个人回家吗?"她的一个男同事看着微醉的她,似乎很关心她。

"嗯。"

她的粉底盖不住微微发红的脸颊,她只是回头简单地说了这句话就走了。她一个人走到公交站,他也在公交车站。灯光昏暗,整个公交站点只有他俩,然而他俩谁都没有注意到谁。她很疲倦了,她的眼睛几乎要闭上了,公交车刹车的声音惊醒了她。门开了,她的一只脚刚踏在上车的台阶上,突然感到一阵晕眩,身体自然向后倾斜,他一个箭步上前扶住她的肩膀,她的身体靠在了他的胸前,她感激地说:"谢谢。"她看见他脸的轮廓在黑暗中若隐若现,立刻清醒过来,挺直身子摇摇晃晃地走到了公交车最后一排的座位上。他紧跟着她，坐在了她的旁边。

公交车开了，窗外的灯光连成一条线不断向后延伸，无数混杂的声音飞驰而过。她静静地坐着，不一会儿，眼睛轻轻闭上了。而他仍然只是一动不动地坐在她旁边，什么也不说。公交车转弯了，她的脑袋和身体也随着公交车的惯性轻轻靠在他的肩膀上，她睡着了，嘴里似乎嘟囔着什么，声音很小，断断续续，也许是在说梦话。他听后笑得很腼腆，不敢发出声音。不一会儿，颠簸的公交车又让她醒过来，她慢慢睁开了眼睛，眼前是黑乎乎的一片，模糊不清。她突然发现自己靠在一个陌生人的肩膀上，她的眼睛悄悄地沿着他的脖子向上看，看着他下巴和鼻子的轮廓，看着那隐藏于黑暗中的眼睛，忍不住伸手去触摸他的脸颊。他的身体动了一下，她的手停下了，就像触了电一样，忽然又坐直了，不再靠着他了。他俩都觉得有些尴尬，沉默持续了很久。

他转过头来，看着她。他的脸在一点点靠近她的脸，她转过头来，闭着眼，等着靠近的他……

"先生，请问您要点菜了吗？"

对！他们接吻了。

"先生！"服务员说。

"不，我……我等的人还没有来。"

偶像剧中浪漫的桥段难道不是真的吗？这些偶像剧的任何情节，无论是玫瑰花、英雄救美、癌症晚期，还是姐弟恋、烛光晚餐都不是编剧创造的。最开始写这种情节的人，也许他看到一个女孩闻着花店外那些盛开的鲜花恋恋不舍地走开了，也许他看到一个癌症晚期的病人坐在天台，也许他只是看到了年少的姐弟在沙滩玩得很开心，他就抓住了那一瞬间，通过自己的想象创造了全部，由此才有那么多浪漫感人的偶像剧。即便现在我自己过去，这想象中的一幕真的发生了，我也不应该惊奇。因为我不过是那个幸运的人而已。这样的事情其实天天都在发生，不是吗？

可是，她旁边又多了两个男人。一个微微谢顶的中年男子，穿着短袖，薄料子几乎兜不住肚子前的肥肉，好像要挤出来了。他的脑袋很大，厚重的眼镜压在有粉刺的大鼻子上，几乎要从油光闪闪的脸上滑下来。另一个男人看起来和她年龄差不多。那两个男人挨着她，客气地交谈，拘谨地微笑。她还是那么冷淡。

他们的菜上来了，颜色很漂亮，就是不知道味道怎么样，桌子上摆着好几瓶白酒，他们估计要喝得烂醉了。

七个人喝了五瓶酒，她一个人几乎喝了一瓶酒。她的脸已经发红了，多亏化了妆，不是那么明显。坐在她旁边的那个中年男子的脸也红了，他们越来越放得开了，动作也越来越多，说话的表情也越来越丰富了，甚至她的笑容还有些淫荡。我仿佛又看到了她独特的样子——整个人自然而率性。她的每一个表情、动作都不是做给我看，却在赤裸裸地诱惑我。为什么坐在她旁边的不是我呢？酒精为什么会让一个人的变化这么大？我也想试试，我也想要彻底放纵彻底迷醉一次，体会那无比清楚的痛苦，却感到莫大的兴奋与自由……她的冷淡经过酒精的化学作用变得冷傲甚至酷劲儿十足，她的眼睛也越来越有神，不再看不到任何人，她的身体因为酒精而躁动不安地扭动着，像是在渴求着什么。她的头直接向后仰过去，整个身体舒展地靠在后面的沙发上，完美的下颌曲线，纤细的颈部，白净的胸脯，会呼吸的浅浅的锁骨，自然连成一体却彻底暴露出来。她的两臂自然放松地摆在沙发两侧。她的大腿也没有并拢，而是在西装裙子中尽可能地放松。她的魅力终于包裹不住了，向外流散。那个男人的眼睛因为臃肿的红脸庞而显得更小，他不再客客气气地说话了，笑起来的样子很猥琐，目光变得越来越直白，死死地盯着她看。

她的身体仍然不停扭动，也许她很热，紧紧包着她的身体已褶皱的白衬衣透着光，好像变得更薄了。她丝毫没有注意到那些猥琐的目光，也许是因为她根本不介意，也许是因为那种眼光让她兴奋。那个中年男人却一直往过凑，他俩的衣服都要贴住了。她的嘴唇比平时看起来更红更水润，皮肤更白皙，还有一股香水的味道。那个男人的眼睛不时地游离于她的脸、脖子、胸。他不再沉默刻板，眼神毫不避讳。他的手搭在沙发上，也许他想要把手搭在她的肩上，可他并没有这么做。他把手搭上去，她会拒绝吗？

她也许是一个电影中经不住酒精诱惑的失足少女，也许是一个陪男人寻欢作乐的风尘女子，在熄灯之后和男人翻云覆雨……更让我难受的是，她居然还很配合他。

也许她喜欢被人关注，也许她只是喜欢趁着酒劲聊天的感觉，这才和他们聚会。是的，她总是一个人，唯有我才这么失魂落魄地关注她，唯有我！我才是那个真正在乎她的人！我想揍那个胖男人，即使我从来没有打过架，我还是不会怕。可是打一架又能怎么样呢？她会因此爱上我吗？

已经八点了，我得走了。也许她只是参加工作应酬，只是喝喝酒。我不敢想象她和他们之间的关系，聚餐之后到底会发生什么。

她只是在应酬，可她演得太逼真了。我受不了这些香艳的画面，它们比考数学更让我难受。为什么我不是二十七岁呢？那样的话，至少我可以勇敢一点。

天哪，这个世界真的是乱了！不，停！你需要冷静，已经说过多少次了，他们没有在一起，只是应酬而已。这是她工作的一部分，难道你就不懂吗？懂，懂！我懂，可还是无法冷静，行了，到此为止，不要再想了。我在心里胡思乱想。

我爸妈肯定已经等我很久了，他们现在在干什么？他们什么都不做，只等我回去好好收拾我。他们一定想好了如何让自己野蛮的行为变得合情合理——一切都是为了我好，为了我更优秀。他们一边装作很痛苦的样子，一边用力地打我，嘴上还喷出煽情的台词，这些台词的旁礴气势绝对是他们蓄谋已久才能产生的。或许因我一个桀骜不驯的眼神，或者一句语调稍高的话，都可能成为他们发脾气收拾我的导火索，任何再普通不过的行为在他们眼里看来都是有着重罪的。其实，在这之前他们早已经想好了理由,用哪样称手的工具,用哪一句台词来反驳我,我只要接受或默认就行了。他们只是在借机发泄对生活的不满而已,两个穷鬼!今天,如果他们敢打我,敢动我一根毫毛,我就跟他们拼了!在这个世界上除了他们还有谁敢这样理直气壮地打我?一天到晚说是为了我好,可为什么事情越来越糟?这次说什么我也不会再像上次那样一边挨打一边哭了。我绝对不会掉一滴眼泪,一滴都不会!我会和他们讲道理,如果他们不听,我会狠狠地咬我爸。如果他敢拿拖把打我,我会将我的鞋扔在他的脸上,再把他最喜欢的电视的屏幕用遥控器砸个稀烂。谁怕谁呢!我没有力气,可我有勇气,我要让他们付出代价,不要等待以后了,现在就让他们尝点苦头。反正他们心里根本就没有我,我忍辱负重有什么意思呢?

我爸打开门问我:

"回来了?"

"嗯。"

他守在门口,依旧不动声色,在他的脸上根本看出他经历了什么。但是,气氛不是那么正常。

"你去哪了?"

"没去哪儿,只是出去透透气而已。"

"你到底去哪了?"

"能不能先让我进客厅坐下回答你的问题!"

我爸平时在家里像个死人一样,为什么今天突然死死地堵在门口?而且他很少亲自问我一系列的问题,今天却咄咄逼人。

"不,你先说,你去哪了?"

他的表情虽然看起来很冷静,但我明显感觉到其中蕴藏着愤怒了,因为他从来不会这么执着于一个问题,一旦问了,一定要知道答案。可我是不会说的。

"你先让他进来吧,有什么话,可以坐下慢慢聊。"我妈说。她似乎想缓和一下气氛,可其实他俩早就串通好了,一个人打骂我,一个人假装劝架，为什么要这样！

　　从我进门，我爸的眼睛从来也没有离开过我。可我根本不想看他，此刻的我又饿又渴，还有点胆怯。桌子上水果篮里摆着几个橘子，亮黄色的橘子皮紧紧地包裹着里面的果肉，我很想吃。

　　"你去哪了！"我爸的声音已经变大了。我没有看他的脸，但我能猜出他的脸一定又红又黑又肿。

　　"我不是说了吗，我只是出去透透气。"我的语气很平淡，就好像平时那样。我开始剥橘子。

　　"你最好说实话。"

　　"我已经说实话了！"

　　我虽然有些害怕，可我突然觉得和我爸针锋相对是一件很刺激的事情。一想到他因我而生气，我心里好受了一些。我要勇敢面对，因为没有比她和别的男人喝酒更让我害怕的事情了。我已经没有可以失去的东西了，只想放手一搏。

　　我们仨陷入了沉默。

　　"家里还有橘子，我去给你洗。"我妈的努力白费了，因为我爸想和我干一架，刚好我也想。

　　"你是不是去网吧了？"

　　"别诬陷我！"我已经说得很礼貌了。

　　"你个王八蛋就放屁吧，不好好上学还有理了！"

　　他怒目圆睁，眉头紧皱，那张黑色粗糙的脸突然生出许多青筋，就像干裂的地面那样可怖。

　　"我说了没有，就是没有！"

　　也许愤怒压抑得越久，爆发的时候，它的力量就越大。我爸是这样，我也是这样，只不过我比他更有耐心。我从来不认为我爸妈的愤怒源于我一个人，事实上，这愤怒有他们对于生活种种不满、种种牢骚，只是借此一股脑地发泄到我头上来了。尤其在他们心情很差的时候，我触了霉头，哪怕是一件很小的事情，他们也会大发雷霆。这一点也不公平，但我没有找到抗衡他们的办法。

他脸上那些暴怒的皱纹和青筋会不会突然裂开，随时会渗出血来？他那张死人脸突然焕发生机，然后很快又再次死去，静静等待着下一次生命，等待着下一次爆发。他脸上的表情唯有在我倒霉的时候才鲜活起来，尽管它显得那么暴戾。我情愿它永远死去。

我没有求他饶恕我，也没有承认那些自己没有干过的事情——那是我小时候惯用的手法，现在看来真是可笑，那都是懦弱的表现。我想自己发火的样子一定很可怕，以至于站着的他立刻就向前迈了一步，用他的右脚狠狠地踹了我一脚。他穿着那双黑色的硬皮鞋，皮鞋的尖头踢在我的小腿上真的很疼，可我还是忍住流泪，即便眼泪不小心流出，我也不能抽泣。

"就是没有！"我喊了出来，也许我像个小孩那样带着满脸委屈，但我认为自己不应该是那样的。他又狠狠地踢了我一脚，我差点摔倒，但我没有用手去捂我的小腿。我的眼泪快要流出了，可我不能哭，我知道如果我现在哭出来认错的话，我爸就会停止暴行。可我不会屈服，即便我还要挨更多的打，受更多的羞辱，遭更多的指责。

"他都多大了，你还打他，有什么话好好说不行吗？"我妈说。

"你看看他这是和大人说话的态度吗？"我爸接着说，"你不能老是惯着他。"

我妈把洗好的橘子放在我面前，伸手抽了几张纸巾塞在我紧握的拳头里。

"你说不说？"

"不说！"

他又踹了我一脚，我声嘶力竭地喊了出来。

"不说！"

"你快别打他了，一会儿惊到楼上，他们又要下来了。行了，没你的事情了，你先走吧。"我妈说，"我给你热了饭，你去吃吧。你给你爸说清楚认个错不行吗？"

"你别护着他，你知道老师和我说什么了吗？老师说他中午上课总是迟到，准是上网打游戏去了，可他还骗我们说他在学校学习。他

089

撒谎，我应该好好教育教育他。"

"行了，你先小声点吧，看他这个样子现在也不会说的。"我妈对我爸说这句话的时候声音很小，也许她是趴在他耳朵上说的，但可惜我还是被听到了。他俩配合很默契，但他们的目的没有达到，我至少成功了一半。现在，我只需要用纸巾擦擦眼泪就行了……"这事不算完，永远也不会完，等长大我一定要狠狠报复你们！"也许我心里说这句话的时候，红红的眼睛睁得很大，咬牙切齿，以至于我妈奇怪地盯着我看。每一次我爸打我，我都会在心里重复这句话。这次我爸踢得比上次更毒了，但我没有上次疼了。我原本以为没什么，就像以前一样，可现在我的才真正感受到绝望。生活就像一个泥潭，我只能伴随着不断加剧的痛苦越陷越深，眼巴巴地看着美好像幻影一样一闪而过。没有什么能让我感到快乐。生活很糟很糟，而且没有底线。我一定要做些什么，在我看不见星星之前。

十七

为了我的学习，我的父母不给我买手机，规定我看电视的时间，甚至把可能娱乐的一切设备全部没收，尽一切可能把我娱乐的时间压缩到最小，把学习的时间无限扩充。老师天天告诉我们好好学习，天天向上，可这又有什么用呢？我的地理从最开始的六七十分稳定降到了三十分左右，老师最开始嫌弃我的政治八十分还不够，那现在五十分，他满意了吗？我不玩手机就会去学习吗？我不看电视就会去学习吗？我不上网就会去学习吗？只要把我困在教室里，我就会学习吗？不，即便这些都被没收了，我还可以干别的，睡觉，走神，看风景。他们总有一种错觉，仿佛我被这些事物分散了注意力，不是的，我不是喜欢上网、玩手机、看电视、睡觉、走神、看风景，而是我讨厌学习！任何一件事情都会比背英语单词有意思。观察一只苍蝇，听着它嗡嗡的声音都要比老师和同学嘴里念出来的英语好听。看一直蚊子吸我的血，看着它的腹部一点点变红，这都比做数学题让我更兴奋！可除了看蚊子吸我的血，听苍蝇的声音，我还能怎么办呢？我难道可以跳起来扇老师或我爸妈两个大嘴巴，然后理直气壮地告诉他们我学腻了吗？不！不能，也许他们看到我扇了自己两个大嘴巴，郑重其事地宣誓自己要好好学习，他们会很高兴。除了逆来顺受，我别无退路。

不知道她现在怎么样了，要是她知道我因为每天中午等她被自己的父亲痛打，她会怎么想呢……我已经习惯了每时每刻想她，习惯是慢慢养成的，如果我一直拒绝的话，说不定习惯也会改变。

"怎么，饭菜不合口吗？你想什么呢？"

是的，我应该清醒了。她做错了什么吗？她只是在应酬而已。也许，我应该尝试站在她的角度去思考问题，应该去包容，去原谅……不，也许我想多了，她不稀罕我的原谅，那个男的确是她的男朋友，甚至是丈夫。尽管他看起来长得丑，很胖，年龄也大，可那也要比一个被成绩赶着走的高中生好很多……

"你还是多吃点吧，下午还要上课。"我妈继续对我说。我再也不想听他俩说话，不想和他们说一句话，不，连看他们一眼都不想。我会像个麻木的傻子一样吃饭睡觉，视他们为空气。既然我们之间的关系早就破裂了，为什么还要修复呢？即便修复了，难道不是为下一次破裂做准备吗？裂纹无法被修复，现在它们越来越多，越来越大，直到某一天它就彻彻底底的碎了，化成粉末，没有人记住它原来的样子。而我做的只是"厚积薄发"，即使它不比学习简单，面临的危险也更多，巧克力、金钱、一两句关心话、一顿美味的饭菜，都可能让我动摇，但我要卧薪尝胆。相比较以前那些所谓的轻松的家庭氛围，难道现在的氛围不更真实吗？本来我们之间的关系就紧张，为什么非要装出一副其乐融融的样子呢？那不过是欺骗而已，它一直都应该是这样的。老师和家长明明很讨厌你，总是找你麻烦，但找完你麻烦之后，他们又好像很爱你一样，嘘寒问暖，让你感动，让你按照他们的规则去生活。

本来我应该去找她，但是他们非要把我留在家里吃午饭。是的，她消失了，可我的命运反而变得更清晰了。我妈突然冒热气地关心我，我爸依然冷静地吃着饭，我在这一热一冷的氛围中继续默默地苟且生活。

今天，我妈居然做了我最爱吃的鱼香茄子。她想借此来道歉，还是用这道菜来检验我是否从悲伤中走出来了？她不会还以为我像小时候那样傻乎乎地挨完打第二天吃点好的就会没事了吧？天真！

十八

这样是多么煎熬，我无数次不由自主地想着她的样子，想象着她在那个角落工作，回忆她走路的背影，一切都像是一张张照片一样被永远定格。以这样的方式看着她，她似乎要比现实中更完美，她脸上淡淡的斑消失了，她的头发因为阳光而变得更有光泽，她脸上的光影更明晰了，她并没有因为光线而微微眯着眼睛，她的眼睛睁得更大了，她的眼睫毛也更清楚了……

当我睁开眼睛的一瞬间她的幻影消失了，我只能看着这本书，这个曾经她随身带着的东西。我会轻轻地把它捧在手里，闻一闻，是不是还残存她的香味。那种想象中存在的香味，她到底有没有呢？我不知道，因为我距离她太远太远了。

"我已经决定不再担任你们的班主任和语文老师了。"

我不知道该怎么办，生活还是原来的样子，可是我莫名其妙变得焦虑不安，变得心烦意乱。

"新来的老师和班主任是谁，还没有确定，但应该很快就来了。这个月内，我不代咱们班绝对不是因为我讨厌大家。"

可事实上，王老师变了。他要走了。

"大家也知道我年纪大了。"班主任说话的时候一脸凝重，眼袋很明显地垂下来，眼睛周围布满了细纹，眼睛有一点发红，头发中有几缕银白，看起来精神不是那么好。以前他是什么样的呢？我可能忘了。

"我要找点清闲的事情做了，但是我保证新来的老师肯定会比我精力充沛，能够更好地教大家知识。"

我爸妈依旧是那副样子，忙于生活的同时不忘监督我。到底是什么发生了变化？她的事情吗？它影响了我的生活吗？

"下课吧。"

班主任的脸色有些难看，他将近五十岁了，的确该休息了。平常上课的时候没觉得他有什么，怎么他一说要走……不过旧的不去，新的不来。

"老师，你别走啊！"班上的那几个差学生居然对老师说的话有了回应，甚至其他学生也有类似的感情。老师平时说话谁都没人听，没人理会，一旦老师要走了，他们就要死要活地说上几句没用的话。到不了明天，他们又笑得比放假时更灿烂，可能是他们想在最后给老师留一个好印象。最滑稽的是，有些女生还会悄悄地流眼泪，甚至哭得稀里哗啦，像电影演员那么投入。但我不会这样做，哪怕是别人骂我冷血。

"你舍不得？"张跃然问王浩。

"你舍得吗？"王浩反问。

"当然了。"张跃然说。

"他平时对我们多好，你居然还这样说！"王浩生气地说。

"他对我们很好吗？也就那样。"张跃然一脸冷漠。

这完全就是道德绑架。张跃然、王骏都不是很平静吗？张跃然拿着手机，不知道在和谁聊天，头都不抬。王骏正在旁边画画，超然于度外。

"你觉得呢？王骏。"我问王骏。

"什么？"他回答我的时候仍然看着画。

"你觉得这个老师怎么样？"

"哪个老师？"

"就这个王建国。"

"一般。"

"你听到没有，张跃然。"

"张跃然，没想到你们几个居然这么冷血，他毕竟和我们相处了几个月，你们都是冷血动物！"

我和王骏都没有理会他，王浩的脸有些红，不过厚厚的脂肪也会冲淡这层颜色。他现在激动的样子，像极了小时候被家长错怪了的那些孩子，既说不清楚，又觉得冤枉，受了委屈，嘴噘起来，嘟囔不清。这会儿他不屑于和别人解释了，两腮的肉轻轻晃动了一下，把头转了过去。

王老师倒是很配合那些悲伤的学生，也好像有点难过，走的时候长叹一口气。不过出了教室不多久，他就和另一个老师兴致勃勃地说话了。那个老师看起来三十出头的样子，长得不高，比语文老师矮一点，胖一些，小肚子有点明显，大脸盘被肉撑满了，油亮油亮的，头发短而少，戴一个方框眼镜，又小又厚的嘴唇微微凸出，有点可爱。这个人我好像在哪里见过，也许在校园里曾和他擦肩而过，也许……算了，这种人无关紧要，我还是出去假装靠在走廊上看风景，听听他们说什么。

"早就说你别代课了。"那个胖老师说。

我侧身对着他们，以免被发现。

"我教了一个学期，他们的成绩一点都没有长进。"班主任说。

他说得对，我的成绩就没有变化。

"不像那些好班的学生，他们总是不听话，对待他们得用点那种狠手段才行。"

"我也不想太严了。"

胖老师比我们班主任年轻，怎么说起话来一套一套的。

"而且太累。"班主任说。

"没事，我给他们重新找一个班主任好了，其实主要管住他们别闹事、别打架就行了。我给他们安排一个年轻有干劲的老师，来管他们就行了。"

我眼角的余光不时地朝他们瞟一下，那个男人和王建国老师居然抽起烟来了，一边抽一边走，声音也越来越小了。

十九

最近，时间似乎变得格外的慢。同样是四十分钟，听课、打游戏、睡觉，哪一个会快一些？这短短几天的时间就仿佛过了一整个学期。王骏最近都不怎么和我说话了，我不知道他在想什么，可这并不影响我对于时间的感觉。秒针的每一次转动，每一滴水滴的滴落，阳光的移动，树叶飘落的轨迹……所有的一切都变得缓慢，我的心跳却似乎前所未有的快，我的思绪也越来越乱，不同颜色的线缠绕在一起把我的心脏紧紧勒住，让我急促不安，心里有一种说不出的难受。我的大脑在高速超负荷地运作着，它并不知道自己到底在想些什么。我只能偶尔抓住一些已经过去的思绪的尾巴，但是抓住只会让我更难受……

我还是忍不住想去找她。现在，我中午不回家已经不需要理由了，只要我不想，那我就不回去。要是回去看见他们，我只会觉得讨厌。虽然我和他们的火气都退了，但伤痕越来越清晰。我并没有放弃复仇，我只是想放过自己，我的生活已经够累了。有时候我会待在教室里吃外卖，有时候我一中午都待在网吧，反正项链买不成了，还不如把钱痛快地花掉。不过，我更喜欢坐在教室里看那本书。我已经快看完那本书了，可我还是无法理解维特的情感，就像我无法理解自己为什么会陷入一种无法自拔的等待中，既期待与她相见，又担心与她相见。难道爱情因为掺杂了诸多莫名的痛苦才那么吸引人吗？

"你爸妈回去骂你了吗？"王骏问我。他今天中午也没有回家。

"这都过去几天了，你怎么又提起这事情来了？骂了，我爸还打了我。"我说。

"我妈没骂我，她什么也没说。"王骏也说他自己的情况。

对，我爸打我了，那是几天前的事情了，可她现在到底怎么样了？她的酒应该醒了吧？那几个人到底和她是什么关系？

"唉，算了忍一忍就过去了，哪次不都是这样呢？"

王俊和人说话的时候从来都不会看着人家的脸，而是眼睛向前看着其他地方。我们两个大男人就这样紧挨着，坐在空旷的教室里，呆呆地看着黑板，一动都不动。阳光斜射进来。

"你说每次开家长会的时候，老师到底会说些什么？"我问。

"开家长会的时候只有班长在，他应该知道。不如我们……举报他们吧？"

"举报？他们？"

他怎么突然会有这种想法？相比较他们，我更恨那些和她喝酒的人，可是我到底该……

"嗯，举报老师和父母。"

这句话看起来平淡无奇，但他真的知道这样做意味着什么吗？

"你这也……"

"怎么？"

这个方法很久以前我就想过，但它不是那么简单……对了，为什么王骏从来不为爱情的事情烦心，难道他从来没有喜欢过一个人吗？

"哪些可以举报？王骏。"

"你的父母动用暴力，你可是未成年人，至于学校的就更多了，老师变相体罚学生，举不胜举。"

"可我们只有十七岁，谁会理我们，谁会信？"

"我们只要收集到了足够的证据。"

证据？是啊，我是需要足够的证据，但我现在更需要足够多的真相来让自己安心，否则我也不会像现在这样……

"太草率了，不太可能成功……"

"难道你不恨老师和你爸妈？"他诘问我。看他平时那么冷静，怎么会说出这样的话？我还以为他真的执着于画画。

阳光依旧没有任何变化，在它的映射下，地板上的那些灰尘，脚踩的痕迹，还有一些其他的痕迹都变得非常明亮清晰。空旷无人的教室让我们谈话的声音显得悠长。

对于我而言，恨也是一种持续的情感，它也是需要一直投入精力的。我已经恨了太久，有点累了。无论是持续的恨还是爱都会让一个人的心疲倦，我倒是希望自己能等待到一些未知的快乐……

"想想你挨打的时候，想想你抄单词的时候，想想……"

我打断了他："不，我还是觉得……"

她现在在干什么，会不会有其他的可能？

"别着急，反正这件事情也不是一时半会儿就能完成的，你最好再想想，如果你觉得会失败的话，我们可以详细聊聊。这件事情很复杂，只要我们好好做，肯定会有结果的。只要我们成功了，我们就可以少受点苦了。"

"那能怎么办？坐以待毙，硬撑，就三年而已，一眨眼就过去了，说不定大学比高中更累。再说我没有那么多时间。"我说。每当我想起举报这种事情的时候，那些法制节目的画面就突然冒出来了，那种栏目只有我爸爱看。

"你怎么会没有时间呢？我们现在只剩时间了，与其上课吃东西、走神，不如好好干点正事。"

"不了。"我站了起来说。我决定去找她了，不知道现在她到底怎么样了，她的生活远没有我想象的简单，也许那才是真实的她。我一定得去找她，只有找到她，我才能知道事情的真相，才能安心，不再这么焦躁。生活也许仍是原来的样子，但我必须在痛苦的思念中获取新的痛苦，这是我唯一的选择。

二十

我看到了她，像以前一样，她还坐在那里，没有什么变化。那晚的事情真的对她没有影响吗？也许，那是她日常生活的一部分。我爸不也每天陪着领导应酬吗？除了微隆的小腹和满腹牢骚，毫发未损。

她今天没有化妆，看起来有些疲倦，头发在阳光下依然呈暗红色。其实，原来的黑色更好看些，但头发烫染后更有光泽，更有气质。

她穿着白色的衬衣，料子很薄，通过太阳光似乎可以隐约看到里面乳白色的内衣。她的胸没有我妈的那么大，不过我妈的胸松松垮垮的，她的胸部看起来更挺拔一些……她在写什么呢？是记录烦琐无味的生活，还是记录无聊透顶的应酬？

她微微低着头，在纸上写着什么。黑眼圈让她的侧脸有一层淡淡的忧郁，仿佛和那晚那张微醺的脸不是同一张。也许，她只是在等一个人来改变她，唤起她对生活的热情，让她能有些表情，比如经常笑一笑，做个鬼脸或者听音乐之类的。

她拿着一本新的《少年维特的烦恼》，安然地坐在那里看着书，看不出她发生了什么。现在我才知道，我永远都放不下她，我喜欢她，没有任何一刻会比现在更清楚的了。每天就这么静静地看着她，即使没有什么变化，我也能从万千种想象里心潮澎湃。

这一刻，我忘记了我父母的痛打，忘记了老师的羞辱和责罚，忘记了朋友的背叛，一切因为有她，什么我都能接受。不管是换位思考，还是尝试着理解别人，我必须为了她变得成熟。

记得电影中经常会有这样的情节，男女主人公之间发生了一些误会，只要是男主人公克服障碍，两个人就在一起了，并且以喜剧结尾。也有那么一些影片喜欢以唯美的爱情开始，以男女主人公不能相守结尾。也许现实生活多是悲剧，我们是哪种结局呢？

当我回过头来的时候，我才发现那些偶像剧中的情节以及那些恋爱秘籍，并不能给我正确答案……

那只是演出来的情感，那些多余的对话，那些多余的动作和多余的表情，是那么做作浮夸。现实将我置于死地，我无从反击。那些看似美好的偶像剧情节此刻让我感到恶心，甚至那些曾经让我流泪的情节让我怀疑自己有病。

我会有自己的故事，和任何剧情不同。现在我所经历的虽然更简单，可它带给我的体验却比任何亲密的接触更刻骨。我不知真正的爱是什么样的，但我知道现在我生不如死，因为爱而走投无路。

她哭了。她的眼睛微微发红，眼珠似乎因为打转的眼泪变得水润明亮。只有一小点，她仍然没有任何多余的动作，除了似乎要流下来的眼泪。她脸上的皮肤是最自然的颜色，不多的色斑仍然可以看得到，头发遮挡的光线在她的脸颊上投下影子，稀疏恍惚的影子衬托得她的脸更加憔悴。不知道为什么我的眼泪也流出来了，似乎有点莫名其妙，但它们就是流个不停。我爸打我的时候，我都没流眼泪，可现在它们喷涌而出，肆意如沛雨。不能啜泣，否则要被别人听到了，有什么能解释我现在的眼泪吗？也许，哭出来会好一点。我哭泣绝对不是因为悲伤，而是为了以后更好地生活……

我完全可以默默地欣赏她，不需要担心什么，只要我能够忽视别人的眼光。因为她沉浸在自己的世界中，并不抬头。现在，无论她高兴还是悲伤，我只不过是一个无意义的陌生人。我在心里一边高高在上，一边却懦弱不堪。

她起身去卫生间了。我假装镇静地走过去，瞥一眼。她的桌子上放着一张纸和一支笔，纸上写着"辞职信"几个字。她刚好回来了，我假装自己也去卫生间。

难道那天晚上的事对她影响很大，以至于她辞职不干了吗？去哪里找她？我们就这么结束了吗……

她又买了一本新书，就放在辞职信旁边，和旧书一模一样。我和那本旧书一样，都已成为她的过往。

我到底还在犹豫什么呢？我想和她说说话，哪怕只是以朋友的身份也好。无论如何，我现在必须向她要联系方式，否则永远错过。

要找一个什么样的借口既不唐突又不尴尬呢？比如走过去向她借几块钱，顺便要上电话号码以后还给她，或者直接去她的单位，找那个和她说过话的男人要联系方式，再或者悄悄跟着她，查到她住的地方，以后说不定还能再看见她。她准备收拾完东西就走，可我还是不敢上前。

她仍然是去公司，估计是去递交辞职信了。我真的好笨，刚才要是把辞职信偷出来，不光能知道她辞职的原因还能拖延时间，算了。

她这次倒是走得很慢，一楼的人真多，把我和她隔得好远。拐过走廊，她进了电梯，人满了，我不能跟她坐同一趟电梯了，但我看到她摁了八楼的按钮。如果她一会儿递交了辞职信去别的地方，我就先问其他人，如果他们不说，我就想办法跟着她，看她去哪里。

我到八楼了，站在玻璃门外根本望不见她，但我知道她肯定在其中某一个办公室。我心事重重地在走廊徘徊。

"你是谁？怎么进来的？"糟糕，是个保安。

"我是送外卖的。"

"那你怎么会进来？"

她从一个办公室出来了，朝电梯走去。

"这里面根本没有人订外卖，现在都几点了？"

我得跟着她。

"你去哪里！跑什么？别跑！"

"我要下楼，我走错地儿了。"

我走出了电梯，远远看到她手上的辞职信没有了，她捋了捋头发，朝着人群拥挤的商业街走去。现在刚刚三点，正是人流高峰，我必须得盯紧点。

外面的广场上熙熙攘攘，偏偏太阳光非常强烈，我的眼睛因强光照射而视线模糊，甚至酸痛到想流泪，看一会儿就得闭上休息几秒。

她在马路对面站着等公交车。131路公交车来了，她匆匆跳上去，可我还没过马路，等等，一定要等等我……

她坐到前排靠窗户的位置，头微微侧着看向窗外。就像平时无数个简单的一瞥一样，她并没有发现街上有一个男孩，因为她的离开而失魂落魄。她走了。

我虽然不能和她一起坐公交车，但起码我目送她离开了。是的，我原本想像电影上那样，追着公交车跑几公里，直到她从车的后视镜上发现一个奔跑者的身影，然后叫停公交车。可她不认识我，也不知道我因何疯狂奔跑。她也许会认为后面有一个疯子、一个傻子、一个变态正在追赶公交车，恨不得公交车能开快点。我曾幻想过无数浪漫的缘分，可现实生活永远比我的幻想复杂得多。现在她离开了，我并没有想象中的那么痛苦，也许是因为一切来得太快，结束得太突然，我心中的痛苦一下子全涌了出来。

现在，一切因为她的离开变得没有意义。她在哪栋楼上班，在某个餐厅吃午饭，在哪家餐厅应酬，都和我没有一点点关系了，有的只是我的一厢情愿。这段单恋足够浪漫，浪漫得让我心碎。我的追逐，我的失态，我的疯狂，我的无法自拔，都因她的离开突然变得无所适从。巨大的痛苦向我袭来……

二十一

她离开四个小时后，我竭力抑制住自己去想她，我在心里告诉自己，无论怎么想都没有用了，它只会缠着我，扰乱我的正常生活。我必须得面对一直逃避的问题——我的校园生活和家庭关系。我在学校每天待八个小时，除了偶尔待在那个餐厅两个小时，其他时间都在家里，父母，这一对我既恨又爱的人，我要以何种心态再和他们延续那微妙的关系？

不算幼儿园的话，我已经上学十一年了，在这十一年中我得到了什么？是控制欲越来越强的父母，还是一落千丈的成绩？是老师反复规划的人生目标，还是让人窒息的差生标志？王骏说要举报，这种想法很久以前我就有过，但那时的我太小了。现在我长大了一些，有了一个合作伙伴，父母和老师逼迫我放弃了自己，我要以某种方式逼他们放弃自己，何况家长和老师不是一直向彼此"举报"我们吗？

"他抢我的娃娃，呜呜……"那个小女孩儿一边用袖子抹着眼泪一边对我妈说。

"我没抢，我只是想玩玩。"我蹲在地上，手里拿着卡车。

"就是你抢了，就是你抢了。"她反而哭得更厉害了。

"你怎么能抢妹妹的东西呢？你还是当哥哥的，快还给你妹妹！"

小时候，这简直是再平常不过的事情了，告状的人哭得越厉害，我爸妈或老师对我的责备就越严厉。我不喜欢告状，也许是因为我从

| 101

小就讨厌老师和家长。但是，我现在只能用最讨厌的办法来对付他们，别无选择。谁让他们把我逼得黔驴技穷，逼得丧心病狂！是他们做错了。我举报他们，绝对不是因为恨，而是让他们停止疯狂。

可每当我要举报学校的种种行径时，总会找理由为他们开脱，就像每次老师发完火，期待他们气消了将生气的事情抛在脑后一样。可他们越来越厉害，体罚学生，开补习班，叫家长，随意占课，变本加厉地逼迫更多的学生在学习中失去自我。老师总在这条道路上一意孤行，目中无人。是谁把他们变成这样？

越想越悲哀，最后，我终于拿起了笔，准备写下老师和父母种种"罪行"，希望有关部门能严肃处理。

等等，我觉得不应把自己去网吧的事情写进去，这样有损我的形象，人家还以为我是个很差劲的学生。不过谁负责监督学校的行为？交给校长吗？不，我觉得还是上网问问比较好，一会儿可以趁着学习英语听力的机会上网查查。

我搜索"举报学校到哪里"，网上有许多回答，我不知道应该听哪一种。有人说给教育局，有人说去校长那里举报，有人说去当地教委或者纪检委，总之，众说纷纭。

当然，说得最多是去教育局，但教育局又分为上级教育局和当地教育局，这两个概念还需要好好查一下。

上级教育局在首都，我还是投给当地教育局吧。等等，我得先查一下，当地教育局在哪里……

当我查清举报信投放地址，我觉得自己已经成功了一半，剩下就是把他们的"罪恶行径"全都写出来，一点都不能漏。等等，这里似乎还有一个问题，到底哪些行为才算是违反规定了？这很重要，我得好好查查。还有举报信的格式，我得从网上搜一篇完整的作为参考，那样看起来更严肃。

可关于我爸妈呢？我也写一篇这样的举报信？举报学校可以匿名，但举报家长呢？也有一个专门的地方？我还是得查一查。我爸妈尤其是我爸打人实在太狠了，说实话，我只希望一点，那就是他不要通过暴力的形式限制我、要挟我，另外他若能再慈善一点，多给我点零花钱就万万大吉了。我在网上搜搜，答案还真不少。

第一条：你想改变一个人很难，尤其你爸妈这个岁数的人，除非他们回娘胎重造。和你爸妈谈谈，可能你们缺少沟通。

不，我一点都不想和他们沟通，我看见他们就会想起他们打我骂我的样子，和他们平时伪装的善良和通情达理相差太大了。

第二条：小心一点，别打你爸。

关键是我打不过他，他太壮实了，力气大，又心狠手辣，我哪是他的对手。唯一能还击他的方式就是沉默和麻木。

第三条：理解他们，他们是为你好，不要记仇。

为什么不是他们理解我，而是我一个孩子去理解他们？他们是为我好吗？真是可笑！

第四条：报警。

这是一个我非常满意的回答，但我还是觉得这种做法弊大于利。我爸妈一旦知道我报警，反而对我更加严格。这种事情我以前做过，结果警察根本不信。证据，在他们看来，不过是一对正常夫妻管束孩子的必要措施，那里面甚至还有浓浓的爱。

这个问题远比第一个要难处理得多。如果老师能少说点我的坏话给我爸妈的话，说不定我就会少受点苦，因为老师说什么他们都信。只要老师收敛一点，他们也会收敛一点的；只要老师少留一点作业，那么我因抄作业被他们逮住打骂的可能性就会变小，我们之间的关系也不会这么糟糕。这个问题最复杂的一点是，我的生活目前还离不开他们。

"滚啊，有本事滚出我的房子！"我爸曾经这样说。对，这房子是他们的，我吃穿住行甚至生命都是他们给的，如果我刻意举报他们，让他们坐牢，我靠什么生活？用哪一种既能解气又能解决问题的方式，还得认真思考。

"吃饭了！吃饭了！"我妈的声音传了过来。

不管做什么事，我得先填饱肚子养好精神，告家长的事还得和王

| 103

骏商量，毕竟这关系到我的实际生活。

<h2 style="text-align:center">二十二</h2>

我不知道自己在校园生活中还能撑多久，我真的希望它能快点结束。我看见那些老师一成不变的脸，看见那矮小的教室，看见那些厚厚的教科书，就心生厌烦。游戏能让我高兴片刻，网上那些照片也能让我兴奋一时，但它们带给我的只是瞬间的喜悦。

我们的校园生活为什么一成不变呢？为什么在那些日本动漫里，那些和我们一样年纪的学生又是打篮球，又是踢足球，还组织什么奇奇怪怪的社团？还有韩剧里那些穿着白色毛衣套着衬衫制服的可爱女生，又活泼又热闹，而我们学校就只有那些爱学习爱干净的女孩呢？我们学校那些女生天生就喜欢沉默，也不喜欢和男生说话，穿的校服都像个麻袋似的……

有时候，我真想干点和老师、父母以及学校都无关的事情，事实上，这根本不可能。算上活动课，一整天八节课，每节课四五十分钟，还有早自习四十五分钟，上学放学路上两个小时……周六周日，几乎整天待在家里，父母不让我出去，彻头彻尾我是个学生，除此之外，什么也不是。

我为什么要对付我爸妈和老师呢？也许我只是有点无聊，需要给自己找点正事做而已。这样做会让我的生活更充实一点，而且它可能会改变我的生活。她走以后的又一件新鲜的事情，我会把它当作事业来对待。

我还是会经常把那本书拿出来看看，它还是新的，还像我最初捡到时候的那样。可是，我再也见不到她了，这原本属于她的书，本来可以带给我机会，可现在一切只是幻影了。我甚至怀疑，这本书是她的吗？可它现在静静地躺在阳光下，连同她的记忆一同跳了出来，让我措手不及。为什么有些记忆不能像古诗词那样，在大脑里稍作停留就蒸发了呢？

"王骏！我决定举报了。"

王骏丝毫没有理会我，他在专心画画。那张画看起来线条凌乱，不同颜色的铅笔潦草地勾勒出两只眼睛，两只眼睛流着血，眼球布满血丝，大小也不一样，瞳孔的周围全都是黑色的，有点瘆人。他的手法看起来不像以前那么细腻，画上两只眼睛周围布满了长短不齐的尖刺，还有几道很长的深红色线条，形状像是大地裂开的口子，把完整的画面分割成几个部分。

"你在看什么？"他的回答好像他没听到我的问题。前段时间他变得很颓废，经常趴在桌子上，什么也不做，现在又突然开始画了。

"我决定要举报了！"

"哦。"

他又开始削铅笔了。该不会因为之前我拒绝了，他这会儿还在生闷气吧？

"行了，其实我早就打算举报学校了，我已经做了很充足的准备，我要告到教育局去。现在正收集他们有哪些违规行为，你怎么样啊？"

他抬起头来。

"我没有那么多时间！"他居然还敢模仿我说的话。

"我可是做了很多准备，写了举报信，还查了很多资料，比如举报信怎么写，教育局有哪些规定，整个举报信，写了多半页。"

"谁会信？"

他连看都不看我一眼。他的铅笔总是削得非常尖，看起来岌岌可危的样子。

"只要我们收集足够的证据，收集有力的证据，总会信的。"见他不说话，我接着说，"我一个人也行。"

学校方面，我只要收集证据，如实地写在举报信里就行了，这个完全不需要他帮忙。关于我的父母，他也帮不上忙。不过，我还是不太清楚，我最希望得到什么，是我爸妈的谅解，还是学校的宽容？不，都不是。

"你做了很多准备，我就和你合作。"

他突然把脸扭了过来，让我有些惊讶。他用手指头刮了一下自己的鼻子，鼻子上的那抹红色在阳光下相当明显。

他的眼神依然有点呆滞迷离，眼珠子很少转动，他看我时似在走神，也许是他把我当作画中的某个物体，分解结构后，再观察全部细节，想要看透我。

王骏问我："我觉得你没我知道得多。我问你，你的证据是怎么收集的？"

"我把学校的违规的事情全部都记录在那封举报信里，写明白时间、地点、人，如实记录。"

"他们肯定不信的。"

"怎么不信？我又没说谎，不信他们可以亲自来看看。"

"教育局的人一来，学校就又变成那副好模样了，根本抓不住他们的把柄，当时老师打你又没把你拉到操场的主席台上，有众多目击证人。"

"老师还辱骂我们，而且几乎是天天辱骂。"

"这种就更难抓了。"他盯着我说，"你以为只有你一个人想举报？有这样想法的人可多了。教育局的人其实早都知道，只是睁一只眼闭一只眼而已。他们希望自己管理的学校有丑闻还是有好的成绩？他们是教育局，和学校是一伙的，都是为了成绩，你知道举报信怎么写吗？"

"我知道，我在网上查到了格式，至于写东西，我可比你强一些……"

"看来你做了准备。其实对于这个问题我还是觉得自己比你在行得多，因为我最近做过非常深入的调查，只是我觉得一个人做太难了。"他的话突然变多了，真是稀奇！我觉得这件事情最好没人知道，没人关注，最好默默进行……

"我们可以在操场一起聊聊，也可以在回家的路上商量，这些地方都很隐蔽，没有人会知道的，包括……王浩和张跃然。"

"好，你写的那封举报信，自己读过吗？"

"我读过。"

"给我也读读，这样我才能知道合适不合适，况且你收集证据的方式也不对……"

"好吧，明天我拿给你，不过你可得保证这件事情只有我俩知道，别把我的信给别人看，注意一定要……"我刻意地停顿了一下，要避开举报两个字。

"可关于你爸妈呢？打你很厉害吗？"

"我爸是打我挺凶的，我妈就是烦我，一直烦我。"

"我爸妈早就不管我了。如果你爸打你打得厉害的话，最好的办法还是改变他们的想法，当然我也可以帮你，比如说……"

"不了，我们还是先说学校的事情，至于我家里的事情，你也不太了解，我们以后再说。"我打断了他。

二十三

告我爸妈的事情，我越想越烦，根本不知道该怎么办。现在我强迫自己去讨厌他们，还把我从小到大受过的苦积累起来，去抗衡他们施予我的爱，可我还是一遍一遍失败。今天我不想回家了，不如就待在学校上晚自习吧，以后说不定也可以这样……

当黑夜来的时候，教学楼似乎变成了一栋阴森恐怖的旧城堡。走廊里的灯泡发着暗黄色的灯光，微弱的灯光好像随时都要灭掉。走廊里没有一个人，好像幽灵会随时出现。偶尔传来的风的声音让人不寒而栗。那些茂密的绿色植物隐藏了，消失了，直到夜晚才露出它们的面目。它们隐藏在黑暗中，似乎随时都在盯着我们。我们被迫困在这座废旧的城堡里，被施了咒语一样，手指无法控制，只能没完没了地写个不停，永远不会疲劳。因为我们都害怕那些飘荡在楼道与角落若隐若现的幽灵，他们无时无刻不在看着我们……

每一个晚自习都是一场学生和老师的心理博弈，输的人将付出惨痛代价。第一个晚自习，让我有机会一天三次见到那可恨的英语老师。晚上的时间稍微要快一些，光线昏暗，老师很难像白天那样监督每一个人。还有当我不得不抬起头来的时候，那张可恨的脸因为灯光和距离变得模糊起来。我在心里想，英语老师会不会觉得每天教我们这些讨厌学习英语的学生特别累？不会，因为她看起来一直是那么精神抖擞。其实，时间也有过得快的时候，比如我在餐厅里看着她的时候，比如上网打游戏的时候，或者上活动课的时候。现在我发现自己越快乐，时间就过得越快，越是觉得无聊烦闷，时间就过得越慢。为什么那些快乐的时光总是转瞬即逝呢？如何度过苦闷的时间，这是一个值得思考的问题。还有二十分钟才下晚自习，我能想出这个答案吗？

在第二节整整一个小时的晚自习中，老师总是随机巡逻三次，他们有时刚一上晚自习就来，有时上了十分钟才来。但他们行走的路线是固定的，从办公室出来，然后依次经过十五班、十六班，一直到我们班，一班到八班是好班，他们是不去的。他们的最后一次巡逻是晚自习结束前的十分钟，这时老师大概也想早点回家吧，他们急急忙忙转一圈，就走人了……我有点想吃我妈做的饭了，我饿了，一天没回家了……

"老师来了。"已经有些人开始小声议论起来了。

"他走到哪了？"

"那不是吗？看到了吗？"

王辉手指指的方向确实有一个模糊的身影，不过只能看到上半个身子，仿佛地面上一个扭曲漆黑的影子操纵着他，在灯光下不停地晃动模糊的上半身的形象，连接着他模糊不清的下半身，在暗处蠢蠢欲动。我迅速地低下头，把桌子上的零食全都放在桌箱里，直起腰来。咦，王骏怎么不见了？第一节晚自习他不是还在吗？他该不会……如果我也会画画，那我一定画一幅她的肖像，这样她的形象就不会随时间的流逝变得残缺。

我随便把一本书放在桌子上打开，千万不要和老师对视，否则那凌厉而威严的目光一旦透过窗户看到一双无所事事的眼睛盯着窗外发呆时，那个发呆者会在以后的几天内陷入种种麻烦，男生要挨打，女生要挨骂。老师会在每一个班的窗户前走过,透过窗户判断每一个人的用功程度,这也许就是所有学校的窗户没有窗帘的原因。为什么面对老师具有威慑力的目光我就必须回避,不能和他们针锋相对?我似乎只能选择逃避,像小偷一样逃窜。在那一刻,我被迫扮演小偷,要不停地躲避那绝对权威的目光,不允许反抗。就好比一个人到一个没有监控的大超市,在里面转来转去,拿起某样东西又放下,一回头的时候,发现有个售货员盯着他看,那种眼神带着某种敌意。老师们查自习时也一样,恨不得绷开自己的眼睛,绝不放过一点蛛丝马迹,通过那个又厚又脏的镜片试图看清每一个同学的行为,看穿他们的思想,判断他们是在想一道数学题还是在想电视剧,任何一点活跃都会被认为是越轨。他们还会通过桌子与胸脯前的空隙,判断学生是否将手机藏在那中间。他们有时就站在那里,不发出任何声音,万一某个女同学突然抬起头朝窗外望去,突然看到一张干瘦的脸,脸上的皱纹在光影作用下变成一道道幽深的黑色,狰狞而可怖,这时老师会毫不犹豫把她拉出去批评。

  不一会儿,坐在教室里的我们会隐约听到一些愤怒的声音,它们断断续续,模糊不清,从四面八方传进我们的大脑。那些歇斯底里的声音,因为愤怒变得含混不清,随着情绪的波动时而大时而小。半个小时后,教室的门啪的一声响,那个刚才被带出去的水灵灵女生满脸泪痕地进来了,其他人继续若无其事地埋头学习。如果是一个男生,比如我,和老师突然对视后,他会从黑暗中伸出几根手指,隔着玻璃做出一个简单的动作,示意我出来。如果我走神或者睡死的时候,没有发现他,老师会直接用手指敲敲玻璃,所有的人都抬起头来,但老师只会盯着一个人看,然后这个人就得出去。有时候,如果我做的事情太过分的话,老师就会直接从门口进来把我拉出去。老师如果要打我,会把我拉到一个非常暗的地方,我能够感觉到他就站在我的对面,因为他那低沉的声音总是从对面传来。但他的身体总是在黑暗中若隐若现,偶尔他的眼镜会因为反光而折射出短暂的亮光,让我战栗。在某一瞬间,他那隐匿于黑暗中的脸才会现形,那脸突然皱成一团,两颊的法令纹和眉头的横纹突然一下子全部显现出来，眼珠子都快要掉出来了，脸上松散的肉也全部凝成一团。

可这一切并不会让我们任何一个人突然热爱学习，除非这个人天生就爱学习。有时，我想老师晚自习盯人，可能只是一个游戏。这个游戏给他们苦闷的生活带来某种刺激或者满足感和成就感，游戏会随着学生的眼泪滚落下来而停止，然后他们怀着胜利的喜悦满意地离开。

二十四

"我上晚自习去了，以后也会去。"我告诉我妈说。

"嗯。"

"不信的话，可以去问我们的雷老师。"

"我们联系谁帮你办一下手续呢？"

"找雷老师就行。"

"行。"

对于我上晚自习，我爸妈昨天晚上似乎并没有太大的反应，也许这正是他们期望的，比起他们费心费力监督我，让老师直接监督我更简单、更有效。现在这样挺好的，我在他们面前从不主动说话，如果他们发问，我就简短而有气无力地回答，并且回答时不看他们一眼，装出心灰意冷的样子，让他们感受到我无声的反抗。

以前我挨了打骂，没几天就又恢复原状。这次不一样，我决定连我最喜欢的语文也要放弃掉，让成绩继续倒退。

在她离开那里的几天后，我梦见了她。难道她仅仅是一个梦吗？是的，也许她是一个梦。尽管如此，我还是希望天天都能做同样的梦，长长的梦。最近，我一直在读《少年维特的烦恼》，主人公维特终于决定放弃绿蒂，离开瓦尔海姆去开始新的生活，他的决定太正确了，我相信他一定会成功。但我不会再看这本小说了，因为我和她已经结束了。

"你写的举报信我看了，我觉得……"

我什么都抓不住，关于她的记忆越来越少了，她的样子也在一点点消失，原本只是背景变得模糊，渐渐地，她脸颊的轮廓，她的眼睛的样子，都变得模糊起来。也许，不久以后，她的影子会全部消失，她在我生命中就好像从来都没来过一样。

我自己到底期待什么呢？是立刻忘掉她结束痛苦，还是继续想着她的样子……

"嘿！"王骏看着我说。

"嗯？"我迟疑了一下。

"你想什么呢？"

"没什么。"

我不能忘了我的任务。

"你还没缓过来吗？"

"不，那倒没有。"

"关于你爸妈，你打算……"

"我已经想好了，不用你担心了，我们还是说学校的事情。"

"嗯。"

"我看了。"

"看了那就还给我吧。"

"问题很多，你的字太乱了。"他告诉我。

"我写的字一直就乱，你又不是不知道。这就是你说的问题？"

"这只是个小问题。你用电脑把它敲出来，然后打印一下，这样的话会整齐很多，而且还不会被别人辨认出来。这可是决定我们成功的关键。"他说话的时候声音很小，我的眼睛也会不时看看周围是否有人在偷听，可事实上所有同学都在埋头苦学。

"好吧，打印店会不会泄密？他们会不会自己留下一份？"

"这件事你可以交给我，你最好整整齐齐地重抄一遍。"

这种事情让人提不起兴趣。

"你根本就没写学校做的事情是违反了哪些规定，应该先写一件事情，再写它违反了第几条规定，这样比较清楚。"他继续说，"你写的大多是内心感受,那些内容看起来就是一个学生写的。"

"本来就是。"我回答。

"我参照了那些范文,学校违反规定的事儿都写在下面了,你再拿回去改改。我们还要收集更多的证据,然后把证据全部写进去,这样才能站得住脚根。"

"证据我写了很多,那个英语老师上次罚我站着抄单词,还有上上周地理老师用拖把打我的腿。"

"收集证据,得有个照片,或者证人。"

我突然意识到了这是一个很大的疏漏。

"王骏,我觉得他们看到举报信之后应该会亲自来学校检查。"

"教育局的人天天那么忙,没有时间亲自检查每一封举报信。就算教育局的人真的来检查,也会提前通知学校的。你忘了吗?以前教育局来人的时候,我们学校提前一周就知道了。"

"好吧,听你这么一说,我觉得挺有道理的。"

"另外……"

"你俩他妈的说什么呢?声音这么小!"王浩忽然回过头来打断了我俩,"马上要开誓师大会了,你们还不走吗?快搬上凳子一起走吧。"

我们俩谁也没有再说什么,和他们一边走,一边聊天。

张跃然说:"唉,你们不知道那个张老师生气的时候,样子有多么可笑。我早就看她不顺眼了。有一天,我通过我弟弟找到她的女儿,然后把她女儿折的一整盒千纸鹤给扔掉了。这个老师也挺厉害的,她找了一件小事,刻意报复我,把我叫到办公室训了一通。"

张跃然又在和王浩吹嘘他对付老师的事儿。

"那个老师居然拿书劈头盖脸地打我的脑袋!我觉得她太过分了,就一把抢过书,然后直接扔到了地上。那个老师当时气得脖子都红了,连话都说不出来了。但她看见我的脸色不对劲,也不敢再打我了。"张跃然见大家不相信又接着说,"她既生气,又不敢对我怎么样,那副着急却又没办法的样子简直太好笑了。后来，她再没敢找我一次麻烦。"

"你真的好过分，张跃然。"我说。

"我每次说这些你都得怼我，下次我不说了。"张跃然说。

"你应该像以前一样讲点自己出丑的事情，让大家高兴高兴。"

他笑了笑，就不再说话了。

我从二楼抬头向上望四楼两侧的走廊，那些老师一只胳膊下夹着自己的教案和课本，快速地穿过楼道，头发有时候会随着风轻轻地上扬，有一丝冷漠从他们脸上飘过。那些我几乎不曾见过的老师，也许和真正教我们的老师并没有什么区别。但是，我总感觉有些老师肯定是善良的、宽容的，只是我没有资格去接近他们。现在，我远远地看着他们如同看着在天上生活的众神。

我看到了以前的王建国老师，他站在楼道一侧抽烟。自从他离开我们班后，一些语文老师轮流来给我们上课，听说我们的新语文老师很快就来了。我要上去看看。

"你去哪儿？"张跃然问我。

"我去上面拿个东西，你们先走吧。"我回答。

王建国老师刚才绝对看到我了，因为他突然转身走了。他最近在干吗？是不是调到行政部门工作了？

我不经常来四楼，因这这座正方形的教学楼是按照成绩来分配教室的，从下往上数，第一层是学艺术和体育的学生，第二层和第三层是普通班，第四层是尖子班和火箭班。第四层也有一些非常重要的行政办公室，年级组主任和教务处的人都在这里。整栋教学楼的外墙看起来非常陈旧，灰白色的墙壁，上面还有无数脏兮兮的痕迹，走廊外侧的栏杆已经褪色，走廊窗户的玻璃每半年才擦洗一次，只要一场沙尘暴，它们顷刻就灰蒙蒙的。唯有围绕在教育楼周围的树木生机盎然，它们并没有因压抑的校园生活而停止生长。

我经常仰望，更多的时候是看看天空。对于第四层到底是什么构造，待着的人到底是什么样，我并不清楚。我们老师的办公室就在二楼的拐角处，我并无机会登上四楼，只有一次因为逃课次数太多被教务处的人叫上四楼。现在我来到这里，并没有发现它的特别之处。

　　高处的空气更清新些，风也更大些，更利于人俯瞰，从上面可以完整地看到那些柳树和杨树的形状。就像国王站在高高的驻台上，看着底下无数如同蝼蚁一般的臣民，火箭班的人看到普通班的学生是那么渺小那么卑微。我们头顶上有几根头发，脸上有多迷茫，他们一览无余。不像我们站在下面抬头往上看，总会被刺眼的阳光逼退。现在，我觉得这里太高了，还有点冷，虽然风景很好，但它让我有点晕，也有点害怕。

　　四楼的楼道看起来更干净些，教室里面那些学生就像我们班那些坐在前面的同学一样，看着黑板认真写着什么，没人捣乱，没人睡觉，没人干别的，即便我从后门的窗户上偷看，也没有人发现我。咦，他们的老师居然是我们以前的班主任——王建国老师，他怎么被调到这个班了！

　　王老师现在上课时几乎很少笑了，以前他上课经常笑，尽管很多人没有理会他。

　　王老师发现了我，用余光瞟了我一眼，又迅速开始讲课，那样子像极了手碰到仙人球的刺，凭借着本能反应瞬间离开了。看来他挺好的，我想我该走了。

　　我们总会定期举办一场誓师大会，就像古代的皇帝会举行祭天大典一样盛大。其实类似的誓师大会，并不是每年仅有一次的年级誓师大会，而是每个班级举办的较小规模的誓师大会，内容都很无聊。举行年级誓师大会时，大家紧紧挨坐在一起，老师说老师的，我们聊我们的，任凭学生代表和校长在上面滔滔不绝地讲话。有时候操场上刮大风，喇叭的声音就会像撕裂了一样刺耳。有人小声聊天，也有人玩手机，只要不离开这里，在这三个小时里没人会管的。班主任通常会站在人群的最后面，他们站几分钟就走了。不过等待校长讲话的时候，也就是誓师大会将要结束的时候，他们又会回来，等会彻底结束以后，将我们有序地带回班级。

"尊敬的老师和亲爱的同学们,大家好,我是刘娟……"

无数和我一样的学生坐在底下。今天的风很大,主席台上挂着的旗子霍霍作响,坐在台上的几位老师的头发被风吹得失去形状,他们的两条腿紧紧缠在一起,显然,背阴处的主席台更冷些。

此刻,没有什么人会比那个站在主席台上演讲的学生代表更骄傲了。她留着简单的马尾,眼睛炯炯有神,说话的语调很强势,像一只骄傲的孔雀。我不认识她,因为我根本不看考试排名表,反正我和她的排名,中间隔的不仅是一页。

"每一天都是新的一页,每一页都是新的篇章,拿破仑说过,最艰难之日,就是离成功不远时。"

"勤奋的学习加上正确的方法就是成功,只要我们每天都全力奋斗,我们就会取得成功。三年寒窗苦读、辛勤劳作,我们相信我们的一切努力都没有白费,让我们把握人生中的每一分钟……"

王骏小声地说:"为什么她和老师一副嘴脸呢?她只是叛徒中的佼佼者!这些人看起来风光,其实他们是第一批向学校和老师低头的人,为他们卖力,为他们失去自我。"

学生代表正激情昂扬地在台上演讲,没人倾听,包括主席台上那些一脸严肃的老师,他们只是期待这件事早点在凛冽的风中结束。虽然那个学生代表长相不错,但我还是讨厌她盛气凌人的样子,似乎她所有的表现都是在嘲笑我。她那轻佻的眉毛,被风吹得裸露的额头,都像是在向我炫耀,她是多么的了不起。可她不知道,她那引以为傲的学习成绩,在我眼里一文不值,就像垃圾桶里那些沾满黄色液体皱巴巴的卫生纸。

"最后衷心祝愿辛勤培育我们的老师都身体健康,生活愉快!祝愿同学们天天开心,天天进步,马到成功。"

如果我有一副望远镜的话,我一定能看到她宽大额头上的青筋,还会看到那些因激情而喷射出的唾沫,一部分随风飘扬,另一部分沾在嘴边,在阳光下闪闪发亮。

肯定是这样，祝培育我们的老师身体健康，还衷心？如果这是你从网上抄的，我就原谅你了。如果这是你真情实感的抒发，那么我真的无法原谅了。

在学校待得越久，我就越感觉到自己肩负的使命的重要。如果像她这样的人越来越多，我们的希望就永远等不到了。那些焦躁难耐的灵魂都和我一样，在等待着……

"你说这个能举报吗？王骏。"

我突然迫切希望有些具体行动。

"这什么也没违反。"他回答。

反正每一次誓师他们就那么几句，我听腻了。其实也没有刻意去听，喇叭的声音太大了，难免会有一些进入耳朵。

每一周都有一位老师在班会课上讲些类似的话，班会很少涉及班务，除非发生打架这类事情。其实我有时在操场打扫卫生，有时逃课，很少参加班会。那每周一次的班会就像毒品一样蔓延，让喜欢的人更喜欢，让痛恨的人更痛恨。我们就像那些精神病患者每天听着安静舒缓的音乐，却要喝下一大把药来麻痹神经。也许我们在这种病态的环境中待了太久，好像都有点适应了，甚至有些迷恋了。这个详细的举报计划若能成功，至少会让同学意识到他们的生命因为某种高大的目标正逐渐死去，不值得。

"你昨天晚自习去哪了？"我问王骏。

"我去收集证据了。"他的声音很小。

"你收集到了什么证据，用什么方法？"

"我就四处转一转，看一看除了我们自己的教室，其他地方有没有发生什么，你是怎么收集的？"

"我就直接把看到的实际情况写进去，你不是说还要有视频和照片吗？"

"对。"

虽然这事儿，看似那么简单，可是事实上，坐在我们周围的每个人都有可能会毁了我们的计划。那些看似熟悉的人，无论是作为朋友还是陌生人，我们内心的想法很可能是冲突的。这可比在家里偷抄作业复杂多了，周围的人亦敌亦友，难以分清。

"这个主要是得有手机。"他说。

手机就甭提了，我爸妈根本就没打算买给我。

"然后，我们再把这些视频和照片拷贝在一个U盘，最后连同举报信一起交上去就完整了。你写在信里的内容要和U盘上的照片一一对应才行。"

"我没手机。"我告诉他。

"嗯……"他有点犹豫了。

"王骏，这样吧，我们分工收集怎么样？你负责收集一半，我负责收集一半，这样的话，一个手机就够了。"我提议。

"行，我原先是打算利用下课的时间去收集的，我上午和晚上，你下午怎么样？反正你中午也不回家。"

"那我们就这么定了，我把具体看到的拍下来就行了吧？"

"嗯，拍得清楚点，把人都拍进去，最好是视频，一定要把声音关了，以防被人发现。"他的眼睛先是向左右瞟了瞟，然后脑袋靠近我，小声说出。他这一举动让我想起《潜伏》中的男主角。

"写信的事情就交给我吧，这没问题的，我正在修改。"他继续说，"对了，我们也可以录音。这种事情最好是秘密进行，就咱俩知道，不过你可千万要小心，万一被发现，手机被没收了不要紧，就怕咱俩念不到高三就得拍屁股走人了。"

"嗯。"我认真回答。

现在，我觉得自己在做一件伟大的事情，尽管它风险重重，也不一定会成功，但我觉得这件事情可不像吃饭、睡觉、学习那么普通，它极有可能改变世界。越是难度大，我越觉得它意义非凡，非我不可。确实那些好学生比我们优秀，但我认为自己的眼界比他们宽，看得也比他们远。

"437天以前，我见证了上一届莘莘学子百日冲刺。今天，同样的场景，同样的场合，想必大家内心还要比我更加激动吧！毕竟这是人

117

生当中第一次重大的考验,同学们不能松懈,因为大家的可塑性很强,大家拥有的时间更久,我很荣幸能为各位同学演讲……"主席台上的一个男人说着。

完全是一张新面孔,有那么一点熟悉,可距离太远了,我看不清。大概是年级组主任或者资历高的老教师,刚才他一定自我介绍了,我错过了。在大风中,他那稀疏的头发在脑后乱成一团,发际线都快撤退至百汇穴了。他长得并不高,有点胖,衬衣裹着的腰缠着一圈肥肉,某些部分甚至有点松散,全身的穿着和我一样不修边幅。我爸妈更关心我的成绩,我若不邋遢,他们一定会质疑我有什么阴谋……他到底是谁,是那天和王建国老师说话的那个人吗?

"你知道他是谁吗?"我问王骏。

"他就是我们的教务处主任,叫黄峰,刚刚三十五岁。"他回答。

"是吗?"

"这就是我们最大的敌人,他和每个班主任联合起来对付我们。"

"难道我们没有校长吗?"

"不,校长只是做些面儿上的事情,他可不会关心我们写错一个单词到底抄十遍还是十五遍,他只看成绩,只关心我们学校在全省的排名。他最多告诉年级组主任要抓成绩,告诉教务处要管理好学生。"

"哦。"

"至于如何惩罚我们,什么样的措施惩罚我们,采取什么样的教学方法,考试用哪里的卷子,这都是他们一起定的。至于我们的体育课被谁占了,活动课被谁占了,这些事情可都是教务处管的。但教务处的人总是睁一只眼闭一只眼,所以老师们才为所欲为。这个人以前就是班主任,后来升为年级组主任,算是年轻的了。现在那些老师可都和他熟。"

"我们这次举报真的能成功吗?"我忍不住问他。

"说不定只是几个老师受到处分。"

"关于老师惩罚我们的证据太少了,根本不够,我们学校有太多老师都这样做了,我们应该把他们都揪出来。"

这个看起来憨厚老实的胖老师真的是我们的敌人吗？如果他再年轻个十几岁，分明就是一个学习很努力却难以提高成绩的学生，我对他的感觉不坏，当然这只是看上去。

二十五

如果真的有老天爷的话，他会知道我的事情吗？老天爷似乎并没有太眷顾我，看似不可思议的一切其实不过是生活最普通的一部分。我曾经无数次地对着玻璃外的天空幻想爱情，可现在我只想知道是不是有人像我一样期待被爱？老天爷似乎能够看穿我的心思，故意和我作对……

她就像轻烟一样消失了，不知道飘在哪里了。自从她离开那个餐厅后，那个地方已经被别人占了。除了我之外，还会不会有人记得她？餐厅点餐的服务员，拖地的大妈，坐在她侧面那个大叔，他们都各干其事，并没有异常的表现，唯有互相重叠交错而形成的光影恍惚间幻化出她的模样，不，也许那是我的幻觉。她永远也不会回来了，如同在人间突然蒸发了一般。从此以后，她只会活在我的记忆中，不过随着时间的流逝，那段记忆也会被尘封，连她是谁，我都不知道了。

我为什么要知道她的全部？也许我一旦知道了，就会讨厌她。我已经对她产生太多的幻想，如果现实不是那样的，她的形象就会轰然崩塌。与其让这个美好的幻影碎成粉末，为什么不让它消失呢？造成影像的镜子虽然消失了，可那幻觉依然在，并且丝毫不影响我为它增添更多的细节。以往我只是看着她而已，现在我甚至怀疑自己是否真的见过她，前前后后看到的是不是同一个女人。她只是我产生幻影的源泉，可为什么在她消失后，我总感到有一片很大的空白，生活总是缺了点什么，我的心情很低落？纠缠于感情只会浪费时间，它并不产生什么，还非常复杂。

收集举报素材这件事情很麻烦，我们只有下课的十分钟，要收集很多老师打人骂人的材料，不是那么容易。因为老师总是叫学生去自己的办公室，把门关上后才责罚他们。这对录视频和拍照片很不利，而且记录时我必须捕捉到最关键的那一部分，通过精准的文字介绍前因后果。我们只有课间十分钟，可有时候老师还会拖堂，这让我们的行动难上加难。

"老师说，把我们今天晚上的家庭作业，也就是一张数学卷子，提前发下来，大家可以在活动课上做，也可以晚上带回去做，只要大家别在班里吵就行。"李瑾文在下课说这段话的时候，班里就已经乱成一团了，大多数人根本就不理会她。她的表情很淡定，因为这是常有的事情。说完之后，她不慌不忙地把这段话写在黑板的正中央，然后把卷子分成八份，放在每一列的第一个人那里后，就回自己的座位了。

老师居然会把家庭作业提前发下来，他为什么要这样做？对于李瑾文这种人来说肯定是个好事情，她正发愁没作业写呢。其实，她提前写完对我们也是有好处的，我也不用在第二天早自习时忙着抄作业，早上还可以多睡一会儿。

"你说学校为什么提前把家庭作业发下来呢？"王骏问我。他并没有显得很高兴。

"王骏，我也想不通，不过这样的话，我们今天晚自习就有作业抄，不用等到明天早上了。"我回答。

"嗯，确实，可我总觉得不会……"

"嗯……这实际上比平常的数学作业多一些，平常都是几页练习题。"

"你这么一提醒，对，确实是这样，难道只是为了增加一点家庭作业吗？"

"再观察一下吧，反正暂时也没什么影响，也不算坏事。"

"嗯，说不定这只是个开始，我们再等等。"

以前活动课的时候，我和王骏、王浩各拿着一本书，里面夹着一盒扑克牌，前前后后错开时间，装作出去学习，其实只是把课本放在屁股底下垫着打扑克。

"对儿尖，你们走不？"我们仨没人说话，张跃然继续说，"那我可继续了，一张圈儿。"

"你还剩几张？"我问他。

"这我为什么要告诉你啊，你管不管？"

现在，看到手中这本崭新的英语书，我还要用它去做同样的事情，不过这次不是依靠它出去玩，而是装作爱学习的样子，去问老师问题，然后在老师办公室偷偷取证。

可我突然看到几个老师在楼道里转来转去。

"老师来巡逻了！大家快安静。"王硕说。他是班里人缘最好的那一个，因为他老给大家通风报信。不过，活动课怎么会有老师来巡逻？教室里四处游荡的同学突然回到座位上，如同受了惊吓的老鼠。那些弥漫开来的灰尘肆意飘荡在教室的每个角落，它们就是学生曾经在班里活跃的证据，可惜老师根本注意不到。

要一会儿出去再收集吗？现在如果没有素材……我们可以惹老师发火，这样不就有素材了吗？

"王骏，快点起来，别睡了，机会来了，老师来巡逻了。"我赶快对趴着的王骏说。

"什么意思？"他睡眼惺忪地问我。最近几天，他都没精神，不知道在忙什么，画儿都不画了。

"我的意思是咱俩闹一闹。"

"哦。"可是他不知道该做什么。

"我们可以故意惹老师发火，然后趁着老师打骂我们的时候记录，这样的话可能收集到每一个老师的。我们还得故意搞点才行，老师越厉害，证据越有力。"

"这样倒是也可以……"他的声音迷迷糊糊的。

"我们先记录这些吧，争取把每一个老师的错误行为都录下来，然后再根据这些录音内容解释，快点起来吧，巡逻的老师要走了。"

我的情绪很激动，无法控制自己的声音。因为那几个老师很快就到我们班了，而王骏还是一副没睡醒的样子，看起来一点斗志都没有。万一老师看见没什么动静，我们可就错过机会了。

 | 121

他艰难地从桌上上爬起来，我看着那几个人老师，赶紧往讲台上跑，我拿起那几根断掉的白粉笔，将它们扔出去，我确定有几根掉在周围的桌子上了，还有几根掉在脏兮兮的水泥地板上了。我装作很高兴的样子，使劲拍了一下讲台上的桌子，声音非常大，以至于有几个同学抬起头来看我。李瑾文仍然很冷静，尽管我就站在她的桌子前面扔粉笔，她都没有看我一眼。

　　我相信老师现在一定在目不转睛地看着我。我假装笑容渐渐消失，故意转头朝玻璃看，果然他们正在愤怒地盯着我，我又假装惊慌失措的样子，其实我的心里在笑，有点苦涩。他们熟练地做出一个让我出去的动作，我装作垂头丧气的样子，像一个失败的英雄一样毅然走向了自己的命运。回头的时候，我突然发现李瑾文正抬头看着我笑，但与我的目光相遇后，她立刻止住笑容，低下了头。有些同学一看到我的眼神就避开，这是我们之间默认的礼仪，似乎我们天生就是两种人，只是无法避免在同一个班级的命运。虽然近在咫尺，但我们之间隔着一条宽宽的河，永远只能隔岸相望。

　　老师是明智的，他把我们与好学生彻底分开，班级的座位按照成绩的排名来坐。每过一次月考，座位会有一种新的排列。可事实上，从第一次排好座位以后，我们的座位几乎就没有什么变化，学习好的人永远学习好，学习差的人还是那么差。

　　也许，李瑾文也像我一样，对对方的生活很感兴趣。此刻，她正在嘲笑我，但我不介意，因为她并不了解我为什么要这么做，如果她知道的话，估计也不会感谢我的。

　　当老师们在骂我的时候，我就发现老师和我的父母一样，训斥人的话也就那么几句。他们的词汇非常贫乏，以至于只能用种地、搬砖头、收垃圾等累活儿吓唬人。唯一不同的是，老师说不学习要为父母想想，父母却说要我们为自己考虑。这些已算是好话，还有的老师直接骂我们"不是个东西，是什么茅坑里的石头"。如果发现有些人是他们的回头客，他们也懒得动嘴皮子，直接动手"上刑"。我知道这次老师也翻不出来什么新花样，我迫不急待地想看他们的表演。

同样，他们也就那么几种"刑具"，拖把、手掌、脚、扫帚、尺子，打的位置也只有屁股、大腿、小腿。还有一些女老师喜欢捏着一点肉左右撕扯，第二天这些地方就会像我的乳头那样鼓起来。这些手法我都很熟悉，可疼痛感是全新的。

不过我早已经把手机的录音打开，那些伴随声响的疼痛在我心中激起一阵阵狂喜。什么时候我会逆来顺受，把疼痛感和耻辱感当作享受，我就成功了。现在一切尽在掌握中。我得到了我想要的证据，但为此我失去了整个活动课。这真的值得吗？

我突然注意到一个熟悉的身影，一点一点向我走来。周围空无一人，我在心中努力祈祷，这阳光下的幻觉能持续得长一点，即使我看不清她的穿着打扮，但还是能感觉到就是她。也许，她的幻影会从短短的走廊一端走到另一端，然后就消散了——但是并没有，她在走廊的另一端居然朝着我们班这边走过来了。她背后就是一轮被楼道和玻璃遮挡着的残缺太阳，我只能勉强看到她身体的轮廓。她的高跟凉鞋踩在地上发出的声音越来越清晰，那声音在我们班教室前门突然消失了。

我使劲捏了自己一下，非常疼，这并非幻觉。我站在后门，虽然因为太阳光而有点头晕目眩，但我确定自己大脑清醒。难道她是我们的新班主任吗？

蒙着厚厚尘土的旧玻璃像是梦幻的万花筒，无数事物在里面变了形，变得模糊却又美丽。她站在讲台上，阳光却斜着照到后黑板上，反光像一团火，和她的影像不断重叠，我什么也看不清楚。

我咽了一下口水，脸继续贴着窗户玻璃极力往里面看。太阳刚好被大楼竖着的线条遮挡，但还是可以看到线条周围的光晕。这时候只要不停左右晃动脑袋，太阳就会忽闪忽现，一边是真实且平淡无聊的世界，一边是闪着光的模糊世界，两者若隐若现，不断变幻，交替出现，让我看不清楚。

她现在怎么样了？心情好点了吗？她为什么辞职？将近一个月没见她了吧……无数问题让我无法平静。

我等了很久，那扇门开了，她朝着我走来，样子也清晰起来。

"你跟我来一下。"她说话的声音并没有我想象中的那么甜美，而是低沉而冷淡。她轻描淡写地说了这么一句话，就扭头走了，步伐有条不紊。她的半透明的肉色袜子似乎想要暴露些什么，却又想隐藏什么，那层薄薄的紧身牛仔裤和短款的袜子之间露出脚踝的一小部分，如同那些蒙着面纱的女人脸上无意间露出的红晕，让人思绪纷飞。

我跟在她的身后缓缓走着，黄昏发红的阳光斜照在她身上，充满温情。我第一次觉得去老师办公室是一件多么美好的事情。我千方百计地想要认识她，却未想过以这种关系实现。

当我和她一起走进办公室的时候，那些照射在我们身上的阳光也消失了。她转过身来，坐下了。

这不可能是她。眼前的女人肤色有点发黄，脸的轮廓圆润饱满自然，并没有任何坑坑洼洼，嘴唇干裂，脸颊两侧零星的淡黄色斑点若隐若现，眼睛的位置和大小都刚刚好。但是我的眼睛告诉我，她和那个女人确实是同一个人，尽管她现在脸上带着一种冰冷的质感，仿佛看她一眼，跳动的心脏就会被冻结。她并不像是言情剧里那些善良高傲的女主人公洋溢着活力，她带着一股冷酷的邪气，可以让花朵瞬间枯萎，让人无法接近。她以前不是这样的女人，尤其当我看清楚她的脸的时候，根本不相信她就是之前那个哭泣的女人。

她似乎也仔细地端详了我一番，眉心出现几道很浅的细纹，眼神中略带困惑与疑问，但很快变得严肃。"你刚才不在？"

"嗯。"我回答。

"我是新来的班主任。"她停顿了一下，"周老师。"

"周老师，你好。"我说。

仅仅知道姓的话，还远远不够，我更想知道她的名字。

"很高兴认识你。"她说。

说这么短的一句话，她还要停顿一会儿。她真的是我们的语文老师吗？以前总是明目张胆地看她，现在我却低下了头。

"我对你印象很深。"她说。她肯定是以前在餐厅也见过我一两次，哪怕只是抬起头瞟一眼，要不然她不会这么说。我没有想到她这么直接，不知怎么回答她。她和我的想象中的样子差太远了，太远了，那个她……

"你听到了吗？"

"嗯。"

"你可以走了。"

"哦。"

我本想告诉她我捡了她的书，而且还读了一大半，但现在已经没必要了。

是她在这短短的一个月变了，还是我变了？不，也许谁都没有变，只是我们的身份被现实界定后，无法回到以前陌生人的状态。我现在心情复杂至极，分不清以前的情感是错觉，还是当下的情感是幻觉。

我就这样若无其事地走出去了，但好像有什么东西从我心中离开了。我变得冷静，脑子里那些复杂的时隐时现的思绪突然不再我纠缠了。也许，它们待得太久了，也腻烦了，所以毫不犹豫地走了。蒙着灰尘的脏玻璃，褪色生锈的栏杆，破碎的水泥瓷砖，还有冷清干净的天空，突然都变得异常清晰，没有带任何虚假，它们既让我感到新鲜，也让我感到陌生。

二十六

"星期六出去看电影吧。""你这么做什么有什么意思？""那个男生肯定喜欢你。""老师，老师！你别管他了，他就是那个样子。""行了，听你的就是了。""你给我捎一个口香糖"……

大家三三两两地聚在楼道里聊天，也有学生跟在老师后面问题，温暖的阳光照不到我，却照射在他们的身上，他们看起来更有活力。

现在我眼前的校园生活似乎其乐融融，可它是短暂的。我坐在二楼到三楼转角的楼梯上,我的左边是老师办公室,我的右边是学生教室,正前面的是一条长廊。现在,我正在寻找那些运气较差的学生在老师办公室里的种种难堪,然后把他们的坏运气当作证据。

这短暂的快乐仅仅发生在课间十分钟内,大部分时间,大家和我一样都在上课。每当看到一些活泼的同学,我心中充满羡慕,我多么渴望像他们一样扔下这无意义的任务,自由快乐地生活。可我现在没有退路,要么学习,要么搜集证据,甚至在心里反复提醒自己那些快乐和轻松的样子,原本就属于我的。

"你别喷我啊,咱俩是友军,喷张跃然,喷张跃然。"我一边说着,一边用手掩住自己的脸。

"喷你怎么了?看你有点热,帮你凉快一下。"王浩说。

"我可不客气了。"我回答。

王浩一边拿着他的水枪喷我,一边往远处跑,他的屁股全湿透了,右胳膊也湿了。我追着他,那些喷射出的水在阳光下变成一道晶莹剔透的射线。周围没有什么人,因为我们在教室里喷湿了别人的课本和衣服,被大家赶了出来。

那扇陈旧的蒙着灰尘的窗户,它的玻璃被喷出来的水清洗得很干净,呈现出各种花纹,李瑾文规规矩矩地坐在窗户旁边的那个座位上,眯着眼睛呆呆地看着我们。在阳光下,她那稀疏的刘海遮住了眼睛,可那双眼睛一动不动地看着我们玩,略显呆滞,也许是入了迷。在我发现她的时候,她有点害羞地低下了头。

她那么爱学习,为什么会和我分在一个班级?她的成绩也并非班里最好的,相比较那个演讲的人,她随和多了。

现在,我又一次看到了她——周老师,她神态疲惫地从教室里走出来,表情呆滞平淡,看起来只是有点不和蔼,并不像那些长得丑的老师神情平淡的时候,嘴唇合不上,而且向外凸出,露出牙齿,只会让人觉得可笑。她的美似乎朝着另一个方向。她的肤色有些发暗,脸颊两侧的斑变得清晰了。也许是因为光线,她漆黑的瞳孔无神,细长的鼻子傲慢地挺立着。嘴唇保持最自然的状态，微微抿着，不露出牙齿。脖子上的动脉和筋骨在阳光下看起来非常清晰，并且带着强烈的光影对比，因为头发遮住一部分，脖子上凹进去的也会被黑影覆盖。我就站在她的侧面，看着她从走廊一头走到另一头。

每当回想一次次见到她的画面时，我越想越觉得她神秘。现在我观察到，趴在桌上睡觉时她很安静，工作时她很专注，看手机时她会偶尔笑一下，面对自己的同事又是那么冷淡与礼貌……可在我的想象中，她时而羞涩，时而大胆，含蓄而直白。

她的头发有时是披在双肩红色的大波浪卷，有时是黑色的马尾，有时候是盘起来的棕髻，每一种打扮，都给我不同的感觉，有些感觉甚至是矛盾的。我需要把这些破碎的感觉拼接起来才能够感受到完整的她。不，即便我把所有捕捉到的都拼接起来也是不完整的，总会有缺损。那些缺损的空白是她的神秘，也许并不是我喜欢的部分，但它深深地吸引着我，即使它们带着没人知道的诅咒。在这样一个合适的距离和光线下，我似乎再一次找到了曾经的感觉，那种亲切的感觉……

"班会，还有其他，比如说……"她和一个老师说话，那个老师背对着我。

"周老师，你那套是不行的，他们不安分，你得用点别的手段。我跟你说，那些学生可不好管，你一定要多问问其他的老师具体是怎么管的，什么时候看监控，什么时候去班级查看，他们不写作业、抄作业、打架、迟到了该怎么处理，这些都应该想好问问人家。尤其像你这样的新班主任，要是让他们发现你是个好欺负的老师，他们会骑到你头上……"那个老师说。

不知道为什么，老师们每次说最重要的内容往往声音很小，讲课如此，说秘密亦如此。听完这些话，我突然觉得相比较一个有几年从教经验的老师而言，我的知识和想象力都太贫乏了。我其实已经在录音了，不过他们在墙角聊天，声音小而模糊，录音效果不是特别好。

"可是我觉得……"她有点犹豫。

"不，你非得这么做，成绩才是关键。当然保证他们不闹事是前提，你说的那一套都是教那些自觉的学生的，那很简单。新来的老师总要熬几年才能当上班主任，我好不容易帮你争取到这个名额，你要先把他们管住，至于成绩什么的，那些一点点来吧。反正提升这个班的成绩是很难的，以前那么多老教师也没好招儿。至于教学计划，都是我们教务处制订的，也得一点点来……"

我听不到她说了什么。

"丽君，不是所有的家长都关心成绩，有些家长其实明白，他们的孩子不是学习的料。我知道你着急，你事业心强，可是当老师本来就是慢工活儿……"

丽君？周丽君是她的名字是吗？她的名字也不如我想象中的那么美，而且被一个油腻的中年男子以较粗的声线叫出来时，反让我有些失望。

她不说话了，转身要走。通过对话可以看出，他们的关系好像不一般，他们是什么关系？他俩一前一后走进了办公室，如果仅仅通过背影来看的话，只是普通的同事关系，至少她想保持这样的距离。

已经上课十分钟了，老师之间私密的谈话总是在上课以后，而我只有下课的时间。我一转头看见了李瑾文，她身后跟着一个女人，年龄大概四十岁。她是谁？她们要去哪儿？可能是找老师吧。我转身上楼，想等她们和老师开始说话，再出来偷听……

"王老师，我孩子的成绩怎么会下降得这么厉害。"那个陌生的女人说。

"我不太清楚，这个小孩一直就不喜欢说话，我也不知道他到底在想什么，看平时的表现好像和以前没什么区别，但不知道为什么成绩下降得这么厉害。"这是王建国老师的声音。我好像错过一些内容。

"这个小孩在家里一直不爱和我们说话，我和他爸问他成绩下降的原因，他一个字都不说，我感觉他肯定在学校遇到了什么问题。"

"你先别太激动了，我们会查清原因的。不过，他总是和老师顶嘴。"

我已经把录音打开了。

王老师继续说："他的成绩之前那么好，现在却突然下降了，我觉得应该不是他学习能力的问题。看他平时交的作业，考试成绩不应该这么差，我估计他遇到了什么烦心事儿。上一次我把他叫来谈话，他什么也不说，而且脾气比较倔。"

"这事儿我们不知道，他回家什么也不说，即使我们骂他一顿，他还是什么都不说。是不是现在这个班太差了，班里的同学把他带坏了？能不能给他换一个班？"

"问题不在这儿，我觉得王骏……肯定是和老师或你们闹了矛盾，然后故意使气才这样。我现在也不当他的班主任了，他现在的班主任是个新来的年轻女老师，你们还得找她聊聊。换班的话，他前两次月考成绩都不怎么样，要是照这样下去，很难换到好班。"

王骏？他怎么会被叫家长？是家长主动来的吗？他不是说他的父母都不怎么管他吗，怎么会被骂了一顿？为什么他不愿意跟我说真话？他到底在想什么……

"王老师，你必须得给我一个解释！"

砰的一声，是拍桌子的声音。王老师一句话再没有说。不知道里面发生了什么，透过门缝我看到一束强烈的光。

"我们王骏这么优秀的孩子，可……不能就这样毁了！"

那个女人的声音已经有些不连贯了，可王老师还是一句话也不说。也许他现在低着头，手放在布满皱纹的额头上，陷入了深深的沉思与自责中。也许他觉得这些很麻烦的事情完全与他无关，对于家长无理取闹置之不理……

"这样好吧，我和其他老师沟通沟通，再观察一下他的情况，看看问题出在哪儿。王骏的成绩大幅度下降，我们老师肯定有责任，只是这件事情急不得。"

"好，我也会配合老师的，希望老师能尽快解决。"

那个女人从办公室出来了，我侧身躲避了一下，然后继续偷听。现在，似乎有老师开始小声嘀咕。

129

"学生家长又来找麻烦了?""有些人根本就不是那块料。""难道他们家长没有责任吗?""我们老师只负责讲课,他们自己不学,我们怎么办?""成绩好是学生优秀,成绩差就是老师的问题。""这个家长我以前也见过,关系还不错,情况不是像你们说的那样。"

"你还不走吗?"一个声音从我背后传来,我转过头一看,是李瑾文。她继续说:"已经上课了,老师在找你。"

李瑾文在传达老师的话的时候表情很严肃,从不带任何感情。

"哦。"

我感觉自己得解释一下,以免让她怀疑我在偷听。"我被老师又叫到办公室了,可是老师好像在里面有点事。"我说话的态度很普通,像是例行公事而已。

"是吗?"她突然忍不住笑了,笑的时候还低下了头,似乎刻意不让我看到,但脸颊两侧的酒窝还是被笑容荡起来了。她又在嘲笑我吗?虽然我有点讨厌,但她没有发现我真正的目的,被嘲笑又算什么呢?但我在她们眼里是个坏学生,我没有犯法,良心也不坏,她们笑不笑,我都无所谓。

二十七

有时候,我会问自己,到底我为什么讨厌学习,这和老师或家长有关系吗?假如他们对我管得松一点,温柔一点,我会喜欢学习吗?我是因为讨厌学习才讨厌他们,还是因为讨厌他们才讨厌学习?如果我只是讨厌学习的话,我希望能和他们保持一个良好的关系;如果我仅仅是讨厌他们的话,那我可以提高成绩。但是他们和学习息息相关,一厌俱厌……今天,家里来了人,是一个和我沾亲带故的人。

"人家刘军这几年可是不一样了,人家发大财了,说是好几年不见了,要来看我。"我爸在客厅里一边跷着二郎腿,一边抽着烟对我妈说。

"那今晚做点什么饭?"我妈回答。

"你多做几个菜就行了,他那么有钱,什么没吃过?你就简单地炒几个菜,几年不见了,咱多说说话。说不定念着以前的关系他会扶我一把,没准我也能沾点儿光。"

"是吗?那应该不可能吧。"我妈好像在试探什么。

"你们女人懂什么。"

"真那样就好了。"

晚上,他们坐在客厅聊天,我继续待在自己的房间假装学习,我和我爸妈一句话都不想说,更别提什么七大姑八大姨了。关键我现在还在实行冷战计划,即使来了客人也不能被打乱。和他们一句话不多说,一个字不多讲,不表明自己的态度,不提任何意见,包括饭菜有什么问题,中午回不回来,只要他们不问,我就不说。即便问了,我也惜字如金,不多说一个字。

现在他们对我有不满也没办法发泄。前段时间他们说了我几句,我压根就没理,给他们造成无所谓的感觉。不管他们是夸奖、恭维、辱骂,还是讲笑话,我就好像没听见一样。

虽然我们血脉相连,但他们关心的我不关心,我们基本上没什么可聊的了。吃饱了吗?吃饱了。到睡觉的时间了,嗯。饭菜味道怎么样?还行。期中考试成绩怎么样?还行。老师对你们怎么样?还行。和同学关系处得怎么样?还行。我们之间连最珍贵的亲情都难以维持了。

如果我说自己还想再看一会儿电视,他们会说熬夜对身体不好,明天还要上课呢。如果我说我要熬夜写作业,那我妈就会问我是否需要一顿夜宵。当然,我从来没有熬夜写过作业,也没吃过我妈做的夜宵。

如果我说没吃饱,我爸妈就说,看你吃这么少,肯定是之前又吃零食了。如果我告诉他们饭菜味道很差,他们就说,你一分钱不挣,什么事情也不做,还嫌这嫌那!那个张诗,他爸妈天天忙着打麻将还不知道能不能吃上热饭呢。如果我说这次成绩不太理想,他们就会说,你一点都不用功,瞧瞧那个谁。如果我说老师天天打骂我,他们就会

| 131

说，你又干什么蠢事情了？如果我说和张跃然他们关系很好，他们就会说你为什么不和那些学习好的人在一块儿！

他们不给我买手机，自己却玩个不停；他们对自己要求很低，却对别人要求很高；他们把自己和那些差的人比，却把我和那些成绩优秀的人比。

他们没办法满足我的要求——时间、手机、钱，我又凭什么要满足他们的要求？他们呀，又想让我辛辛苦苦地去学习，还想让我完全心甘情愿。我偏不，讨厌就是讨厌……而且我一定要谈恋爱，这不光为了我自己，还为了他们，我一定要谈！

"别学了，出来吃饭吧。"我妈的声音中洋溢着热情，佯装出热情开朗的样子。这是因为家里来人了，平时她说这句话的时候，总是不耐烦的样子。

我一出去就看见客厅里坐着一对五十多岁的夫妇。大叔穿着咖啡色短袖，头发很稀疏，眼睛很小，周围一圈全是皱纹。

"快和你刘叔叔王阿姨打招呼。"我妈笑着说。

"刘叔叔好，王阿姨好。"我说。

王阿姨穿着黑色的镂空花纹长裙，戴着一串珍珠项链，身材有些臃肿，胸、肚子也很鼓。

"正上学吧？"大叔说话的时候感觉很和蔼，我感觉自己也应该热情一点。

"高二。"我回答。

"学习怎么样？"

我就知道他们要问这个问题。

"他学习还不错。"我妈赶紧代替我说。

"那肯定是你俩管得好。"

"管啥啊，现在的孩子都自由发展，我们也管不了。"我爸说。

饭菜很丰盛，我还是赶紧吃饭吧。

"我们那个孩子不行啊，管不了，高考才考了三百多分。"刘叔叔说。

"有些孩子就是不爱学习。"我爸说。

我爸今天一反常态，非常注重说话的语调，不时用积极上扬的语调来回答客人。通常情况下，他说话时总是降调，声调短而低沉，并且一句接着一句，好像说不完一样。

"有什么忙需要我，我能帮一定帮。"刘叔叔说。

"我们分别那会儿，还是十几岁，现在孩子都这么大了。"我爸说。

王阿姨吃饭的时候，脖子上的那层皮松散不堪，有种随时会脱离仅有的肉与筋骨的感觉，随着她吃饭种种优雅的动作，那些皮抖来抖去。她好像含着一块特大的肥肉无法咀嚼，只能在嘴里滑来滑去。

"我们小时候经常玩的周玉祥去年死了。"我爸说。

"就喜欢打架的那个？"大爷说。

"嗯，好像是。"

父母和亲人都是我无法选择的，而我能选择的只有朋友。如果我能够选择一切的话，生活也许会好过一点。

"现在的孩子苦，尤其是高中生，学校抓得紧，到了大学就好了。"刘叔叔说。

"嗯。"我说。

我不知道该说什么。自从和我爸妈冷战以来，我在家里得到了一些自由，但学校的监管还是很严。我和王骏收集的素材已经涉及很多老师，不过还得再找一些。有些只是图片，还需要配上录音；有些是从中间开始记录的，还需补充。整个计划是两个月，已经进行半个月了，不过越到后面取证越难。每天的资料分为两份，我的那份藏在那个给野猫喂食的地方。

幼儿园的时候，有个小女孩偷偷地举报我们小伙伴偷马大爷家的李子，结果害我们被马大爷骂了一顿。说实话，不管是被举报者还是举报者都不好受。不过，相比较我们学生受的苦而言，这封举报信给整个学校带来的损失又算什么呢。或许我们忙来忙去，最后只是一场空。这封详细的信要么石沉大海，要么被视为儿戏，被当作垃圾一样

133

扔了。我只能说，该做的都已经做了，其他的听天由命。再说即便成功了，即便真的老师不再管我们了，我真的就变得幸福了吗？总觉得生活难以改变，就算真的改变，还是缺点什么。

二十八

周丽君，周丽君，这个名字倒是有点帅气！

"你抄得累了？"王骏问我。

"还行。"我说。

自从那次家长会以后，王骏已经很少画画了。大部分时间，他只是坐在桌子旁发呆……

"这可是比以前多了一倍。"我说。但愿他能从中走出来，其实经历多了就好了。

"那个新来的女老师管得还是很严的。"他说。

"我可不觉得。"我说。

"新来的女老师都是这么狠毒、刻薄。"

"不，她不是这样的。"可能因为上次被叫家长，他还在生气。

"这么明显，你看不出来？她比那个英语老师还厉害。"王骏说。他根本就不了解她，这不过是那个教务处主任指示她这么做的，她人可是没有问题的。

"我感觉你最近心思好像不在这上面。"他说。

"我没有。"

"你不够敏感了，也没当初那么积极了，而且老在想些别的。"

我觉得自己根本没有变化，变化的是他，因为家长来学校的事让他变得更敏感。他继续说："你该不会因为那个女老师长得好看，就忽略了她的行为吧？"

"当然不会了。"我说。

我对她的那些感觉已经消失了，只是不希望别人无中生有，说她的坏话。很多老师都这样做，为什么要怪她多事呢？

不知道王骏的母亲回去后对他做了什么，看他这个样子应该不打算让别人知道，我还是别问了。

"我发现老师让学生什么都做，王骏，你记得把照片和录音给我的U盘拷贝一份。"我继续说，"十八班的那个王老师因为一个学生没完成作业，就让他承担了一周他们办公室的杂活，换饮水机的桶装水，打扫卫生，最可笑的是那个男生还挺高兴的。不过那个男生可能是个惯犯，老师也知道逼他学习没什么用，就让他干点体力活。"

"你俩聊什么呢，声音这么小？是不是背着我俩在——学习？"王浩停顿了一会儿，才说出最后两个字。他的眼睛和眉毛一起往上挑，夸张地看着我俩。我和王骏什么也没说。

"王浩，你觉得那个新来的女老师怎么样？"我问他。

"你俩在聊她？她长得挺漂亮的，就是管得太严了，现在一对比，还是觉得王建国老师对我们更好。"

果然，这些只看到她表面的人都是一样的，这种问题就不应该问他。

"王浩，说不定她在其他方面不错呢。"我拐着弯地反驳他。

"那又跟我没什么关系，反正她对我们学生真不怎么样，还让我抄课文，以前王老师可只让抄一遍。"

"谁让你背不出来！"

"你小子今天出问题了吧，怎么会说这种话？"

他们就是这样，只要哪个老师不合他们的胃口，就从来不说人家的一点好。如果周丽君走了，再换一个新的老师，他们一定又会怀念她。反正，正在教他们的一定是他们心中最差的老师，就如同老师总会对我们说，我们是他教过最差的一届学生。

周丽君这么漂亮，换成一张老脸，他们愿意吗？她留的作业确实多了一些，但那不过是教务处黄主任让她做的，可能她以前并不是一个老师，缺乏经验。可这些他们都不知道，我也懒得给他俩解释。

下课的时候，我仍然游荡于各个教室和办公室之间，寻找可靠的

135

材料。

"你少和张芸来往,你看看她那个样子,整天上课玩手机,被老师抓住了,还和老师发脾气。你说你天天和她混在一起,成绩怎么能不下降?"一位老师在办公室里说。类似这样的谈话不少,但收集这些没什么用。

"张老师,其实我只是和她聊聊天,我俩关系从小就挺好的,我也没玩手机,在家里放着。"那个学生说。

我想知道周丽君在心里是怎么想我们的,张跃然和王骏那么讨厌她,她知道吗?她知道了会觉得无所谓,还是有点难受……

"学习这种事情本来就难坚持,你是个男生,本来就没有女生那么刻苦,她要是天天和你尽说些学习以外的事情,你不就慢慢被同化了吗?你俩要是想聊天,可以下课去聊。"

老师如果这么诚恳地对我说这些话,我肯定会想想学习的事儿,可是没有人这么推心置腹,没有人这么一针见血,他们更喜欢讽刺挖苦我。

"老师,其实我……"

在我的生活中,有很多事情是被禁止的。但是越是被禁止的,我就越渴望了解它。那露出的一角,尽管很隐秘,我还是能一眼发现它,因为我会想象它的全部,直到它们再次在我眼里变得无趣。

如果老师不用语言侮辱或变相体罚,只是苦口婆心地讲道理,我反而会很愧疚,觉得自己为什么不努力点呢。

"你听我说,交朋友这个事情按道理我不应该管,我就是给你提个醒,也为了你的前途着想。上次月考总排名你已经下降了三十名,若再因为这事儿影响成绩就得不偿失了。再说张芸那孩子,想干什么就干什么,对了,你是不是喜欢人家?"

"那没有……"

"现在可别谈恋爱,等到上了大学,你会发现优秀的女生多的是,只要你足够优秀,还有谁会不喜欢?"

"可到了大学,就不是她了。"我在心里说。

二十九

　　在生活的某个短暂的瞬间，两片相似的树叶，一束刺眼的阳光，都会唤起我心中某种悸动的感觉，那感觉让我热泪盈眶。当我走在教学楼最高层的走廊上，透过彩色的玻璃或栏杆向外望，那些刺眼的阳光再次钻进我的眼睛，让我眼中的世界变得模糊。整个建筑物静静的，树叶偶尔被风吹动，我仿佛又回到了那个餐厅，静静地看着那个她曾经待过的位置铺满温柔的阳光，与此形成强烈对比的是窗外无数熙熙攘攘的人流和车流，以及桌子旁来来回回走动的服务员和客人。他们持续循环的运动变成一条静止的线条，变成一幅静止的画，与环境融为一体……我从生活的种种角色中彻底摆脱出来，不再是一个学生、一个孩子、某人的朋友，也不再是个暗中举报学校的告密者，像空气和阳光一样自由和坦然。无论我在干什么，我的生活似乎总处于一种本质类似的状态，与理想中的生活永远保持相当的距离，同时又互相交叉。有时候，我想我的生活难道真的正在朝着好的方向发展吗？好的方向又意味着什么呢？举报真的是正确的方式吗……如果我在所有的回忆中选择一件我最向往的事情，我能选出来吗……

　　我再一次看到了她。她坐在操场一棵柳树下的长椅上，穿着酒红色的长款秋衣。看着她的背影，我再一次找到了那种感觉。她安静地坐在长椅上，阳光透过茂密枝叶的缝隙洒下的光斑，在她黑色的头发上晃动，让她的背影的线条充满光泽。我发现我们有共同的习惯——独处，也许我迷恋的就是这种感觉，而并非她本人。

　　有时我非常讨厌这种恬静，空气沉闷干燥，没有一丝风，阳光也让我视线模糊，以致让我昏昏欲睡。可我又沉迷于这种感觉，在空旷无人的校园中，心也多了很多空白，不用为见到我爸妈故意做出无所谓，也不用为搜集"证据"像贼一样偷听什么。

　　夏天很热，学校里很多老师中午都不回家，但他们大多在宿舍待着。现在，我觉得在学校上课不是一件很讨厌很无聊的事情，至少能够见到她，至少能有这么一段放空自我的时光。

不行，不能就这么一直看着她，举报的事情绝对不能半途而废。我仍然需要在整个教学楼上不停地搜集证据，包括每一个班级、每一个老师的办公室和操场的每个角落。一个女生在教室里写作业，一个男生趴在桌子上睡觉，一个老师给楼下的柳树浇水，不上课的时候，学校平静而宽容。

昨天，我爸居然给我买了一双我嚷嚷了半年的篮球鞋。去年的时候，我千求万求，他不为所动；现在我一声不吭，他却买了。这次他们不惜通过消耗大量的金钱来缓和我们之间的关系，说明长期持久的冷战对他们没有什么好处。这双鞋子正好表明，他们现在已经处于弱势，必须通过它来缓和我们之间的关系。只要我喜形于色，那么，冷战就结束了。但我才不傻呢，我明白他们最终的目的——先给我奖励，再要求我以好成绩回报他们。所以，我故意用冷淡的口气说，现在我不需要它了，并且把鞋子放在一边。

我在二楼看到了王骏，他跟着一个女老师，正往老师办公室走。他该不会又干什么事了？我跟着他们，现在距离下午上课还有二十分钟呢。

"我觉得你画得不错，虽然这地方暗了一些，但是比上次你给我看的那幅进步多了。"那位女老师说。

"这儿吗?"王骏说。

我知道王骏喜欢绘画，不过没想到平常惜字如金的他居然会和老师交流画技。

"对，就这儿，再亮一点就好了。"

"那我能……"

他还说我心思不在举报的事儿上，现在他不也是专心地进行着另一件事情吗？搞不好他平常的那些严肃都是装给我看的。

"我觉得你应该进行专门的训练，这样提升得更快。"老师说。

难道王骏只是为了搜集证据才接近这位老师吗？如果我能收集到这位老师的材料，他会高兴吗？

"只练素描吗？"他问。

"对，对构图、比例、框架要着重练习，尤其要画石膏像。"女老师说。

"还有其他方面需要注意的吗？"

听着王骏明快的声音，我觉得他心情还不错。

"你最好能来我的办公室练习，要是来不了的话……"老师似乎犹豫了。

"老师，我再想想办法。"王骏的语气很恳切。

"如果你没办法找到石膏来练习，记得买一本专业的参考书学习，特别注意一下书上画作的明暗关系。还有，画画的时候，你一定要掐着时间，在规定的时间里完成，这也是一个画者最起码的素养……"

快上课了，周围的老师和同学渐渐多了起来，他们用怪怪的眼神盯着我看，我不得不走了。

今天真奇怪，都上完第二节课了，王骏还没有画画。他紧锁眉头，要么盯桌子下那张画看一眼，要么看着窗户下面和前后黑板周围的那些不明不暗的地方，在阳光和物体投影之间似乎寻找着什么。刚刚下课，周围很吵。

"这是今天下午要做的英语试卷，大家可以利用活动课做完，明早晨统一交给我。"李瑾文抱着一摞卷子，一边发试卷一边说。她的声音被嘈杂声淹没了，但她神色坚定，依然坚持惯例。

"我们上上节活动课写了数学卷子，这节课又写英语。"王骏小声对我说。

"对哦，上节课还写了语文，好像还有……"我忽然想不起来到底写了什么。

"这周星期一、星期三、星期五，分别写了数学、语文、英语，家庭作业仍然留……"他快速地补充道。

139

"其他的班和我们一样,这可怎么办?"我说。

"你赶紧拿着手机去别的班拍照,把他们写卷子的样子拍得清楚点,一个班级都别漏。"他对我说。

"好,我现在就走。"

三十

天气很热,尽管每天不学习,还是觉得累。也许,像王浩那样成天活蹦乱跳的人,才不怵惧炎夏吧。

就是不学习,我不也得来吗?还要想着下午怎么收集证据,收集哪里的,哪里还不够。高中一年级真的太难收集了,有些老师就是很少做那些事情,而且我对他们不了解。

我坐在教室里,身体要被阳光融化了。我觉得自己比那些忙着学习的人更疲于奔命,他们上课时运转大脑,我上下课都在忙。自从她来了以后,我觉得自己居然上课不再看着窗外走神了,大脑跟着她一刻也不停地运转。下课后,还要忙着取材的事儿,我的生活从来都没有这么充实过。

她讲课的时候一副情感充沛的样子,不时地穿插笑话活跃气氛。要是没有人笑,她就自己笑一笑。从她手上配合的那些动作来看,她更像是一个和蔼可亲的幼儿园老师。她的笑越可爱活泼,我越觉得她陌生。我更喜欢那个冷漠高傲甚至有点疲倦的她,那个拿着半杯酒醉眼迷离的她。现在,她的热情驱赶着我的想象,我们之间的距离越来越远。

也许,这才是她真实的样子——热情、严肃,甚至有点心机。也许,我见到她的那段时间,她恰好心情不好,现在已经恢复正常了。

"你……"

砰的一声,王浩敲了一下我的桌子。

"怎么了?"

全班同学都惊讶地看着我,我还不清楚发生了什么。

"你站到后黑板下面去。"

周丽君一脸严肃地对我说，声音有点刺耳。

"哦。"

她一定对我有好感，不然那么多人不听课，偏偏叫我出去。我往后黑板方向走的时候，腰撞到桌子的拐角上，很痛。后面有人嘿嘿地笑，上课时出现这种插曲对他们来说是乐趣。

不知道王骏会不会记录这件事情，但我觉得没有必要，因为这是周老师对我善意的关心，其他老师可都是直接让我站在教室外面的走廊上。马上就要下课了，我就站十几分钟而已。

她现在不看我了，只是讲自己的课。我就那样盯着她看，我就不信她在讲课的时候不看我一眼。她如果不看我的话，又怎么会发现我走神了？是的，以往我没有信心，觉得她不会注意到我，但现在我确信她在关注我了，哪怕是以老师的身份。

下课了，她走了，我回到自己的座位上。

"王浩，既然你一次都没有谈过，我可以给你介绍。"张跃然说。

"不用了，不用你操心。"王浩拒绝了。

"我这是在帮你，你怎么就不领情呢？你是不是喜欢张玲？"

"你别瞎说，我可没说过。"

"我可以给你介绍比她漂亮的。"

"不用你介绍。"

"那你天天说这些干什么？"

"我哪有天天说。"王浩有点生气了。

"那就算了，人家张玲说不定不想在高中谈恋爱……"

"张跃然，求你再别说这个了。"

"我是你兄弟，你怕什么？真的，我能帮你的。"

"这个不是你操心的事情……"王浩不耐烦地说。

他俩谁也不说话了，也许闹僵了。

"你不觉得那个周老师管得太多了吗？"王骏对我说。

"她确实严厉,但这次她没有把我赶到外面去。"我说。

"那有什么区别?站在哪儿都是体罚,之所以没把你叫到外面,是因为老师还没有认清你。"王骏说话的声音很小,但我还是能感受到他的态度是那么坚决。

他生怕漏掉一点点关于她的坏事,甚至恨不得把假的也写上去。我觉得他不是为了正义,而是为了报复。

"不,你不太了解她。"我也坚定地说。

"你了解的那些也是假的,不信你问问张跃然和王浩,他们的感受是怎么样的。"

"我跟你说,这其中一大部分都是那个叫黄峰的教务处主任策划的,每个老师之所以那么做,全是他一手策划的。"我企图将注意力转移到黄峰身上,希望王骏不要抓住她的一点点严厉不放,以至于看不清事件的真相。

"我不知她的幕后策划者是谁,我只知道她做了不该做的事情,这足够了。"

"周老师叫你去办公室。"李瑾文突然走过来对我说,说完头也不回地走了。

"哦。"我说。我走之前王骏什么都没有说,只是眉毛向上一挑,双手摊开,一副正中下怀的样子。为了证明他错了,我自信地站起来走出教室,样子像去领奖的三好学生。

在走出教室门口的时候,我用余光扫了一眼教室,王骏低头写着什么,李瑾文却看着我笑。对于他们的冷漠,我习以为常了。每当有同学上课被老师罚站,或被老师臭骂的时候,大家好像看一出滑稽的表演,被罚的同学越是落魄,他们就越高兴,然后带着满足的微笑在下课的时候和周围的同学点评。当然,还有一部分人,对于这种课堂插曲根本不理会,即使我们被老师骂成化石,他们依然在争分夺秒地学习。

我往办公室走的时候,远远地看见周丽君正和一个学生站在办公室门口说话。这个男生我有点熟悉,但我想不起来在哪里见过。

"下次期中考试，你若还是上次的成绩可不行。"周丽君说。

"骂也骂了，给点零花钱吧，姐！"那个学生说。

姐？难道她有个弟弟？

"你可得在学习上好好努力了，不然以你现在的成绩根本考不上大学。"

她一边说，一边从牛仔裤的口袋里掏钱。

"你要多少？"

"一百。"

"给，买点书和笔，吃零食的时候好好想想我说的话。"

"我好好学就行了，还是姐对我好。"

那个男孩接过钱，转身走了。不行，我得跟着他，然后问问周老师多大了，有没有男朋友，有没有结婚。他走得太快了，几乎是小跑，我拼命地跟着。刚到走廊拐弯的地方，我却被一个人的胳膊拦住了。

"你干什么去？周老师专门点名让你去，你想蒙混过去，对吗？"李瑾文得意地说。她的表情像逮住了特务一样骄傲。

为什么她的生活平淡无趣，但她在看见我的时候总是带着一种天生的优越感？如果她自认为是白天鹅的话，那就不要管我这只丑小鸭。我什么也没说，什么也不想说，我俩一起进了办公室。

周丽君坐在椅子上，左胳膊支撑着微微低下的头，左手的手指放在皱着的眉毛中间，眼睛微闭着，好像在等我，又好像在打盹，脸色看起来不是很好。

"周老师，我来了。"我的声音很小。

"哦。"她睁开眼睛，放下胳膊，缓缓地挺直背，睁开了眼睛，严厉地看着我，我赶紧低下头。她继续说："我十分钟以前就叫你了，你怎么现在才来？现在已经快上下一节课了。"

"我……耽误了一会儿。"

"你是不是觉得上课铃响了以后我就会让你回去，所以才来这么晚？"

"不……"

"你真的是这个班上最差的学生。"

难道是我想得太多了吗?她现在和那些刻薄的老师没有什么区别。

"我现在看到你就觉得生气,可是我还得叫你过来。"她不耐烦地说,"你知道你自己是什么样子吗?懒散,随便,消极,你在听我说话吗?"

尽管这种话别的老师经常骂我,但从她的口中说出的时候,我才感觉到它们是多么的伤人。我的头低得更下了,不是因为羞愧,而是不忍心看到她伤人的样子。

"我……"

"你写的字又小又乱,歪歪扭扭,你整个人的状态就和你的字一样自由散漫。瞧瞧你上课的样子,就像丢了魂似的,你在想什么呢?旷课、抄作业,还撒谎,你到底在干什么?"

我也不知道我在干什么,也不知道怎么做才好……我一句话也说不出来。

"不管老师说什么你都不听,那么,你说自己的想法,我听着好了,或许我还能帮你。"她停顿了一会儿继续说,"你这种什么也不说的做法真的很自私,人不能完全活在自己的世界里。"

她一直说,我一句话也不想回应了。最后,她生气地说:"知道吗?你就是一摊烂泥,糊不上墙的烂稀泥……"

这些话语我本来早已能背下来了,可是,现在我为什么感到这么痛苦呢?

"其实,你抄作业,我根本就不想管的,但是我觉得你还有救。还有,你上课走神,我也没有必要提醒你,但是我觉得这些都是小毛病,只要愿意,还是能改掉的。你们男生总是学习不主动,若是有个人稍微拉一把,抓得紧一点,成绩就上去了。你以为老师闲得很吗?你以为老师不累吗?他们逼你们学习仅仅是为了教学排名吗?他们也有良心,苦心培养你们,你们不但不愿意理解,甚至还记仇。"

"你天天和王骏、王浩、张跃然在一起,老师无权干涉,但是你为什么不交一些成绩好的朋友呢?"

"你知道你的父母有多担心你吗？你爸妈天天在微信上问你学习怎么样，说实话，作为你的班主任，我都不知道该怎么说，是老实告诉他们你上课跑神下课乱晃荡，还是骗他们说你每天很用功呢？自从我代课以来，我就发现你每天魂不附体，思想不在学习上，一副死猪不怕开水烫的样子。你知道你这样做，任何人都会受不了的。"

　　"现在，无论你听不听我都要告诉你，最后一次给你忠告。"她咽了一口唾沫，继续说，"如果我这次说了，你还是老样子，那你以后干什么我都不会再说了，甚至包括你不想来学校也可以，我就当你不存在。"

　　丁零零，丁零零……

　　在这铃声后，她也许累了，有点无奈地说："你回去吧。"

　　我刚一转身就看到了李瑾文，她依然笑着，可今天我非常讨厌她的笑。

三十一

　　现在距离月考仅剩三天了，我拿着作业本向李瑾文走去，她正埋头看书。当我把作业本放在她的桌子的右上角空着的地方，她猛地抬起头来，一脸疑问。

　　"我……"她说。

　　她想要和我解释什么，我转身走了。自从上次被老师训斥以后，我和李瑾文一句话都没有说，她似乎有点不习惯，但我觉得现在的这种关系很好。我一步一步朝自己的座位方向走，被窗户分割的阳光在我的脸上和身上跃动，一个接着一个，一束接着一束。无数弱光变得耀眼，一会儿聚在一起，一会儿又分开，直到我坐在自己的座位上，它们才安静了下来。

　　最近，王骏几乎不和我说话，大概他被我那天回教室失魂落魄的样子吓到了。

　　"现在每天下午的活动课已经彻底变成练习课了。"王骏像是自言自语，又像是刻意说给我听。

"嗯。"我的回答很简短，也许他并不需要我回答。

"现在每周三节活动课都要做练习，原来说活动课可以写家庭作业那不过是个幌子。"他接着说，"现在活动课老师会来每个班查人数，高一的好班和我们一样，后面的二十二个差班正常上活动课，高三的早就开始了。"

我们的学习进度要比好班慢一些，他们一周五天都在做练习。

"老师的计划是一点点前进的，事实上几乎没有人反对，爱学习的学生更高兴了，因为以题海战术训练的话，他们的成绩肯定会提高的。"王骏和我说话的时候，会刻意压低声音。我们的身体比平时靠得近一些，但彼此不看对方，眼睛看着前面，不时扫扫别处，以防有人偷听。

"如果我们有那种专业的照相机就好了，那样拍照的时候照片左下角就显示出拍摄的时间，精确到分秒。"他又抬起头来问我，"你觉得我们的计划什么时候能完成，什么时候交？"

一封举报信真的能改变我的生活吗？不，不能！或许，我厌倦的不是老师和学习，而是这种缺乏趣味的生活方式；厌倦的是像青蛙一样泡着温水里，不痛不痒地活着。

"我觉得我们不能太着急，还得把那些零零碎碎的再整理一下，还有些深度不够的再补充一下。"我不知道该怎么告诉他，我的心思已经不在这上面了，只能以这样的方式拖延着。

"确实，他们占一节活动课都做得这么滴水不漏，估计以后会有更完整严密的计划。"

"你变了吗？"王浩突然回过头来问我这么一句话。

"他没变，还是和以前一样。"王骏替我回答了。

"是吗？我也这么觉得，可张跃然说觉得这家伙最近怪怪的。"

"他没有。"王骏说。

三十二

头顶的大太阳一直刺眼地闪耀着,天空中没有一朵云,我的身体酸软至极,似乎因为阳光要融化了。我懒懒地瘫在板凳上,一点儿都不想动。高二年级举办了为期一天半的运动会,我原本以为自己会很高兴,可是看着大家坐在一个个很窄的硬板凳上瞪大眼睛,大张着嘴巴,无数唾液随着刺耳的声音肆意喷射出来的时候,我一样感到厌烦。在烈日下,那些同学的皮肤变成微微的褐色,脸颊潮红,我坐在他们中间,一股人体携带的热流裹着我,让我窒息。操场上的运动员穿着贴身的短裤短袖,身体轮廓明显,大腿的肌肉莫名地鼓出几个包,像是一串肉瘤,坚硬而且不断扩散到下肢和上肢,全身的青筋突起,和肉块混合在一起。

我们班的胜负心突然冒出来了。有些同学大声呼喊,有些同学干脆站在凳子上挥手大喊,有些人甚至奋力敲着班级前面放着的大鼓,大家突然凝聚起来,想要和其他的班级争个高低。对面三班的口号简单,声音整齐,仅仅三声,好多同学低头窃窃私语,一点不受运动会热烈的氛围感染。

"张涛,你去给我买瓶可乐,要冰的,快点!"张跃然说。

"噢噢,好的。"一个男生说。

周围声音嘈杂,他俩说话的声音很大,我看了那个男生一眼,也许他就是张跃然的干弟弟,可我觉得他就是个跑腿的。

周丽君要求我们每个人必须报一个项目,我报了八百米。我站在跑道的起点上低着头,不敢往我们班的方向望去。他们的加油给我带来巨大的压力,因为我平时不怎么喜欢运动,身体素质也很差,糟糕的跑赛成绩会让全班丢脸。

算了,还是咬紧牙关跑,我跑到了第六名,无缘半决赛。班长看我跑得有些累,过来问我有没有事儿,我摇头说没事儿。

我缓慢地走到学校的栅栏旁，靠着它坐下来。这里已经远离了操场，我感觉眼前无数密集的黑点在天空旋转，我不停地眨眼，可它们怎么也不消失。我大口喘着气，不敢睁开眼睛，脑袋向后仰着，什么也不想，任凭那些黑点在天空中跳舞。

有时候，我非常羡慕王骏，因为他知道自己要做什么，想画画就一直画画，不像我，我有时候想干这个又想干那个，无法坚持做一件事情。

"你要喝水吗？"

眼前的黑点让开了一条明亮的缝隙，一个人站在我面前。

"给。"李瑾文微微弯着腰，伸出手递给我一瓶水。我接过水喝了一口，看着她犹豫不决的样子，觉得自己得打破之前的沉默。

"英语作业……我交了。"我说。

"我知道。"她说。

"怎么，老师嫌我没有回到班级吗？"

"也不是。"

"谢谢你的水。"

她好像没有要离开的意思，只是木木地站着。我想站起来，可我的两条腿酸软无力。

"你好点了吗？"她突然温柔地关心我。

"嗯。"

她又低着头。

"那个……之前你在办公室的时候……其实我不该笑的，其实我没有别的意思……对不起。"

"哦。"我不知道该怎么回答她，是叫她不要放在心上，还是说我已经习惯被人嘲笑和唾弃了？可我和她的关系没那么亲密，不需要这么解释。

"是吗？有这回事情？我早就忘了。"我风轻云淡地说。

"就是上次，周老师叫你去办公室的时候。"她继续说，"其实，我之前也笑过你几次，但那不是故意嘲笑，而是觉得你好有趣。比如，上次你故意和老师对着干，比如周老师叫你去办公室的时候你神奇十足地去老师办公室……只是觉得你很特别，真是对不起。"

"其实没什么，我都忘了，没放在心上。"气氛稍微有点尴尬，我故意笑了笑，她也笑了，笑得很腼腆。"其实，我一直这样，你以前可能没有发现而已。至于对老师的责罚我已经习惯了。"

"是吗？可是我感觉你最近不怎么活泼了，作业也交得很及时。"她说。

"你希望我晚点交作业吗？"

"不，那倒不是……"

"我以前也有交得勤快的时候，你可能没有在意。"

"是吗……不过也是。"她的眼神充满了质疑，继续问我，"你和周老师没有什么别的事情吧？"

"没有，怎么了？"

"我有时候找周老师的时候，总是发现你也在。"

"只是巧合吧。"

"我没说你跟着她，其实……周老师真的对你挺好的，她经常问你的情况。"

"就只问学习吗？"

"嗯嗯。"

"哦……那就好，我会努力的。"

她又不说话了，可似乎还不甘心走。

"总之，还是对不起。"

"哦，没事。"

"我先走了，回去了。"

既然她这么主动，我也应该主动一点。

"我们一起回班里吧。"

虽然有点尴尬，可是难得有女生主动和我说话，我还是感觉很高兴，心里没有那么孤单了。我发现，偶尔和同学或老师说说话，其实这样挺好的，我对校园生活的抗拒似乎也少了点。

生活中几乎没有女性主动和我说话，除了我妈，不过最近我妈也很少说话了。和一些陌生的美丽女孩儿说话，总是让我充满活力，让我感受到青春的气息。看着李瑾文那充满水分的皮肤和蕴含灵气的眼睛，听着她温柔的声音，我有一点感动，突然觉得校园生活其实并没有那么严酷。

如果生活中天天都有不同的女孩和我说话，而且那些女孩都很有气质，或是清新，或是温婉，或是可爱，那才是青春应该有的样子。也许，我应该找个女性朋友。不过，我更喜欢和不同的女孩闲聊，就像园丁管理着一座花园，可以和每一朵花互相怜惜，一朵花怎么能让人嗅到春天的味道？

说不定即使天天待在花园，看多了，闻多了，也会腻烦……可你想多了，这仅仅是短暂的一次……这会让我想起另一个截然相反的朋友——王浩，高一的时候他坐在我的后面，因他有严重的鼻炎，常常不停地吸鼻子，似乎要把液体状的鼻涕全吸进鼻孔，为了下一次的洪流流出作准备。他最大的乐趣就是挖鼻孔。每当上课的时候，不管其他同学是认真听课还是默默睡觉，他有规律地吸鼻涕的声音像是在给老师伴奏，抑扬顿挫，节奏感极强。他的桌子上总是放着一卷卫生纸，他不时地用纸擦一擦，可时间一长，他的红鼻子会被磨去薄皮。他和人说话的时候总是说几句就吸一下鼻子，而且鼻音很重，声音不清晰，就像捏着鼻子吸面条发出的声音。有时候，他会选择把鼻子用纸塞上，那样的话可以防止鼻涕一下子奔流不止。可过不了几分钟，他就得把那团纸取出来。小纸团上面裹着一层浓稠的黄色液体，有时候是淡绿色的，鼻涕有时还会拉丝，像蛛网一样连接着鼻子和卫生纸。他往往只是很快把那团卫生纸塞在课桌里，然后对着我笑一下。有时候，他一个人无聊的时候，或发现周围没人的时候，就喜欢用手抠鼻子，用食指捅进鼻子里，然后来回转，撑大鼻孔，用手指甲使劲抠，手指的肚子上粘着一大块儿绿色固体，中间还混合着黄色和红色的血丝。他会仔细观摩一番，突然抬起头来，猫腰站着，尽管他的手捂着鼻子，可顺着他的手，他的鼻血一滴一滴地滴下来。他示意我一会儿上课了告诉老师,他去厕所了。

三十三

她的头发如同蝴蝶布满花纹的黑色翅膀,在我眼前像窗帘一样轻轻地垂着。头发遮着的脸颊,在刺眼温暖的阳光下若隐若现。她圆润白皙的下颌微微向前,像半个剥开皮的桃子露出新鲜的果肉在外面。她纤细的脖子像古典花瓶那样线条弧度柔美,脖子里面似乎总有什么东西在微微颤动,像是夜空那些闪烁的星星。当我闭上眼睛,我就可以轻而易举地看到那些粉色的雾轻轻环绕在她周围,渗透在空气中,那是她身上的香气。她的皮肤似乎会呼吸,那淡淡的香就是从她的皮肤中散发出来的。

她坐在长椅的中央看书,周围一个人也没有,非常安静。她靠在长椅上,肩带很明显,贴在后背的衬衣鼓出一道棱。她低垂着头,膝盖的一侧露出摊开的书,头发挡住了她的脸,我看不清她的表情。就这样静静地看着这油画一般的美吧,这一刻我们互不相欠,又无须为各自的身份所累,我只需欣赏那静谧的美,她只需做她自己。

"你不是住校生,怎么不回家?"她回过头发现了我,凌乱的头发贴在她的脸上,神情看起来有一些哀伤。

"我中午在学校学习。"我走了过去。

"是吗?"她显然有点惊讶。

"我在背单词。"

她笑了。难道我的表情不对吗?我刚才在教室里的时候确实在背单词。

"嗯,挺好的,只是……"她停顿了一会儿。

"周老师,你也在读书吗?"

她的脸色有那么一点点的潮红,也许是因为天气闷热。

"只是随便看看而已。"

"哦。那我打扰到你了吗?"

| 151

"没有。"

"周老师，你看的是什么书呢？"我说，"其实，我也很喜欢看小说的，希望老师能给我推荐几本。"

我仅仅看过一些言情小说，但我还是表现出一副热爱看书的样子，这至少能让我们有那么一点共同话题。

"这本《少年维特的烦恼》，我觉得应该不太适合你读。"

"为什么？"

"它不是催人奋进的书。"

她的语调又变得低沉。她转过身子，看着操场对面那些高高的柳树发呆。

"你读过什么书，给我也推荐一下。"她问我。

唉，露馅了！不能告诉她我读了《泡沫之夏》《和空姐同居的日子》这些书吧，那我推荐鲁迅的吗……

"嗯……"我一时不知道怎么回答她。

"怎么？"她继续问我。

现在，我们之间的谈话就像朋友一样，这是我一直梦寐以求的交流方式，只是我读的小说太少，真的无言以对。

"我不太了解老师喜欢哪种风格的书。"

"好像你看过很多一样。"

"那倒没有。"我犹豫了一下，说，"我在读《少年维特的烦恼》，不过还没有读完，我读到维特离开瓦尔海姆去工作了，最后结局怎么样了，他和绿蒂怎么样了，你可以告诉我吗？"

她看着我正要说出口，却叹了一口气，说："维特在工作中也不如意，绿蒂和维特都很无奈，维特终于鼓起勇气……你还是自己看吧。"她看着远处的天空继续说，"快到下午上课的时间了，你赶紧回去，我也回办公室了。"

"哦。"

"要好好学。"

虽然她说话的表情仍然有些冷淡，但我能从这句话中感受到她对我的期望和鼓励。是的,她在鼓励我!上次她骂我的那些狠话突然因为这小小的鼓励一笔勾销了,我原谅她了。现在,我觉得我们之间的距离更近了一点……

我不想回去,我在操场上继续转转,因为本来就是体育课,我只要等着同学来就行了。她已经走了。

三十四

渐渐地,我发现作为新手老师,周丽君的工作并不比我们这些学生轻松多少,上课、备课、修改作业、检查自习情况以及处理突发状况,每一样都需要她认真对待。她总是脚步匆匆地在办公室和教室之间穿梭,偶尔靠在办公室的椅子上打盹,也是下课后那么一会儿。她仍然注意不到我,偶尔遇到时,也是客气地微笑一下,脸上看不出一点真诚。

"最近学习怎么样?"我妈问我。

"还行。"

"有时候也是不知道该做什么饭,你有没有什么特别想吃的?"我妈故意找话题。

"没。"

"你们学校开运动会了吗?"

"开了。"

"以往不都是六月开吗?"

"嗯。"

我很佩服我妈的耐心,即便我一直这样冷漠地回应她,她仍然不死心。

"那你报了什么项目?"我能够感觉到她希望我们能回到以前温情脉脉的状态。

"长跑。"

长久的冷战让尴尬似乎快要变得习以为常了,他们却希望打破这

153

僵局。

"你这周末打算出去吗?"

"不。"

大概我妈也没想出那么多的问题,所以我们的谈话突然陷入一段长长的沉默。

和好学生说话时的严肃,被老师批评时的诚恳,面对父母时的谨慎,上课时的神游,自习时的昏昏欲睡,是我最近的生活状态。此外,还有一种侦察状态,即全力捕捉老师发飙后的各种举动,然后把它们如实记录在册。

"若有时间可以把同学带回家里来吃饭。"

"不了。"我说,"他们周末都有自己的事。"

无论是脏水还是干净的水,鱼总是离不开水。偶尔,看着天空它会跃出水面,可它发现一切都是幻影。我妈不知道,我早就迷失了自己,在她希望的正常生活中无法过得更好,一切被糟糕的生活惯性带偏了。

"其实出去锻炼一下,也挺好的。"

"嗯。"

比了我妈的热情,我爸冷静多了,他仍然是以前那副样子,悠然自得地吃着饭。他也许是故意的,因为他知道我妈在挽回。

"你最近在学校怎么样?"我妈继续问我。

"还行。"

听了我的回答,我爸刻意摆出一副无所谓的样子。到现在为止,他认为踢打儿子是他作为父亲应该享有的权利,没什么错。从小到大,他对我以爱之名义发出的责骂和痛打,它们是那么名正言顺,只因为他是我爸。

"你有没有想读的书?我给你从图书馆里借。"

我爸面无表情地吃着饭,甚至连眼睛都不眨一下。他用这种行为故意挑衅我激怒我,可我只能干巴巴地痛恨他,除此之外,别无他法。

"没有。"

也许，我爸看穿我的计谋——以冷漠还击他们，所以他以更甚的冷漠回击我，即使他是暴力的发起者。我俩血脉相连，连制约彼此的手段都如出一辙。这是多么可悲又可笑。

我妈终于找不出话题了。

"我吃饱了。"

我把筷子放在碗上，因为碰撞发出一声清脆冰冷的声音。

"你再多吃点呗。"

"不了。"每一句话都说得很冷淡且有气无力，是我表达冷漠的方式。

我是故意吃这么少的，哪怕现在的我还饿着肚子，甚至有可能会因此毁了自己的肠胃。我能找到对抗父母的方式不多。在我和我爸不说话的二十多天里，其实，我也反思了自己，撒谎确实是我的不对，但是我爸纠错的方式太暴力，他不明白他的儿子——我，因为学习差被贴上各种标签，活在别人异样的眼光里渐渐地迷失自我，与他亲爱的父母以及这个世界渐行渐远。

对了，我要好好学习了，这绝对不是向我爸妈投降，而是因为她。

"要好好学……"

我模仿得不够像。

"好的！我一定好好学！"

她当时还对我笑了。不过好像在我说了自己背单词的时候，她还对我说了哪句话来着？

"你读过哪本书，给我推荐一下。"

对，这个我得好好准备一下。下一次，我一定给她推荐一本适合她的书，《少年维特的烦恼》太悲情了。

怎么越想越觉得美好，不行，要好好写作业了。

我一边想着她，一边写作业，无论什么题，都像是给她的情诗。这些歪歪斜斜的字也许不会变得工整，但这些字已经不像往常那样死气沉沉的，而是饱含着我的深情。

"此刻八点三十二分，窗外一片黑暗，我爸我妈在客厅里很焦躁，

| 155

但我不想安慰他们，只想轻轻对你说，周丽君，我在好好学习。"

不行，不能再胡思乱想了，我要写作业了。对于那些优秀的学生而言，写作业如鱼得水。但对于在知识的海洋搁浅的我，需要全身心投入都不一定能做出来的。那种绞尽脑汁最终一无所获的感觉时时打击我，但我没有像以往那样自暴自弃，而是一遍一遍地寻找答案……

"不，肯定不是样的。"

我爸的声音打断了我。他们又吵起来了吗？得赶快去听听。

"那是什么？自从你打完他以后，他就变了。"我妈竭力压低自己的声音。

"他本来就不成器，看见他那副死样子我就来气，他是故意的！"

"不，他以前可不是这样的，他挺活泼的，现在谁都不看一眼。"

"那跟我没关系，肯定是有别的原因。"

"那你说是什么原因？"

"是在学校受欺负了，还是说和同学闹矛盾了？"

"我估计不是。"

"谁知道，他自己也不说。我一天在公司忙，回来还给我不省心，你说别人的孩子又听话又学习好，怎么他就这样呢？"

"要不问问他？"我妈显然有点着急了。

"再等等吧，说不定过段时间他自己就好了。"

听到我爸我妈因为我这么焦急，我心里突然有点复杂。我到底要做什么呢？难道和他们对着干就能把我失去的找回来？在与他们的抗争中我又获得了什么？

也许，这是他们博得我同情演的戏，然后调大音调故意说给我听，让我先妥协。可是，我妈那样子不像是演戏。我到底该怎么办？

说实话，看着父母为我焦虑，我并没有感到很快乐，只是长久积压的不敢表现的怨气终于发泄了一点，心情舒畅了些。如果我将举报信交了以后，我会不会因为那个英语女老师满脸失望地离开校园而痛快淋漓呢？不难想象，她肯定忍不住回头看一眼工作了二十年的校园，长叹一声，然后带着一身肉灰溜溜地走了。这个校园因为他们笼罩的那层浓雾很快消散……

有人在敲门，我打开了门，是我妈。她的表情很平和，说要给我掏耳朵。小时候，我妈总给我掏耳朵，不过，对于那时的我来说，这是一个极其考验心理的过程，因为我妈总会拿沾着耳朵分泌物的纸巾吓唬我，说再不掏耳朵就变聋了。那时我觉得非常可怕，所以尽管掏耳朵的时候很无聊，甚至还有点痛，但我还是会乖乖地配合我妈。

我坐在床上，与小时候不同的是，我妈的脊柱已经有些变形了，瘦小干枯的身子贴着我。我的头微微地朝着我妈这一侧倾斜，侧着脸，我妈一只又瘦又短的手拿着掏耳朵的小勺子，另一只手拿着纸巾轻轻地放在我的肩膀上，还像小时候一样防止我来回晃动。我们一句话也没说，时间似乎要比小时候过得快些，强烈的台灯光照在我的脸上，也照在我妈的脸上……

三十五

我试图改掉我最大的毛病——注意力不集中，从小到大，我总是会被一些无关紧要的小细节所吸引，比如墙角飘荡着蜘蛛网、水泥地板的纹路、脚底的灰尘，它们让我想入非非。我的大脑里总是想些奇怪的问题，比如学生和老师嘴中的唾沫到底会飞到哪里，黑板擦上的粉笔灰尘最后去哪儿，等等。原以为这习惯很最容易改掉，但我发现这才是最困难的。

月考已经就结束了，我仍然有很多失误。那句古诗我本来背了，可是有一个很关键的字不会写；数学的一道大题答案应该是对的，但是因为字迹潦草没有得分；政治，那么多要记忆的东西，真的不是我一下就能搞定的；英语，我对它也是仁义至尽了，为了排除两个错误选项，让我绞尽脑汁……

随着一声铃响，又上课了。最多五天，所有科目的成绩都会出来，我仿佛自己又回到了以前三年级的时候，考完试总是焦急地等待自己的成绩，这种感觉真让我怀念。我的语文在这几个科目里面相对来说还不错，我的字写得整齐多了，周丽君，你会表扬我吧？

"老师怎么还没来？""老师呢？""自习课？""美术课又不上了？"大家小声议论起来。已经上课五分钟了，原本应该到的美术老师还是没有来，我尽力从窗户往外面的走廊望，是谁来占这节课？不可能是自习课。

"我去找老师，大家先别吵。"班长说完，就出去了。

没一会儿我就看见了可爱的英语老师抱着试卷来了。她的小腿又短又粗，肥大的脚掌踩在矮跟鞋上，每走一步，她身上松散的肉就会抖一下，极富节奏感。王骏在画画，他似乎一到中午就去找美术老师讨论些什么。我前天又看见他去了那个老师的办公室，还带着现在这幅画。他的画仅仅是黑白的几何体，但比上次明快多了，颜色也描上去了。美术课，我们老师讲讲课本，他就一直画，而且还给老师看看。也就在美术课上，他有点快乐，其他课他总是板着脸……

他以前画素描的时候总是很慢，一笔一笔的，现在他的速度变得快了，线条也变得越来越乱。

随着沉闷冗长的一声响，门开了，他的笔调越来越重，那幅画最后的部分因为他在一个地方不断地用力描，而变得凌乱乌黑。

"美术老师怀孕了，身体不舒服，今天没来，这节课由我来给大家上。正好赶了一下，我把卷子都给阅出来了。"英语老师说。

他画的色调越来越重，越来越重……随着短促清脆的一声，那细长的铅笔芯终于断了。

"你先发下去吧，李瑾文。"

他的手停下来了，在那支笔芯折断的地方留下一条乌黑的粗线。英语老师的脸总是因为分泌的油脂而熠熠发光，干裂的嘴唇似乎因为说了太多的话而变厚，还有点向外翻，一圈圈颈纹被暗红色的毛衣领掩藏着。

她说："我先说说这次月考英语的情况，总体成绩还可以，因为考题要简单一些，所以，大家的成绩普遍提高了。"

王骏只是看着他的画，对于英语老师的话充耳不闻，因为他的沉默我很难判断他是生气还是沉思。这时候，王浩突然用手轻轻敲我的桌子，我的视线才回到课堂上，老师看着我，我站起来了。

我茫然地看着老师，老师的眼神充满疑惑。

"没错，就是他，他这次的分数足足上增长了十五分。"

我看看了卷子上的成绩，是五十分，再瞟一眼王骏的卷子，还是熟悉的三十九分。王骏没有看我一眼，只盯着那本素描书，留给我一个侧脸。

"我并不是看你们考得有多么高，我更关心你们有没有进步，有没有努力。千万别因为自己成绩很差，就觉得进步很难，你看只要努力，成绩还是会提上来的。"

"还有些人，每次都进步两三分，一点点地进步，比如颜珂，他已经连续三次考试都有进步，这其实是一种理想的进步方式。我担心有些人进步一次，下一次又回到起点了。"

"大家给他们掌声鼓励。"

这种感觉蛮新鲜的。

"好了，你们坐下吧。"

这个老师难得表扬我，我原本以为自己会不屑于接受，但我发现自己其实有一点点高兴，毕竟上次因为学习成绩被表扬还是小学五年级。但我还是看不起我的英语老师，因为成绩提升了对我前后判若两人。如果她还像以前一样严厉，对我提高的成绩没有任何反应，我反倒觉得她还不错。

"美术课被占了感觉怎么样？"王骏小声说。

"我觉得非常难受，因为本来课上可以轻松一点。"我违心地说。其实我感觉挺好的。

"是吗？我怎么看你挺开心的，你可是被老师表扬了。"

"我怎么会希望她表扬我，我讨厌她。"我希望自己这么说，他的心情能好点。

"那如果是周老师来占这节课，你会很难受吗？"

"我……"我不知道该说什么了，因为我从来也没有想过这个问题。我非常想见到她，也想被她表扬。

　　"只是因为你喜欢周老师，美术课被她占了你就能原谅？是的，你和他们一样，他们并不喜欢美术课，只因为比起美术课更讨厌英语课。你看看李魁元、赵欣，他们原本不用这么早就愁眉苦脸的，都怪这可恶的英语老师！"王骏的这种正义感有点莫名其妙，成绩迟早要被公布的，英语老师只是提前了一点而已，他至于这么义愤填膺吗？我发现自己和王骏还是有点不一样，无论以前还是现在。以前，我讨厌老师，但不是切齿之恨。现在，自从发现学习并没有想象中的那么难那么累时，我突然觉得老师也不是那么一无是处。

　　"我每天给你的材料，你没丢吧？"王骏问我。

　　"放心吧，我藏得很隐秘很安全。"

　　"你现在应该开始整理材料了，根据那个具体的规定来分别归类，比如辱骂和体罚要分开。"

　　"我觉得我们收集得太多了，根本写不完。那么多重复的，一定全写吗？"

　　"当然，我们要保证材料全面，而且每条规定都要涉及。我每天给你的材料，你看了吗？"他问我。

　　"还没看，我从今天开始看。"我没有告诉他，我最近根本没时间，也没有心思看。

　　"把你每天收集的都给我吧，我来修改就行了。"

　　"那也行，就是说我们快成功了？"我问他。

　　"应该算是吧。"

　　我现在不能肯定这是不是好消息，但事已至此，我不能全身而退了。

　　"那边教育局要是没反应，我们就一直重复投，并且再往上级部门投。"他说。

　　"再等等，再看看，说不定会有漏掉的。"我说话的时候，我的背被一个人摁了一指头，我回头一看，是李瑾文。

"你俩聊什么，聊得这么高兴?"她问我。

"男生能聊什么呢？游戏呗！"我刻意装出开心的样子。

"打搅你们了吗？我看王骏走了。"

"没有，他正好要去找别人，有事吗？"

"周老师要你下周二之前叫家长来一趟。"

"哦。"

"你没干什么吧？"

"没啊，我最近真的没做什么，你知道因为什么事情得叫家长？"

"我也不知道，你好好想想。"

"我真的不知道，我最近比以前好多了。"

"说不定是表扬你。"她说。

对了，我爸妈好像之前给周老师打过几次电话，他们经常在网上了解我的状况，这次见面应该是都想见对方了吧。

"你别愁眉苦脸的，说不定是要表扬你，英语老师最近也表扬你了，感觉你改变了不少。"

"还好吧，我这也不是第一次被叫家长了，即便有问题，我也觉得没事儿。"我装作无所谓地笑了一下，其实，内心担心得要命。

"是吗？我妈亲自来过一次，就在一年前，那还是挺恐怖的。"她好像在回忆，又好像为我担心。

"你会喂流浪猫吗？"她问我。

"我在我们小区经常喂流浪猫。"

"我以前好像无意间听你和王骏说过。"

"确实，我们一起喂猫。"

"我们小区有一只黄色的流浪猫，最近好像看不见它了。"

"这些流浪猫都是到处跑的，你家在哪个小区？"

"竹林小区，在立欣街南边。"

"我们家的小区距离你们小区挺近的。我们那个泰和小区也有几只流浪猫，也有黄色的，我经常和王骏一起喂它们。不要担心，它说不定只是暂时去了其他小区，过几天就会回来的，只要你一直喂它。"

"但也有例外，经常会有猫狗之类的动物，在过马路的时候被撞死，或者是因为其他原因死掉，比如吃了坏的东西，喝了脏水。这些野猫没人养，生活很惨，寿命也很短，有时候连打扫卫生的大妈都要驱逐它们。"我又说出了自己的担忧。

"我也这样想。好几天没见它了，我去你们小区看看。"

莫名其妙！我记得上一次和女孩一起玩儿还是我三年级的时候，那个女孩像一个男孩，活泼可爱，但她后来转学了。

"哦，那你什么时候有时间？我们小区的那只黄猫一般下午都在，中午就不知道去哪了。周六下午怎么样？"我问她。

"下午我要补数学课。"她回答。

"那周日下午呢？"

"周日下午也不行……"她的声音变小了，"下周一下午吧，下午放学以后。"

"那你晚点回家里，没事吗？"

她的家教比较严，要是晚回去肯定会被爸妈批评的。不像我，一个值日的理由，就让我爸妈信了。教她撒个谎，不不不，那样会毁了我的形象。

"没事，我跟家人撒个谎就行了。"

没想到她也会干这种事情，好像还是一个老手……

"哦。你确定你能认出那只猫，不会认错吗？"

"嗯。"

"那我要叫王骏吗？"我说。

"不用麻烦他了……"

"哦。"

男女单独相见！幸亏我对她没有感觉，只觉得她有点漂亮和善良，仅此而已。和一个可爱的女孩一起喂养流浪猫，这事儿让我感到生活原来真的很美好。

三十六

  王骏知道周丽君叫我的家长后，和我吵了一架。之后几天，他再没有和我说话。我居然会和自己最好的朋友吵架，真烦。

  现在我站在校门口等李瑾文出来，真是荒唐！过几天，王骏应该会没事的。周丽君真不是他想的那样，一切都是那个黄峰逼她做的，她只是服从而已。王骏为什么就不换位思考一下呢？那么多的老师，他干吗非要揪着周丽君不放呢？真烦！

  "走吧！"李瑾文说。

  不知道什么时候她已经站在我面前了。

  "哦。"我点头说。

  "你刚才在想什么呢？"她问我。我原以为我们会很拘谨，甚至有点尴尬。

  "没什么，只是我的坏毛病，一旦没事的时候我就会胡思乱想。"我真诚地回答。

  "其实，你没必要为叫家长的事情太担心。"

  "嗯……那倒不是。"

  "你经常给猫喂食物吗？"今天，她一点也不像平时那么腼腆那么文静。

  "我经常和王骏一起给它们喂，要么买一些吃的，要么从家里带来剩菜剩饭。"我们相伴缓缓走着，我尽量克制自己不看她的脸。

  "那些猫不会突然消失吗？"她问我。

  "任何一只猫都不会一直待在那儿，它们只是来这儿暂住几天，过几天就走了。这儿有好几只黄猫，我不太确定哪只是你见过的。"

  "先得去看看，我们小区的那只黄猫，我已经喂了半年多，不知道怎么就突然消失了。我叫它点点。"

  "它身上有许多斑点吗？"

  "那倒没有。"她笑了，"你平时和王骏这样走着也很少说话吗？"

  确实我和王骏在喂猫的路上很少说话，但她平时有这么爱说话吗？

"嗯……也不是吧。你这样出来没事吗？你告诉你爸妈出来找猫了吗？"

"我跟他们说，今天轮到我打扫卫生了，我爸妈可是非常相信我的。"

"我看你经常和刘睿在一起，你们关系不错，是吗？"

"嗯，还好吧。不过，我们关系应该没你和王骏好，下课也是偶尔聊聊学习。"

"那你周末一般干吗？"

"我得补课，周六补数学，周日补英语，不补课的时候在家写写作业。"

"哦，那你挺忙的。"

"没办法，我爸妈给我报的班太多了。不过，我中午睡觉的时候偶尔可以玩玩手机上的小游戏，或者和刘睿聊聊天，还是你们玩得高兴。"她的声音忽然变低了。

"是吗？可我们高兴以后还得挨骂。"

"那倒是……但我觉得那挺好的，你周末干什么呢？"

"我爸妈没给我报那些补习班。我偶尔能出去，和王骏他们上上网。我爸妈没给我买手机，不学习的时候，我也就睡觉发呆吧。"

"哦，那你也挺惨的。"

"还好吧，我都习惯了。"

我不知道我们这样的闲聊持续了多久，也许要比打扫卫生的时间长些。周围很嘈杂，我们的步子都很慢。

我们到了小区的破房子那儿，她从书包中取出来了一袋猫粮，轻轻地蹲下，把猫粮撒在地上，等待那只身上沾满泥污的黄猫来。那只猫警觉地盯着她，蹑手蹑脚地走了几步，鼻子搔动了一下，耷拉的尾巴突然上翘，然后小心翼翼地走到猫粮面前，先嗅一嗅，再伸出舌头吃起来。

夕阳斜照在猫和我们身上，所有的影子被拉得很长，那些光晕透过云雾铺展，攀缘，袅娜，升腾，和周围的树木织在一起。她像栖息的飞鸟，停在这里……

一只黑色的猫也来了。她不时地看手机上的时间。

"是你们小区的那只猫吗？"我问她。

她站了起来，有点怅惘地说："不是。"

"有点可惜。"

"没事，反正我挺喜欢猫的，喂哪只都可以，而且那只猫说不定明天又回来了。"

到了分别的时候，我居然有点不舍。

"你要回去了吗？"

"我得赶快回去，要不然我妈起疑心了。"

"哦，那再见。"

"今天和你在一起聊得挺开心的，明天见。"她莞尔一笑，快速离开了。

我也挺开心的，只是觉得有一点苦涩。

意外的快乐总是短暂的，一回到家，所有的事情都得回到原点。我坐在自己的书桌前想明天的事。我刚才已经把周老师叫家长的事情告诉我妈了，因为已经到最后期限了，不能再拖了。

是不是提高成绩就是跳进一个更深的陷阱？这次提升了一些，下一次若不提升就是罪人，下下次若不能保持就会被打回原形。是的，老师和父母的期望永无尽头，我的努力也就永无止境，关键班上每一个人都不懈努力着。

"你知道吗？我昨天碰到李佳她妈了。"我妈在卧室对我爸说。

"就在咱们小区的门口那儿，我怎么会遇上她呢？真是晦气！"我妈说。

"怎么了？"我爸的声音有点紧张。

"其实也没事。"

"那你说什么！"

"就是觉得她太……你都不知道她那个样子。她一见我就说，哎

 | 165

呀，我们佳佳这次真的没考好，才考了个全班第十。她上次可是全班前五的学生，真是快把我气死了！"我妈的声音阴阳怪气的，她学人家的声音还挺像的，"我怎么会遇到她！她家住在东边，我怎么会走那条路了？应该走后门。"

"好了，好了。"我爸不耐烦地说。

"我就是气她那个样子，她当时说话神气得不得了，啧啧啧，简直了！当时说出她家佳佳成绩的时候还叹了口气，而且还强调了一下'第十'！真是的，一辈子也不想和她打交道了，看着她就来气。"

"你也别生气了，她不是一直都那样吗？"我爸说。

"你是没看见她那个样子，她还问我咱家孩子考得怎么样，唉！我都不知道该怎么说了。"

"那你怎么说的？"

"我说孩子考得挺好的，我挺满意的，因为我对他要求不高……"

"你掉什么眼泪？都多大了。"

"我也没说他考了多少名，我就说他考得挺好的……挺好的。"

长久的沉默，过了一会儿，我隐隐约约地听到一些啜泣的声音。

"她还说什么对她孩子可不满意了……"我妈说话的时候满腹怨气，声音有点颤抖，"我干吗要装好心人安慰她，还说瞧瞧我家孩子考得比佳佳低多了，我都没有那么生气……"

我妈的声音因为哽咽就像淅淅沥沥的雨声，停停顿顿，却似乎永远不会结束。

"你非死要面子，你为什么安慰她的时候非要把自己的孩子说得不值一文？"

"我也很难过啊，不知道为什么……"

即使我没有亲眼看到我妈哭的样子，只听着她焦急的声音，我的心还是隐隐作痛。是的，我妈哭泣有一部分原因是她的虚荣心作祟，但是，作为她唯一的儿子，让她在别人面前呈现卑微的姿态，这一点我很难过。

"你说这期中考试都过去多久了，她还和我说这事儿，本来我都以为自己忘了。"我妈说。

"哎呀，你别哭了，一会儿他都听到了。"我爸说。

我没有告诉他们这次月考成绩，因为成绩还没有完全出来。

"她其实也不是故意要刺激我，她也许真有点生气，可我还是忍不住难过啊！"

"都是咱的孩子不争气啊，你这哭不是因为人家刺激你，而是因为儿子不争气啊！"

"别这样说，我觉得他挺好的，除了学习差点。现在想想，还是觉得他以前好，起码挺活泼的，现在他什么也不说，感觉闷闷的。"

"你别提他了，一提他我就来气，他一天到晚哭丧着脸，像活死人一样。"

"还不都是因为你，当然我也有份！"

"怎么就因为我了？你快别胡扯了，他就是那副德行，大废物一个。"

"你白天不在家，晚上回来却骂他打他，从来没有真正地关心过他。"

"你就没错了吗？孩子现在变成这样，多半都是因为你惯的。瞧瞧他那德行，一点男人的样子都没有！你现在还有理哭？"

"我懒得跟你说了，你自己做得对不对，你心里清楚。"

"你别走！来，咱俩把话说清楚！"

"我说的难道不对吗？你动动脑子想想，自己到底做对了什么！我跟你真是瞎了眼了！赚不到钱，脾气还不小，日子要是过不下去就拉倒吧！"

在我记忆中，我妈很少哭过。大概在我还是一个小学生的时候，我妈因为和我爸吵架哭过一次。从什么时候开始，我和我的父母彼此走失，不再记住我们之间那些温情的时刻，取代的是在期待中相互伤害和相互折磨？

是的，我承认自己的记忆是个坏家伙，它只让我记住了父母打我的动作、表情、语调，忘记了父母对我那些好。比如，昨天下午吃的

| 167

是炒白菜,前天下午吃的猪肉丸子,一个月以前吃的是什么,我却全忘掉了。也许,我只是习惯了他们为我付出,并没有认真计算他们的付出有多少。

我妈进来了。

"给你洗了点水果。"

一切和以前一样。

"哦。"

我假装坐在书桌前学习,其实是在想别的东西,我妈把水果端进来后就走了。为了装出认真学习的样子,我从来不抬头。可这次不一样,我妈刚才哭了。在她转身离开的时候,我瞟了一眼她,她有点驼背了,在亮黄色的灯光中,整个人显得疲惫而落寞。想起每天开饭前,她会神采奕奕地喊:"马上就要开饭了。"听着那清脆高亮的声音,我以为她永远会精力充沛地照顾这个家,可是……盘子里的水果在灯光下发出水润的光芒,我的视线模糊起来……

三十七

我昨天又梦到了过去的事情。在县城的幼儿园,下午放学后,我妈总会骑着自行车接我。有一次,自行车车胎爆了,我妈推着自行车,我坐在后座上,刚放学人很多,我们慢慢地走着。渐渐地,路上只剩我俩了。夏天黄昏的时候,亮黄色的阳光照射在我和我妈的背部,地面上我们和自行车的影子清晰而坚定。以往她总是喜欢问我在学校学了什么内容,和同学相处得怎么样,可那天她什么都没有问。我叽叽喳喳地说着学校里发生了什么,和同学一起剪纸,和老师一起玩老鹰捉小鸡,可我妈忽然打断了我,说:"假如我和你爸离婚了,你跟谁?"可当时我没有说话,因为我不知道"离婚"是什么意思。

今天上午的时候,我妈来找了周老师。得知我的成绩意外的好,她的心情好很多。对于我的冷漠,她认为那是我爱学习的表现,而且把我这种反叛的姿态理解为努力上进。在我爸妈的世界里,大概我只有两种状态：学习和不学习。

　　我站在二楼的走廊外又看见了周丽君，她还是坐在柳树下的长椅上看书。我不知道我们的关系怎么做才能更进一步，我希望我们能成为平等的朋友。但是，现在我们似乎朝着一个错误的方向发展了——她试图成为我的好老师，我试图用好成绩回报她。
　　在这样的中午，我本来可以和她聊聊天，但一切都已经被拘束于固定的关系中。她对我越是态度和蔼，我就越悲伤。比起一个称职的老师，我更喜欢那个拿着酒杯醉眼迷离的陌生女子，因为那时的她有着一种遗世独立的气质和摒弃一切的孤独。

　　"你都不知道那个女生有多矫情。平时看她像个女汉子，天地不怕的，谁知我才推了她一下，告诉她以后别再为难我女朋友林梅了，她就哭着告老师去了！"张跃然一边气呼呼地说，一边做出各种夸张的表情。他总是这样，一边和一个女生谈恋爱，一边和其他女生发生摩擦。就他这小身板，也就欺负一下人家女生。
　　"要我说，她简直就是一个戏精，影后级别的。她哭着告诉老师，无非是想让老师对我下手狠点。"他继续说，"你们猜梁老师怎么惩罚我了？"
　　"肯定让你道歉。"王浩说。他听得津津有味。
　　"我是不可能向她道歉的，竟然敢骂我女朋友！梁老师那个弱智，居然让我在她们班门前站了整整一天。"
　　"谁让你一天到晚就会欺负女生！"我不屑地说。这个张跃然整天招惹是非，还骂老师是弱智，简直太过分了！
　　"别这样说我，我就是说着玩玩，你也太认真了吧？"张跃然说。
　　"你怎么不反思一下自己做的事情呢？"　我提醒张跃然。
　　"你别说张跃然了，他就是开个玩笑，这故事明显是他杜撰的，大家都是兄弟。"王浩替张跃然讲情。
　　"没事，没事。"张跃然说。

169

"大家快来看自己的排名了，换座位了。"干练利落的女班长把两张名单贴在墙上。

算了，我就不跟他们一般见识了，还是看看成绩单吧。

咦，我怎么从班里的第五十名前进到第三十八名了？我的总分涨了五十分，在全校排名也前进了六十名，前进了一页。我居然和李瑾文成了同桌！她的成绩下降了一些，是第十一名。估计是周丽君在照顾我，我的座位一下子从倒数第二排变成了正数第三排。

这次座位变动挺大的，张跃然、王浩、王骏成绩没有变化，仍然在后面。张跃然和王浩还被分开了，他们都有了新的同桌。

我们很快开始搬桌子，我们四个人谁也没有对谁说话。分开了也好，这样我再也不用听张跃然叨叨了。

整个教室噪声四起，全都是拖着桌子、凳子的声音。我们班的木头桌椅质量不是很好，又破又脏，还摇摇晃晃的。每一张桌子、椅子都是和学生绑定的，坏了学生自己赔。从桌子里扔出来的各种垃圾，例如塑料袋、饮料瓶子、瓜子皮、糖纸，都会激起一群灰尘纷飞，如同一层灰色的热浪，在阳光下弥漫扩散，久久不能平静。灰尘的颗粒反射光芒，发出亮黄色的光点。阳光照在干裂的水泥地板上，照在带着无数脚印和污迹的墙壁上，照在角落的蜘蛛网上……只有那股奇怪的混合的味道，无法在阳光下现形……

"没想到老师把你和我的座位排到一起了。"我一边搬着我的桌子和凳子，一边对李瑾文说。

"嗯。"她带着羡慕的表情对我说，"你成绩进步了好大一截。"

她的语调带着一丝惊讶和喜悦，让我觉得生活中的色调突然间又变了，微风又一次带着一丝凉意。我们把桌子都排到了一起，她在右边，我在左边，靠着窗户。

"我也挺意外的。"

"你被叫家长后还好吧？"

"没什么事，应该是我爸妈和周老师说说我的事情吧。"

我已经打算和我爸妈结束冷战了，因为没有意义。

"哦哦，你中午不回家吗？"

"对，我中午不回家，你怎么知道的？"

"只是偶尔看到的。你在学习吗？"

"会学一会儿。"

"好像周老师中午也不回去。"

"对，我每天能在操场上碰见她。"

"你会找她问问题吗？"

"偶尔会，也有时候聊聊别的，反正都是学习上的事情。"

"那你真的挺努力的。"

"还好吧。"

我们似乎没什么可说的了，不过，被别人夸奖挺好的。不一会儿，刘睿把她叫走了。刘睿的成绩在全班是第八名。

我回头看了一眼，王骏被安排到了最后一排，那一排只有他一个人，因为他的成绩又一次下降了，是倒数第三！怎么回事？除非他一个字不写，哪怕是猜，也很难降到倒数第三名。他冷静地看着窗外，显得有些落寞。张跃然低着头，额头抵靠在桌子上，弯着腰，估计在玩手机。王浩那双肥大的手握着笔，正在抄作业，他的脖子和额头上似乎有汗。

王骏朝我走了过来，直接坐在了李瑾文的座位上。

"以后交流的时间定在下午上课以前，计划也按照以前进行。"他神色坚定地说。

"我觉得咱们已经收集得差不多了。"我有点意外，他突然和我讲话了。

"那也行，我最近再整理一下，我们马上就要成功了。"

不知道为什么，我突然觉得现在这样的生活才是我们真正的生活，朝着理想的方向行进才是不切实际的。

"估计还需要两周我才能整理完材料，那个挺复杂的。"我根本没有整理，只是不知道如何告诉他真相。难道我的成绩上升了这么多，他不感到奇怪吗？还有之前因为叫家长的事情，他不是和我生气了吗？

"嗯，你的家长来了没事吧？"他问我。

"我爸妈好像之前就和老师电话联系过，但我不知道他们说了什么。"

"你感觉怎么样？老师和家长串通起来，你是不是被压得喘不过气来？"

"不是的。这次叫家长我都没去，而且我的成绩比上次提升了很多，所以，我爸妈没有逼我……"

"对啊，你考得挺不错的，所以你就觉得老师好了。"

"不！王骏……"我还没有说完，他站起来转身就要走。可是突然发现李瑾文就站在桌子旁边，他愣了一下，然后大步走开了。

李瑾文皱着眉头看着我，很明显，她不喜欢别人坐她的座位。

"不好意思，他突然找我聊聊，也没有想太多，就直接让他坐下了。"我对她解释。

"哦……没事。"她心不在焉地回答我。

她坐了下来，习惯性地整理桌子上的书本，可实际上它们都很整齐，不需要整理。

"你们小区那只猫回来了吗？"我问她。

"没有。"

她拿出了一本书，打开来看。也许，她不想理我。

"你能说说你们小区那只猫还有什么特点吗？除了是黄色的，还有什么明显特征吗？你有没有给它系条红绳？"

"我也没太注意。"

"其实我们小区最近新来了几只猫，有一只黄色的，不知道是不是那只。"

"哦。"她停顿了一会儿继续说，"王骏的爸妈因为他不学习来过两次学校，还把教他的所有老师问了个遍，态度十分不好。你真的应该少和他来往。"

"哦。"我不知道怎么回答她。

高一的时候，我很喜欢韩国女团。中午在家吃饭的时候，一个人坐在客厅的沙发上，一边吃饭，一边看她们唱歌跳舞，有时候看一中午。后来，因为我总是下午上课睡觉，被我爸妈知道了，他们不让我看电视，必须睡午觉。

　　现在，我有点讨厌自己的大脑了。只要我稍微一分神，就会想一些乱七八糟的事情，它让我既疲惫又痛苦。

　　我真羡慕周丽君。她在课堂上精力饱满，能把一篇古代散文的每一个字讲得很清楚，偶尔还会穿插一些作者的趣事，即使没有人陪她笑，她的声音依然铿锵有力，和我认识的那个陌生女人判若两人。

　　我似乎永远无法认识她。

　　有时候，我觉得老师很悲哀，他们像说书人一样挖空心思地吸引观众，观众却一边嗑瓜子一边聊天，偶尔大喊一声，算是最大的喝彩了。是的，他们是孤独的表演者。即使像李瑾文这样的好学生，对老师的热情，也无法给予全身心的回应。更多的时候，他们在认认真真地记笔记。

　　坐在前面的我，和老师的距离更近了。如果我盯着黑板认真听课，老师会看得一清二楚；如果我走神，不但老师会尽收眼底，连后面的学生也看得很清楚。是的，坐在前面我不能再回头，只能看着老师和比我更优秀的人，只要我愿意抬起头来……

三十八

　　最近我觉得在学校生活没什么不好的，免费的座椅，累了可以躺在上面晒太阳，饿了可以吃食堂便宜量大的饭菜，无聊了可以去爬树，想画画了就去楼下的画室，压抑了可以在操场上大喊，甚至还有可以聊天的朋友……

　　"你找见那只猫了吗？"我问她。

　　"没有，我后来还去了其他地方，也没找到。"她说完话又低下头，去预习一篇英语课文了。

上课时，她几乎不会和我说话，如果说话，也仅仅是与学习有关的。看她这样子，我也不说话了，只盯着黑板发呆。

"不过，我还是觉得它应该在，我听小区的保安说，好像最近见过。"见我突然不说话了，她一边看书一边抽空说了一句，然后又继续学习。我感觉很为难，到底回不回答她呢？如果回答她，那就得打断她复习功课；如果不回应她，显得我没有礼貌。

"我觉得猫这种动物和狗不一样，它不太忠诚，说不定跑去别的地方了。"我告诉她我的看法，可她只顾着看书，根本没有搭理我的意思。我觉得她是一个很复杂的人，有时高兴地和我聊天，感觉我们是朋友，有时突然变得冷漠，故意疏远我。可当我与她保持距离时，她又热情地约我去看猫。这种忽冷忽热、若即若离的感觉，让我分不清哪个她才是真实的。

"那你说我该怎么办？"她问我。

"你再找找吧，说不定是到了发情期。"

"我也觉得应该是这样。"她的眉目间又变得喜悦起来，仿佛看到了希望。我不知道该和她聊些什么。到目前为止，我们的谈话似乎全都围绕着那只猫进行。但我很珍惜和女生聊天这种克制而拘谨的感觉，因为和王骏聊天让我感觉身负重任很紧张，和张跃然、王浩说些学校里老师和学生的八卦，虽然好笑但有时很低俗。

"你在笑什么呢？"她问我。

"有吗？没什么……"我不想露馅儿。

"你不能说出来让我也高兴一下吗？"

"真的没有。"我立即否定。其实，我刚想起了小时候的一件事。有一次，和家人吃饭，趁大家不注意，我把一部分菜悄悄扔到桌子下的垃圾桶里，结果被我爸发现后训了一顿。

我和爸妈的关系又一次恢复正常了。周丽君也对我很好。自从上次换座位以后，王骏基本上和我不聊天了，我们的计划也搁浅了。但他好像很忙碌，我不知道他在干什么。王浩、张跃然和我也不怎么说话了。我开始和坐在前面的同学有了一些简单的交流，我和她们的关系已经很不错了。坐在前面的大多是一些文静矜持的女孩子，我的正方是刘睿和张诗芸，左边是窗户，右边是杨子和张惠。最惬意的是，和一群花季少女待在一起，她们不惊艳，说话的声音或柔弱或者甜美，头上还有花花绿绿形状各异的发卡，我仿佛置身花园中，不需要用手摘，就这么静静地站着，能闻闻花香，能看看花影，足够了……我的生活真变了，有些满足悄悄地改变着我。

教室里仍然弥漫着灰尘，阳光依旧很刺眼，只是前面的人很少走动，少了一些脚臭味，少了一些食物的味道，少了一些粗的声音，少了一些肮脏的内容。

我对李瑾文并不了解，她不像王浩他们那么直白，而且有时候还在刻意隐藏着什么。偶尔，我会站在窗户外看着她，发现她和我一样，会盯着袖子上的一根长线头微笑，但是笑容很快就消失了，仿佛失了神，又短暂地停了几秒，然后突然直起身子来，拿起笔，继续她之前做的事情。有时候，她会回头看看整个教室的同学，或是想起来老师的任务，直接去找老师了。有时候，窗外的阳光太过刺眼，照射在她侧着的身子上，她的耳钉在阳光下闪闪发亮。若发现我看着她，她会微笑着敲敲玻璃，示意让我进来。

我回到座位上问她："你什么时候戴的耳钉？"

"你发现了吗？去年就戴了。"她说道。

"你爸妈还有老师没发现吗？"

"我爸妈虽然不让我谈恋爱，但戴耳钉还是可以的，只要我能继续保持我的成绩，他们就同意。之前的张老师看见我戴耳钉，也说了我一次，但我没摘下来，他后来再没有管我。"

"扎耳洞疼吗？"

"挺疼的，刚扎了的时候还发炎了，来来回回折腾了好几次才成这样。"

"还挺好看的。"

她低下头继续写着什么，不再回应我。

"今天，王骏又没有交作业，我都不知道该怎么跟他说了。"她突然说。

"他没交吗？"我一点也不意外。

"嗯，我让他交，他说很快就写完了，可到现在还没交。自从他的家长来后，他已经好几次不交作业了。难道他不知道自己是干什么的吗？"

"他可能还生气着呢。"

"你说他和老师家长闹脾气，和我有什么关系？现在我都收不齐作业，老师又得说我慢。"

"我以前也是这样吧？"我有点心虚。

"你是不会写，至少抄了以后还会交，他是故意不交。你应该少和他来往。"

"撇开学习不说的话，其实他还挺好的。不过，现在我们确实很少来往了。"

"学习不好，没关系的，可不应该影响别人。他不应该和老师撒谎，也不应该骗同学，那是品德问题……"

"那你说怎么做既能拥有不学习的自由，又能不难为你，还能让老师满意呢？"我很想知道她怎么回答，一口气说出这个我思考未果的问题。

"那我不知道……不过，我们本来就是学生，学习是我们的职责。你所谓的那些自由，我认为先完成了老师的要求后才能获得。"

"也许，你说得很对。"我觉得女孩子看起来很柔弱，其实，她们的心智比男生更成熟。

我不说话了。不知道为什么她总是喜欢聊起我原来的那些朋友，尤其喜欢聊王骏，我并不喜欢别人这样说他们。

三十九

既然我可以和李瑾文处好关系，那么，我一样可以和其他前面的学生处好关系。她们之间的关系并不是牢固到任何外人都融入不进去的，恰恰相反，她们之间脆弱、淡漠，而且也从来也不会刻意排斥、冷落我。我只需要提前了解她们的话题。

赵欣走了过来问我："李瑾文不在吗？"

"她好像去老师办公室了，你找她有什么事情吗？"我回答。

"我昨天数学作业最后一道题不会写，想问问她。"

"你看我写的吧，我写出来了，不知道对不对。"

"哦。"

这时候，李瑾文回来了。

"你找我什么事，赵欣？"

"昨天的数学作业的最后一道题我不会，想问问你。"

"你拿去看吧。"

赵欣拿着李瑾文的作业刚走，我们前排的刘睿和张诗芸转头过来。张诗芸说："听说我们地理老师已经结婚了，李老师长得这么帅，谁知道他老婆长得怎么样？"

"他老婆好像长得一般，我看见他手机屏保好像是他们一家子的照片，看起来他老婆要比他大几岁的样子。"刘睿说。

李瑾文说："是吗？我都没怎么注意。"

我插了一句话："他老婆好像比他大两岁。"我和王骏之前对于老师的情况有很详细的调查。

我周围的这几个女生一点都不邋遢，桌子上裹着深蓝色的桌布，每个月都要更换清洗。张诗芸的紫色铅袋装得满满的，上面贴一张明星的贴纸，每一本书包的书皮都是同一个明星的贴贴。而我仅有一支黑色中性笔和一支铅笔，没有铅笔盒，平时就塞在桌子里。我的桌子上面充满了裂痕，还有数不清的涂鸦，每到了学期末，我的书皮早已破损不堪了。

张诗芸对我说："你也关心这些？"

我回答："我也是以前偶尔听到的，李老师的孩子才念小学。"

张诗芸说："下周周末，张艺兴拍的电影就要上映了，你俩去不

 | 177

去?"

刘睿说:"我不去,我对他没什么感觉。"

李瑾文说:"我也不想去。"

张诗芸说:"你俩还要学习吗?你俩学习够好了。"

李瑾文说:"没有,我都很少学的,哪有你俩那么爱学习。"

张诗芸:"分明是你比较爱学习,我才是不怎么学习的。期末考试,估计你就超过我了,我不管了,反正离期末考试还有三周。张艺兴长得太帅了,网上说他已经有女朋友了,我不信,就查了一下,发现那个女人长得特别丑,根本就配不上他。我一定要去看演唱会,可我这周周末还要补地理,我怎么和我妈说呢?"

李瑾文好像只对张诗芸说的前半部分话感兴趣,说:"哪有啊,你比我高八个名次,高三十多分呢。"

我觉得自己有必要终结她们关于名次的谈论,赶紧说:"你可以撒个谎。"

张诗芸说:"不行,我不敢和我妈撒谎,要是撒谎被发现了,那可就糟了。"

"要不你就和她说实话,就说自己想看一场电影,这也不行吗?"

"唉!你不了解我们家的情况。"张诗芸说这句话的时候眼神有点忧伤。

这在我看来不过是一个简单的要求了,我要是有她的那个成绩,我爸妈一定会答应的。我发现好学生拥有的自由并不比我多。

和她们聊天就会感受到纯洁的美好,即使我潜伏在前面用心搜集,也发现不了什么新的内容。她们嘴里只会说说学习,说哪个老师的讲课风格更好,哪个老师用心,哪个老师认真负责,偶尔说说自己喜欢的电视剧、电影、明星、衣服,有时候因为自己没时间看电影而惋惜,或者自己好不容易才看上就觉得特别高兴。这些话题简单、美好,不涉及打架、游戏,不涉及任何复杂的矛盾,不涉及学校、家庭的负面,尽管有时候她们也会温和地抱怨。越了解她们,我越难过自己以前的阴郁和消极,甚至后悔一开始没有和她们结伴。

刘睿说:"那你感觉张艺兴应该找个什么样的呢,找个像你这样的吗?"

"我倒是希望……可我哪能配上张艺兴呢!刘睿,我也没有你长得漂亮。"张诗芸说。

刘睿说:"不是吧?我觉得我长得挺普通的,最漂亮的还是李瑾文啊!"

我说:"张诗芸,我觉得你确实好看,刘睿的额头有点大。"

刘睿听完这句话,斜瞥了我一眼,我及时露出一个笑容,赶紧自嘲道:"额头大是一种智慧的特征,不像我尖嘴猴腮,还个子小。"

她们都捂着嘴笑了起来。

"我还是喜欢李老师那种成熟稳重的男人,以后找对象就应该找他那样的,连批评人的都是那么温柔帅气。就是被他骂一顿,我也高兴。"刘睿说。

她们居然在我面前谈论这些。我不知道她们是故意忽略了我,还是已经把我当作好朋友了,或者这个话题根本算不上什么秘密。

张诗芸忽然问李瑾文:"你喜欢什么类型的?都没怎么听你说过。"

李瑾文说:"我……没有。"

张诗芸又问我:"你有喜欢的明星吗?"

"我以前偶尔会看一些韩国的女团跳舞唱歌,现在都不怎么关注了。我也觉得李老师在所有老师里面是最帅的。"

也许大多数女生并非长相十分出众,可她们性格温柔善良,穿着干净整洁,谈吐礼貌得体。她们聊天时平静而谦虚,不像坐在后排的那些男生粗鲁而随意。在和她们的接触中,以前对她们产生的那些偏见,也逐渐消失了。

今天早上上厕所的时候,我蹲在厕所里无意间听到了张跃然和王浩的谈话。起先他们骂周丽君抢走了他们打乒乓球的时间,紧接着探讨了一些电影里女主人公的火辣身材,又将她们和其他的女星对比了一番，最后又谈论起他们如何打架的事情，我听得惊出一身冷汗。我不知道自己以前为什么能和他们成为朋友，他们堕落、无聊、消极、偏激，甚至还有点自以为是。紧接着，王浩说我最近没怎么来找他们，说我整个人都变了，不看重我们的友谊了。张跃然却说我没有变，只是因为换座位大家交流少了。听着他们的谈话，回想过去，我突然忍不住笑出了声。发现还有人在厕所，他俩立即停止了说话，厕所突然安静了几秒钟。他们不知道，那些他们不想被别人知道的私密话题，被我全部听到了。

我的人生走偏了很久很久，可今天早上我才突然大彻大悟。我终于明白了自己想要什么样的生活，我也知道自己应该如何改变了。但我对王骏怎么说停止举报的事情呢？就我现在的生活而言，我只需要把老师布置的作业完成，认真听课，好好准备考试，那些原本需要我逆来顺受的责备全会消失——我爸妈尽可能地满足我，不再一天到晚挑我的毛病；老师不但从未责罚我，还经常表扬我。原来解决问题的根本所在，远远没有我想的那么困难，而且我已经做到了。

我发现有很多内容都是我自己臆想出来的。以往，我总觉得李瑾文她们一个眼神、一个动作，似乎都是刻意贬低我，都是和我作对，通过不断地贬低我，从而相对抬升她们的地位。但现在我才知道，她们学习之外的时间少得可怜，根本没工夫谈论我以及我以前的同学，除非是涉及收作业之类的事情。后排的我们想多了。

四十

"王骏，我一直觉得你很优秀，可我不知道为什么你的成绩那么不理想。"英语老师和王骏单独交流。

"你以前认真交作业，课上回答问题、听写都很积极的，为什么现在就这么消极呢？你是故意的，还是有其他原因？"

"最近连作业都不交了，你是怎么了？总得让我们老师知道吧！"

"问你你也一句话不说，张跃然、刘宇他们贪玩不会做，可是你明明平时表现挺不错的，你到底在想什么？"

王骏低着头，笔直地站着，一句话都不说。

"唉，你的问题可是比他们的大得多！骂上你也不说，打上你也不说，跟你说好话，你也不回应，你爸妈都不知道你的问题在哪里，我们老师就更不知道了。"

办公室门开着，英语老师正在教训王骏，其他老师各忙各的。

"王骏，你给我站在办公室后面去！今天就站到你说话为止！"显然，英语老师生气了。

王骏仍然一句话不说，冷静地走到办公室的角落。我偷听完就进来了，他看见了我，却装作没看见的样子。他的脸绷着，好像若无其事，又好像全世界都亏欠他一样。他从来不会讨好或迎合任何人，因为他痛恨所有人。我讨厌王骏这样一意孤行的举动，因为他确实做得不对。可我看着还是会有些难受，想起了自己过去与父母或老师对峙的某个瞬间，那时的我反叛全世界，做自己世界唯一的英雄，是那么可笑。

"周老师，你叫我？"我对周丽君说。我已经开始了全新的生活，不应该想其他的事情了。

"嗯，你等等……我找找你的。"

她一边愁眉苦脸地对我说，一边心烦意乱地翻着她批改过的作业。

今天，她穿着酒红色的长裙看起来很薄，松松垮垮地挂在她的身体上，勉强地掩盖着身体的轮廓，好像随时会自然脱落下来。我想我该说点什么，能让她快乐点。

"我一直觉得绿蒂是个很普通的女人，可不知道为什么维特会对她一见钟情……"

她忙着看她的教案，似乎没空理会我，也没有注意到我说什么。

"但现在……"

她仍然没有听到我说话。

"周老师，你这条酒红色的长裙挺好看的。"我打量着她的衣服对她说。

181

"是吗？我在网上选了好久。"她抬起头看我一眼，眼里掠过一丝喜悦，但很快被冷漠代替，"嗯……那我下一次还是穿素朴的衣服吧，免得让你们分心。其实，我买的时候觉得这件已经很普通了。"

"我……"我想说些什么，可停顿了一会儿，竟想不起来自己到底要说些什么。也许，短暂的停顿让我的勇气也随之消失了。

"你说，怎么才能调动你们学习的积极性，然后提高成绩呢？"她有点无奈地说，"我打算把交的班费买点奖品，以奖励那些学习进步的学生，可现在的学生什么都不缺。就那么一点班费，买的东西也没人喜欢。"

"学生呢，你要骂他两句，他就不高兴，还使性子；打几下，还怕出了问题。"她似乎只是自言自语，并不期待我回应她。

"我天天想这个问题，怎么也想不出来，你们学生自己说说。"

"我觉得吧，有些人天性就不喜欢学习，有些人不开窍，还有些人有点懒。"

"嗯，我也这样认为的。现在辛苦一点，大学就轻松了……唉，算了算了，我干吗跟你说这些呢？"

"嗯。你不是和王骏关系挺好的嘛，想问问你，他到底是怎么想的，你知不知道？"

"我……不知道。"

我也很想知道，他除了喜欢画画，和我一起策划举报学校之外，还有什么是我这个他曾经的好朋友不知道的，以前的我又对他了解多少呢？

"真的不知道，还是帮他打掩护呢？"她说。

"我真的不太清楚，周老师。"我如实回答。

周丽君居然怀疑我，她的眼光很敏锐。

"那你帮我劝劝他吧。"

"我试试吧。"

王骏已经好久没来找我了，我们的关系不知道从什么时候开始变得很普通了。从他刚才的眼神我就能看出来，我现在已经成为周丽君的细作，是他讨厌的叛徒而已。

"我是真的服了，这个孩子软硬不吃，什么也不说，像块石头一样，你说有什么办法治治他？他爸妈着急，他不着急有什么用！"

"周老师找我，就是这件事情吗？"

"那倒不是，判作文是真的累，就这么几十篇，我读了将近三个小时。有些人写得很乱，有些人的句子很别扭，有些人的思路和正常人不太一样。不过，你写的这篇作文不错，字也很整齐，构思新颖。你最近状态也很好，继续努力。"

周丽君夸了我，可我一点也高兴不起来，反而感觉此刻的表扬是一种恐怖的负担。我还是克制不住自己的恐惧，她多么真心地表扬我，就多么真心地批评王骏，批评曾经的我。那些过去的痛苦什么时候才能真正消失呢？我不敢想象。

"嗯，那我先回教室了。"

今天这件事让我想起了过去，那些好不容易消失的痛苦又一次历历在目。

"你顺便把所有的作文都拿回去，发了吧。"

"嗯，周老师。"

我已经好久都没有打游戏了。当我失去的时候，我才注意到网络游戏并非只有消遣娱乐的意义，在那个虚拟的世界中，我是自由的，我可以拯救世界，我可以全力出击从而实现自己的价值，我可以被认同……而在现实世界中，我被父母和老师管教，被关在学校这个笼子里，像一个十足的废物。

我们的老师似乎建立了一个家长微信交流群。在这个群里，老师经常和家长一对一交流学生的事情，还会把一些信息公布在群里，比如几号月考、月考成绩和排名如何等。我经常偷拿着我妈的手机看她和老师们聊了什么。最近我的表现还不错，他们聊天的内容大多积极向上。比如，周丽君说只要我继续努力，考一所好大学应该没问题。唯一不太好的一点就是我的地理成绩又下降了几分，我妈和地理老师详细地探讨原因。

当我再一次像往常一样坐在家里写作业的时候，我看着原本白净的草稿纸上布满密密麻麻的算式，强烈的台灯光让我眼花缭乱，我突然感觉有点累有点烦。这已经不是第一次了。书桌上旁摞着好几本练习册，每当看到它们的时候，我总要深吸一口气，然后一鼓作气写完。然而，最近我总是看着练习册发呆。相比较之前而言，我现在写作业容易多了，因为我的基础没那么差了，可我有些厌烦了，就像吃腻了奶糖，玩腻了一个游戏那样。学习就这么点事情，我想换点新花样，让生活有点新鲜感。

和周丽君的聊天吧，可怕的师生关系把我们隔得越来远。和王骏谈谈心吧，可他对我一副苦大仇深的样子，让我有些伤心。和张跃然和王浩打趣吧，我们似乎无法再回到从前的默契状态，有种无形的东西将我们劈开了。一切都在朝着我希望的方向发展，可为什么我总是感觉一些不可名状的东西困扰着我呢？

当我想起以前张跃然眯着眼睛给我讲黄段子的情景，想起他和王浩荒唐地破口大骂那些他们看着不爽的人，那些肮脏不堪的过去止不住地冒出来，在我的内心产生一种令我羞愧的快感。这快感能缓解我对作业的厌恶，但是它又让我感到焦虑。

原以为这只是偶尔会有的事情，可是当我闭上眼睛，过去那些画面就浮现在我眼前。它们像一只只饥饿的流浪猫，瞪着怨恨的眼睛看着我，让我心烦意乱，心灵不能安宁。

我写字的速度越来越快，那些字从整齐变得凌乱直至面目狰狞。我的右手青筋暴起，抖个不停，每一笔与每一笔连起来，非常用力，以至于把纸划破了，我把纸揉成一团扔进垃圾箱。那些书本我看了一遍又一遍，翻来翻去，却不知道自己到底在书上写了什么。窗户外一片漆黑，没有一点声音，而狭小的卧室像是一个城堡，门紧紧锁着，为什么我出不去呢？

我爸妈和我的关系已经回归正常了。我爸因为我成绩的提升，还刻意奖励我三百元，他虽然表面上没什么变化，可他的心情明显好多了。我妈不再刻意地问我的成绩了，也不要求我补课了，态度更温柔了。

我又听到了我妈的脚步声。她干净利索地把门打开，我没有回过头。她端着一盘橘子，和颜悦色地说："在写作业呢？"

四十一

有时候，我会觉得李瑾文和王骏有些相似。他们都喜欢在忙自己的事情时抽出一点时间和我聊天，干自己喜欢的事情时都带着一股怨恨和一种执着。唯一的区别是，王骏喜欢默默地画画，李瑾文喜欢静静地学习。

有时候看到李瑾文疲惫地趴在桌上休息，我会轻轻地推推她的肩膀。可是她仍然没有反应，我便不去打扰她了，只是看着她。她的身体很柔软，手指白皙，静静地放在桌子上，指甲上染着透明发亮的指甲油。不一会儿，她直起身子来，脸上带着红色的印，睡眼惺忪地问我："刚才你叫我了吗？"

有时候，我以为她直着身子认真学习，可仔细看，才发现她在抠指甲油。有时候，她右手拿着笔写字，左手揪着一缕缠绕在手指上玩儿，写着写着突然就笑了。一旦发现自己失神了，她赶紧把那一缕头发别在耳根后，继续学习。她的这个动作让我想起高一时候的张跃然，上课无聊的时候，他喜欢用笔不停地挠头皮，那些头皮屑像雪花一样，纷纷扬扬地落在桌子上，薄薄的一层。

李瑾文总是待在自己的座位上，几乎不会出教室，除非老师叫她或是做课间操、上体育课之类的。

"我感觉你最近学习的劲头越来越猛了。"我对她说。

"有吗？"她一边写一边回答我，头都不抬。

"嗯，真的，如果我有点妨碍你的话，我以后尽量少说话，这样你会多点时间学习。"

"不，不影响，真的不影响。"

"哦。"我不想再说什么，闷闷地看着窗外刺眼的阳光，夏天的阳光有点凶狠。

"其实你也看到了，我这次月考成绩和排名都下降了，就连我的座位都往后调整了，所以我得补回来一些。当然了，你不要误会，这不是说和你坐在一起不好。"

原来是这样。不过少和她说话，这是我唯一能做的。

她继续说："成绩下降，座位调到了后面，我原本有点难过。可我没有想到，和你坐在一起挺有趣的，你和我以前的那些同桌都不一样。"

"哦……你爸妈责备你了，还是老师说你了?"

"其实都没有，我妈和老师什么也没有说，他们也许觉得成绩下降一点说明不了什么。可我觉得他们什么都不和我说，才最让我难受。如果他们说我几句，起码说明他们还重视我……"

"他们现在也重视你。"

"我知道。我只是感觉自己在他们心中不再那么重要了，不再那么优秀了，总担心他们会对我不再抱任何希望了。如果下一次我的成绩继续下降，他们仍然一句话都不说，有谁能保证呢?"

"不，不会的。"原来我平常最讨厌的那些责备，对她来说是那么重要!

"我知道，那都是我胡乱猜想的，可我还是忍不住去想。我能做的也就只有学习而已，至少它会让我安心一点。"

"你即便坐在后面，可只要学习好，和坐在前面有什么区别呢?"

"不，我往后，别人往前，这一前一后差距就大了，能够享受到的资源也有很大的区别，这就好比前面的班级和后面的班级。而且我爸妈和老师对我的期望都很高，我怎么能辜负他们呢? 他们什么都不说，我知道他们还是很失望。有时候，我在家里也会做噩梦，要么梦见自己考砸了，要么梦见我妈和老师不理我了。补课是要花很多钱的，花了那么多的钱，我的成绩一点变化都没有，那钱不都是白花了吗?"

她越说语速越快,"同学一起玩,一起聊天,一起学习,用功都差不多,可为什么成绩会有区别呢?我的成绩再下降就会失去这些朋友了。"

我只是呆呆地看着她,说不出一句话。这是我认识她以来,第一次看她这么情绪激动。

"也许我不该和你说这些的。"

"没事的,说出来会好受一点儿。"

她眼神有些迷茫,没有继续和我说话,而是放下了笔,好像在想着什么。我们就这样各怀心事沉默着,刘睿和杨子从教室外面走了进来。

"我决定和杨子、张诗芸一起去看张艺兴的电影了。不过,下一周周末我就不能出去了,我得去补补之前的内容。这一次你去吗?"刘睿说。

"我不去了,我不知道怎么对我爸妈说。"李瑾文有点心不在焉地说。

"我跟他们撒了个谎,就说我去同学家一起交流英语口语,我爸妈就信了。你也试试呗,说你和我们出来学习,到时候给那个王文晔说一声,不要在我爸妈打电话给她爸妈的时候露馅就行了。"杨子说。

"不了,我不能去。"李瑾文低声说。

"我昨天晚上在网上看到的那条卡其色的裙子,链接发给你了,你觉得怎么样?"刘睿问李瑾文。见她没有回应,我急忙说:"是长裙还是短裙?"

"长裙。"刘睿说。

"不过可惜学校只允许穿校服。"

"嗯。"

"李瑾文!"杨子喊了一声。

"嗯?"李瑾文抬起头来一脸茫然地看着大家。

"你想什么呢?"杨子有点生气地说。

"没什么。"李瑾文又低下头学习了。

"李瑾文这几天努力学习，都有点呆了，呆萌呆萌的。"我希望能打破尴尬的气氛。

　　"她确实爱学，这个我知道的，比我爱学多了。"刘睿说这句话的时候明显带着嫉妒的感觉。

　　"哎呀，我好像看见你经常在外面放松，很少学习，小心下一次考试李瑾文超过你哦。"

　　"你这话说得过了，我怎么就很少学习了？我不比你成绩好，还是比你少用功？"刘睿突然生气了。

　　"别太认真啊，我随便说说玩玩的。我的成绩一直差，肯定是给你们垫底的。"我说。

　　"你自己心里清楚就好！"刘睿气狠狠地说。

　　李瑾文说："刘睿，他就随便说说，你别往心里去。"

　　"那倒不会，我只是希望他说话时稍微注意一下措辞。"刘睿说完拉着杨子转身走了。我没想到她竟然这么生气，一句玩笑话就伤到她的自尊心了吗？

四十二

　　星期五的下午，我站在老师办公室的门口正要进去，却听到周丽君说："不，刘川的家长，座位的调整不是您想得那么随便，我知道您希望自己的孩子有一个好同桌，可这真的不能做。你想把刘川的座位调到李瑾文的旁边，杨子的家长还想让我把王文晔和杨子调在一起。不，我谁的都不会听的。"她停顿了一会儿继续说，"学生的座位是受很多因素影响的，除了成绩，还有他们的性格、脾气、爱好等。如果他们能相互鼓励、相互帮助、相互扶持，我怎么能随便把他们分开呢？所以，我不能帮你，帮你就乱了。"

　　"这个真的没有必要再说了，你不要再发微信、打电话了，就算是你人直接来了也不行。"

　　"不，你不用请我吃饭，学校里有规定，不能这样。况且，我也帮不了你，对不起。"

　　听着她说这些，我对她的敬意油然而生。我一直以为所有老师都是刻薄的阴谋家，他们除了制订一些学习计划，还会向家长说学生的坏话，总是思谋着做一些破坏自由的事情。但是，现在听周丽君说了这些话，我才意识到，我以前怀有的那些敌意，把我带进了一个叫偏见的深渊，在那个深渊里我看不见人性的光芒，只是紧紧拥抱着臆想的仇恨之剑憎恨世界，在憎恨中逐渐失去自我……

　　"其实，你最近做得挺好的，别老是怀疑自己，丽君，相信自己好吗？"一个男人小声说道。不用猜，是黄峰。

　　"不，还是不够。"周丽君说。

　　"你对自己要求太高了，丽君，你已经比其他新来的老师优秀很多了。以前，有几个年轻的老师教差班很努力，可学生还是不配合，他们那个费劲啊，一言难尽！你以前当过老师，一来就当班主任，顺风顺水的，已经很不错了。"

　　"你以后叫我全名，这工作确实有点累，而且也……"

　　当声音穿过木门，穿过光线，隔着大概三四米的距离，它就会变得有些模糊不清。但是这句话我听来了，她果然不能接受黄峰这么叫自己的，我心里有点欣喜。

　　"周丽君，我知道你肯定看不上这个工作，你以前是大学老师，可现在不也没办法了。你怎么能开心点？教书本来就是一个非常稳定的工作，很难有成就，无论你是多么优秀。"

　　她的声音要小得多，我偶尔会听不清。

　　"你就按照我们年级组设计的计划，一步一步来，他们的成绩肯定会提上去的。你可千万别期望太大，你们班那些学生基础差，学习主动性不强，一天不是打架、逃课、不写作业，就是骂人、抽烟，你只要负责安全就行。至于成绩，他们能提高就提高，提高不了你可千万别生气，不值。"黄峰继续说。

　　"这您放心。他们即使不学习，也干不了别的事情，他们挺好的。"周丽君说。

"你觉得好就行。至于学习,那天开会你也参与了,得按照我们的计划来。马上就高三了,学习任务肯定得加,况且高三还要分一次班,你到时候要教哪个班还不一定。其实作为一个新班主任,你干得挺好的,我帮帮你,看能不能选个稍微好点班级,比如十五班。"

"哦,谢谢,这样做不太好吧?"

"你本来就教得不错,新来的老师他们哪一个不服?"

也许,一个班主任和一个教务处主任聊聊工作并没有什么,我不能太在意。

"我们不说这个了,丽君,你这周六中午有没有时间,我发现丽欣小区旁边有一个不错的小饭馆,要不一块去吃个饭?"黄峰说话的声音突然变小了,而且语气恳切。

"不了,我这周六……要回我妈那儿吃顿饭。"她客气地拒绝了。

"那周日呢?我本来要开个会的;但我可以把这个会挪在下周,你……"完了,黄峰的声音变得越来越小了,我根本听不到他在说什么了。

"我……"

"那你什么时候……"

完了,彻底听不见了!

"你别这样,丽君,我们算是早就认识了,年龄、工作啥的,也都挺合适的,况且你妈也……"

咚咚咚,我敲门。

"咳咳,王老师,在吗?"我故意装得声音粗一些,他们不说话了,装作没人。

咚咚咚,咚咚咚,我继续敲门,要比之前急促。

我的眼睛使劲瞄着门中间的一条缝,这条缝被阳光填得满满的,但我还是能听到里面传来的脚步声。这个脚步声……是她的,太好了!现在我赶快得跑了。

我一直跑,没回头,转了一个弯躲起来,他们肯定不知道是谁敲的门。但我还不想走,我想知道她出来有什么反应。

她出来了，四处观望，没有发现什么人，又进去了。我也跟了过去。

"周丽君，我们……"黄峰说。

"我有事情，我先走了。"她说完急忙收拾着什么，几秒后便脚步匆匆地往出走，我赶紧离开办公室在隐蔽的拐角躲起来。她慌慌张张地出了办公室，低着头疾走，我看不清她的表情，但是从她的脚步声可以判断出，她想逃离那尴尬的地方。我正打算跟在她后面，王骏突然从后面拍了一下我的肩膀，问我："你在这干什么？"

"哦，没什么。"我有点惊讶，他怎么突然和我说话了。

"那个，我想要……"

"今天我有急事，王骏，我先走了，明天我再去找你聊。"

已经看不见她的身影了，我快步离开。我小跑到了操场，她一个人在绕着操场跑道散步，步伐缓慢，目光凝重。太阳已经快要落山了，阳光也微微发红，变得温暖和煦，微风轻轻地吹着她柔软的黑裙子。她不喜欢他，所以拒绝了他。

她突然停了下来，并且回过头来看着我，我急忙忙地走过去。"你怎么来了，现在不是已经上课了吗？课上的卷子也发下去了，你不做，来这里干什么？"她看起来似乎没什么变化，一看见我就立刻变得严肃冷淡起来。

"我今天有点累了，想休息一下，只好出来走走。"我低下头说。

"你才进步了一点，就想着休息。"她的表情突然变得有些悲伤，犹豫了一下，继续说，"算了，有时候确实应该休息一下。"

我们一起在操场散步，步伐很慢，眼睛只是向前看着，太阳依旧刺眼，却多少也有些衰退了。

"周老师，你上次不是问我有什么书推荐给你吗？我觉得茨威格的短篇小说都不错。"我说。

"你还知道他？"

"嗯，读过一些。"

"我之前读过一些。"她说。

我们一边走着一边说话，好像非常熟悉的老朋友一样默契。

"周老师，你上一份工作是做什么的？"我问她。

"我之前在大学当老师，后来在这边一个企业工作了一段时间。"

"那为什么辞职了？"

"我在大学是被辞退的，在企业是因为不想处理复杂的人际关系……你还小，不懂这个。不过，你问这些干什么？"

"没什么只是随便问问。"

我们又陷入了沉默，可这种沉默似乎是必要的，它让我们俩不会陷入尴尬。

"我们教务处主任是一个怎么样的人呢？"我问她。她突然侧过头来，看了我一眼，迟疑了一下，说："他是个很优秀的老师，认真踏实，能力很强。"

"是吗？"

她对着我微微笑了一下，回答："是的。"她沉默了一会儿，继续说，"我觉得你最近好像很关心学习这方面的事情，教务处主任为了你们的成绩想了很多办法。不过你别着急，慢慢来，只要你继续保持现在的状态，肯定会在下次分班的时候去一个更好的班级。唉，要是我那个弟弟也像你这么努力就好了。"

"周老师，你有弟弟吗？"我故意装作惊讶的样子。

"他比你低一级，一天到晚就想着玩，成绩也很差。"

"周老师，你说如果阿尔伯特是个十足的坏蛋，绿蒂会选择维特吗？"我问她。

"不会的，她是一个非常传统保守的人。"她的表情有点惊讶。

"可如果她是一个现代的女性呢？"

"没有那么多如果，你还是担心你的学习吧。"

四十三

坐在前面，一切必须靠自己。除了李瑾文，刘睿她们很少和我说话，但她们似乎总是在暗处观察我。这让我很怀念坐在后排的日子，只要一个话题大家就可以凑在一起聊天，因为要抄同一份作业，大家凝聚力也格外的强。不像坐在前面，想博得她们的关注，必须得靠提高成绩。在这里，大声说话，埋头睡觉，都是犯规的，就更别提折飞机、打扑克、玩手机了，抄作业会被笑死的。这种美好像一种甜美的毒药，既吸引着我，又让我产生了更深的焦虑。

也许，我再努力一点，就可以完全脱离现在班级，去更优秀的班级。可我如果真的去了的话，她应该不再当我的班主任了，连见面打招呼都难了。最近我还有点选择性的疲惫，在教室外面站着休息的时候还很精神，可刚刚坐在自己的座位上就昏昏欲睡。大概是因为夏天的阳光太过强烈，教室里面很闷，书上密密麻麻的小字在阳光下变得刺眼，让我记不住它们本来的含义。最可怕的是，虽然我已经把很多基础知识全部都巩固了，我的成绩似乎已经到了瓶颈。比如，一道数学题，如果单纯地套用公式计算，我随便就能算出来。可有些数学题需要大量以前的知识，那些极其零碎庞杂的知识被我抛得太久，它们也以同样的陌生回报我。这种感觉在英语中尤为明显，我可以把这个月英语所学的知识全部掌握，但语法、阅读理解、写作都需要大量以前的知识，需要花费巨大精力去温习……更糟糕的是，还有一件事情很困扰我，就是关于周丽君的事儿，即使我再努力，连希望都看不到。今天我就去找她的弟弟。

我想从张跃然那里打听那个男生的情况。张跃然当时正在玩手机游戏，顾不上陪我，后边的王骏一听到我们的对话，立即请求和我一起去。一路上我们都没说一句话，我不知道我们为什么会变成这样。

"帮我叫一下张涛。"我对一个同学说。我们站在教室门口等他。

一个男生出来了，个子不高，很瘦，皮肤很白，是他。

"你好，我俩是张跃然的朋友，你还记得我吧？"我说。

"记得。"张涛说。

"我俩想问你点事情。"

"行。"

他说话的时候，口里有一股烟的味道。王骏刻意退到栏杆那儿，与我俩保持一定的距离。

"我想问一下你认识我们班的周丽君老师吗？"我问他。

"她原来是你们的老师啊！我认识，她是我姐。"他说。

"她是你姐？"

"是，不过不是亲姐，是亲表姐，她是我姑姑的女儿。"

"你们经常见面吗？"

"不经常，偶尔在学校或家里碰到。"

"你们住在一起吗？"

"不，我家不在这边，因为念书我暂住在她家。她家就我姑姑一个人，我姐一个人在外面住，偶尔回家吃个饭。下半年我可能要住校，一直住在她家总是不太方便。"

"她结婚了吗？"

"你为什么要问这个问题？"

"唉，上课的时候，我被她骂了几次，总感觉她对我有偏见，看你能不能帮我一下，多了解一下她，以后免得她为难我。"

"哦，她还没结婚。她之前在一家私企上班，好像也没干多久就辞职了。最后，托一个熟人的关系，她才来这里当老师的。她现在应该在和那个人谈恋爱，那人比她大一点，不过我不太清楚是谁。你说说，有人既给安排工作还能娶她，有什么不好呢？她这个人就是那样，一天到晚就爱叨叨，老说我不努力，我都不当一回事儿，你也别放在心上。我怎么帮你？"

"哦，那她什么时候在家？"

"她大概每周回家吃一次饭，待一会儿就走了。她还爱喝酒，回家的时候，身上老带着一股酒味儿，可难闻了。你说她自己都整不清楚，还说我不爱学习……"

"我的意思是，只要她回家的时候我也能去她家，以你好朋友的身份和她见面聊聊天。我感觉老师一直误解我，想化解一下。"

"哦，原来你是这个意思啊……"他带着诡异的笑容看着我。

"这个我得好好找个时间，你不着急吧?"

"不着急。"

"那就行。"

王骏依然双肘伏在栏杆上向远处望，我轻轻地走过去，说："走吧。"

"嗯。"

我俩并排往教室走，他什么话也没有说，我也不知道说什么。

"最近很少见面了。"他突然冷冰冰地说。

"因为最近我们的座位分开了，所以少了。"我回答。

"在前面和她们坐在一起感觉怎么样?"

"还好吧，是一种新的感觉，也……"

"看来还不错。"

"嗯，怎么说呢，其实我……"

"你最近还在收集吗?"

"最近比较忙，没有收集。"

"那之前的内容，你整理了吗?"

"整理了一部分，可能还需要……"我迟疑了一下，但我决定向他坦白，"我已经放弃了。"

"嗯，我知道了。那你把你搜集的所有材料都给我，明天早上的时候。"

"抱歉，其实我……"

"没事。"

"好吧，那我明天给你。"

"不要把这件事情告诉别人。"

"嗯。"

这个话题还没有结束，可我们之间又陷入了沉默。我想请求他罢手，可又觉得他不会听我的。我听到了我俩冷冰冰的脚步声，以及从远处传来的学生打闹喧嚷的声音……

"王骏，我感觉你太……"我还是忍不住想说自己的想法。

"再见了，我要去一趟别的地方。"他直接打断了我，就转身下楼梯了。

我觉得那些搜集来的东西只会增加痛苦，它们只会不断地提醒我：世界抛弃了你，你必须得让那些抛弃者付出代价。在这个过程中，越搜集越愤怒，越愤怒越绝望，最后变得疯狂。如果他有机会像我一样坐在前面，说不定他会发现老师其实并不是那么讨厌，他们也有难处。

我并不认为自己做的全是正确的，但我知道王骏肯定在某些方面已经走偏了，而且誓死不回头。我们已经无法再成为无话不谈的朋友，我有什么权利去说服他放弃呢？

"我跟你说，这几天教咱的张老师因为咱们的英语成绩要愁死了，她还着急地问我该怎么办。"李瑾文急切地告诉我，似乎很想引起我的共鸣。

"嗯，她确实挺认真的。"我一边写作业一边心不在焉地应和着。

"她一直头疼的几个学生，怎么也不听她的话，她主动约那几个学生的家长在周末见面。"

"哦。"

"教咱们数学的王老师人特别好，还给图书馆捐了很多书。"

"嗯。"

"对了，教地理的老师，别看他身体粗壮，胡子拉碴的，其实，他每天早上都给学校里的流浪狗喂食。"

"哦？"我有点惊讶。

"我们政治老师，他开的补习班是所有补习班中收费最低的，而且还是最认真的。他总是鼓励我们多锻炼身体，学点儿其他的爱好，比如唱歌跳舞之类的。"

"还有那个教务处主任，他……"

"你到底要和我说什么？"我没办法专心写作业，有点心烦。她今天很奇怪。

"我……我就是想告诉你，其实，我们的老师都挺好的。"

"我知道，就这些吗？"

"真的，我说的都是真的。"

"我知道。"

她好像有点委屈，不再说话了。气氛有点尴尬，我也不知道该怎么办，也许我不应该打断她。

"你应该和王骏他们少来往……尤其是王骏。"李瑾文犹豫了很久，终于说出这句话，"他们真的很过分……"

"王骏怎么了？"我说。

"他和其他人不太一样，我觉得他心理可能有问题，只要老师稍微说他几句，他就直接怼回去，或者干脆不说话，老师快放弃他们了。"

"他到底怎么样，我心里清楚。"我直接地打断了她。她听了有点生气地别过脸，不再说话。

"我现在坐在前面，已经没有机会和他说话了。"我觉得自己刚才的态度有点太强硬了，赶紧解释说，"况且，你就坐在我旁边，也应该看到了，我没有再找过他。"

她仍然没有搭理我，只是坐正身子，认真学习。我正要向她道歉，可有个同学突然来找她，她走了。

她回来的时候拿着一摞卷子，然后将卷子发给大家。卷子刚发到手，前面坐着的同学就开始交头接耳地小声讨论了。这是我们每周活动课测试的成绩，每周都要打分，但不排名，李瑾文桌子上的卷子是89分。

她回到座位上来，看到了自己的成绩，表情有些凝重。

"你成绩挺好的，我才考了76分。"我让她看我的卷子，可她还是高兴不起来。

刘睿从前面转过身子来问她："你考得怎么样？"

"没考好，才89分。"

"我也没考好，才93分。不失误的话，应该能考95分，当时考试时间太紧张，结果算错了！唉，气死我了！"刘睿白净的额头偶尔会

| 197

皱一下。

我主动和刘睿搭话说:"下次再努力就行了,我考得低,才考了76分。"

她看都没有看我一眼,仿佛我不存在一样。

李瑾文说:"我才是真的没考好,我刚才发卷子的时候,我们这几个人的成绩我最低。"

显然,我不是她口中的"我们"。

刘睿说:"才高几分而已,况且你英语比我好。我以后真的要好好学了,好多时间都浪费了。"

我插不进去话,也不知道该说什么,即便说了她们也不会理会。自从我上次无心的玩笑,刘睿最近下课干脆不出教室了,一动不动地坐在教室里学习。有时候迎面撞见我,她假装看不见,直接走开了。

李瑾文说:"我也是浪费了好多时间,好多时候本应该学习的,却走神。"

刘睿和李瑾文聊了几句,就拿着卷子去找别的同学了,她的心情不错。李瑾文坐在自己的座位上,眼神涣散,手臂自然垂下去,好像在想着什么。我想安慰她,可又不知道如何开口。

不一会儿,李瑾文侧着身子喃喃自语,声音很小,似乎在刻意回避我。

"你说什么呢?"我问她。

"没什么。"

"真的没什么吗?你完全可以告诉我,有心事的话讲出来会比较好。"

"真没什么,我挺好的。"她刻意笑了笑,很快笑容就消失了,又开始坐直身子学习了。

"哦。"我也开始做自己的事情。

可不一会儿,她又探过身子来靠近我说:"我告诉你,你千万不能告诉别人啊。"

"嗯。"我坚定地看着她。

"我跟你说，杨子这个人小心眼真多，你别看她平时看起来很单纯的样子。"

"怎么？"

"她和我们数学老师认识，这次她的数学测试成绩是94分，不会托关系吧？"

"杨子挺努力的，我看她平时挺爱学习的。"我有点惊讶，她怎么突然这么说。

"你还是太单纯，只看见她文静漂亮，表面上对谁都好，其实背地里心眼坏得很。你根本就不了解她，她以前就做过这样的事情。"

我觉得这事儿不太可能，但为了不刺激她，说："确实有这种可能性。"

"而且数学老师之前让我去帮忙，结果因为发卷子，我晚去了十分钟，数学老师就说事情已经做完了，不用我了。我当时就感觉他表面上挺好的，其实已经生气了。你看我卷子上的这道应用题，答案错了，过程都对，本来应该加5分，他只给我加了3分。"

"你说多加2分有什么用？又不是期末考试，影响不大的。"我安慰她道。

"要是多加2分，就是91分了，就过90分了，就比张雅婷高了，她考了90分。有些人看着挺好，其实心眼小，像你这样粗心的人说不定真的发现不了。"

我不知道该说什么好，只好应和道："嗯。"

"下次，我要凭自己的本事比她考得高。"她坚定地说，"这是我俩的秘密，你千万别告诉别人，以后你会认清每一个人。"

"嗯。"

四十四

有时候，我不得不尝试做出一些改变，比如了解女生的衣服有哪些款式，她们喜欢的奶茶有哪些味道，尽管我觉得这很无聊。

 | 199

我将自己曾经费心搜集的一些关于老师的八卦，试着在课后主动聊一些。可我又担心这些事儿聊得太多，她们会认为我不爱学习。

我主动去关注任何一次测试的成绩，主动去看她们比自己高了多少分，然后不断地告诉自己，要重视成绩，要和优秀的学生竞争。但是这一切都没用，它们一点激不起我的求胜欲。

想与她们拉近关系的最好办法就是提升自己。可是，即使我拼命学习，想要超越她们太难了。假如我真的超越了她们，我又担心她们会妒忌我，把我当作竞争对手。总之，想要融入她们，还需要一个恰到好处的点，以及一段相当长的时间。

我试着说一些冠冕堂皇的文明话："你学得挺好的，这次是失误。""加油，我们一起努力。""她人真的挺好的。""谢谢你的帮助。""这道题可以问问你吗？"

说这些话的时候我感到很别扭，根本就不是我的范儿。我对打扮没什么研究，一根鞋带、一枚纽扣，我干吗要刻意关注这些呢？我觉得一次成绩的失败并没有什么，不需要自责，更不需要被人安慰。我说话必须得小心翼翼，一方面要尽可能真实，一方面还要尽可能婉转。

我再也不想听："喂！好好听课，别走神了。""你快点写作业！""这套题我给你说明白了吗？""你下次肯定行的。""你的字有点乱。"

最初听到这些善意的提醒时，我觉得好暖心，渐渐听多了，觉得不过是些客套话。也许，我完全没有必要去理会这些复杂的人际关系，最坏的情况也就是我一个人默默学习，这又不是没经历过……我不知道到底该怎么办才好。我感觉这样的生活似乎并不是我想要的，我似乎仍然在等待着什么，等待……

"赶快拿走吧，上课之前就得交了，正确率百分之九十五以上，别抄成一样的，写完记得帮我交了，别把咱俩的作业本放在一起。"张跃然直接把他的卷子扔到我的桌子上，一脸仗义地说，"这周我们出去上网，我请你。这次我一定要赢你。"

是啊，最近我会情不自禁地想起过去的事情，实际上，我才离开他们三周而已，感觉却是很久了。仅仅三周，我们从熟悉变得陌生。对啊，这种小事他们从来不当一回事儿，我们可以互相开玩笑，互相嘲讽；我们嬉皮笑脸，玩世不恭，戏谑式地调侃彼此；我们自习课打牌、劳动课逃课；我们放荡不羁，但我们心里坦荡……

今天上午，我看到王浩和张跃然一起从老师的办公室回教室，我跟在他们后面。张跃然手揣在裤兜里，走起路来痞痞的。虽然已经打了上课铃，可两个人有说有笑，不慌不忙，边走边聊。我想赶快走回教室，又怕被他们发现我跟着他们。我想上去主动搭话，可又没有勇气，怕他们不理我。同样，现在的我怎么也没办法对李瑾文开口，告诉她我想抄她的英语作业，因为我昨天晚上没写。即使我们的关系现在还不错，但只要我一说出口，她肯定会因此厌恶我。

这样的生活让我看不到希望。我之前一直没有认真地对待学习，可自从认真对待学习以后，才发现自己是真的不喜欢学习，发自肺腑地不喜欢。学习的时候，我走神的毛病不但没有改掉，反倒因为改掉它变得焦虑，思绪更复杂了。

在我的成绩提升后，有些老师认为我本性难改，仍然像过去一样对待我，甚至更加严厉；有些老师对我嘘寒问暖，亲切和蔼的态度简直一百八十度大转弯；还有些老师甚至对我寄予厚望，毫不吝啬地夸奖我，给我定下一些我想都不敢想的目标。不管是真心的还是假意的，老师们开始关注我，我也尽可能地回应着，我们之间的关系确实发生了一些变化。

至于和周丽君，我们的关系越来越亲近，但是以师生关系。她越来越爱对我笑，主动把我叫到办公室聊天，让我帮她跑腿发卷子，传达消息。我终于可以频繁地出现在她的视线中，可她越关心我，我就越觉得心痛；她越让我表现自己，越想了解我，我就越自卑越绝望；与她的关系越是亲密，了解她越多，我就离她越远。

李瑾文、杨子，刘睿站在教室外的过道上正在聊别人家的孩子，她们羡慕人家英语口语流利，大学能够出国留学。她们仿佛刻意回避我，发现我朝她们看了一眼，她们立刻就散了。

我知道自己任何时候都不属于她们的圈子，就像青蛙永远和天鹅难以成为朋友。

四十五

"李瑾文，我跟你说，你之前说的那只猫，我好像最近在我们小区见到了。"

她仍然低头写着作业，好像没听到我说话一样。

"李瑾文，你知道螃蟹的听觉器官在哪儿吗？"看她没有反应，我继续说，"在螃蟹的腿上。如果我在螃蟹旁边摇铃，它就会立刻爬走。如果我把它的腿切掉，无论如何摇铃，它都没有反应。"

这个笑话并不奏效。

"我最近很爱学数学，如果你有什么问题，可以问我，我保证都会，真的……"

"你别在我的耳朵旁边说话了，你烦不烦？"她打断了我，突然抬起头来说，"下次真的不想再当你同桌了。"她说完后继续埋头学习。

我以为她今天忙着学习，或者心情不好，才刻意不和我说话。可是下课的时候，她明明和杨子她们聊得火热。还有杨子以前见了我也会打招呼，但今天她装作没看见我的样子匆匆走开了。没错，这些前面的同学在躲着我，发生了什么事情让她们突然孤立我了？而且那种感觉就像是全班的人都知道，只有我蒙在鼓里。

我唯一能做的就只是偷听。我趁着去老师办公室偷听老师之间的闲聊，在学校的各种场所偷听学生之间的闲聊，可我捕捉不到任何重要的信息。我觉得这太突然了。

中午放学的时候，李瑾文和刘睿边聊边走，我就跟在她们身后。放学的学生熙熙攘攘，她们很难发现我。当然，我也很难听全她们说的一切。太阳光强烈，人很多，我感觉头有点昏。

李瑾文说："我们明天下午还是两点十分在电影院门口见吧，看完电影去补习。"

刘睿说："嗯。"

她俩的聊天挺正常的，似乎没什么。我正打算要走，忽然听到刘睿说："你真的应该告诉老师的，李瑾文。"

"你别说这事了，刘睿。"

"我为什么不说？你分明受了委屈，总不能白白受这个气吧？"

"没事的，我过两天就好了。"

"我早就和你说了，他根本就不是什么好人！我不是说他学习差，而是他们那帮人价值观有问题，道德的败类，你就因为和他坐同桌，才会被张跃然欺负的。"

"我觉得他挺好的，刘睿，你可能不了解他。他还给我讲笑话，只是有时候有点懒，说话直接。"

"他们是学生，天天不学习，不是四处找人麻烦欺负别人，就是抄作业、骗老师和家长，他们的道德怎么就没问题？自从你和他成为同桌以后，你看看你的成绩下降了多少。这个你心里应该有数吧？"

"我不知道我的成绩为什么下降，但和他没关系。"

"我感觉你的心思不在学习上面，总是和我提起他。"刘睿说。

"那是因为你对他有很多偏见，我只想纠正你。"李瑾文回答。

"不，不仅仅是这样，我承认我不了解他，但你为什么会变成这样，我想你心里应该明白。我绝对没有恶意，只是希望你好。"

她突然停下来了，不说话了。

我转身就往教室跑。可当我回到教室的时候，张跃然已经走了，我想知道他为什么要对李瑾文下手。张跃然不知道李瑾文现在对于我来说，不仅仅是同桌，还是我的朋友，在学习上帮助我，还把我引入她们的圈子。以前，张跃然就很讨厌李瑾文，私底下经常嘲笑她，但他对前面的同学都是这样的。那他为什么会专门针对李瑾文呢？

我只想专心致志地学习，不想去管这复杂的人际关系。期末考试快要来了，我想好好冲刺一下。但是，实际上，我一直是思想的巨人行动的矮子，总被一些莫名其妙的事情打扰，到了该行动的时候，总是犹豫不决，怕吃苦怕累，事后不断地责备自己，最终陷入一种恶性循环。

砰的一声，我卧室的门直接被推开了。

"写什么呢？"我妈端着一盘桃子。

"写作业。"我冷淡地回答。我妈不像我爸，她的态度一直很温和。我们家有个老规矩，那就是我爸妈两个人不会同时发火。我妈骂我的时候，我爸多半不在；我爸生气我的时候，我妈一声不吭，尽管我知道他们互为"帮凶"。每当我爸骂我的时候，我妈的眼睛就会变小，一眨一眨的，眼中闪烁着怜悯。可我妈自己骂我的时候，眼睛瞪得老大，脸上的皱纹会一下子都暴露出来，仿佛突然老了二十岁。我喜欢反驳他们，但他们一直认为那是顶嘴。

她把盘子放在桌子旁边，仔仔细细地看了一遍。并没有经过我的允许，而且从来不敲门，她就直接进来。我突然感觉他们和以前没多大区别，只不过态度更温和了些而已。

我打开电脑，调出来几首歌曲，把声音放得很大，然后打开那个色情网站，把一张性感女人的图片放大调为桌面背景。紧接着，我离开自己的写字桌，站在我的床上，后背紧靠着小窗户，盯着门上的小窗户，等待接下来的一切。尽管音乐的声音很大，可我还是听到了慌乱的脚步声。我一动不动地盯着那个小窗户，不一会儿，我妈的脸果然出现在了那块玻璃上。她瞪大眼睛惊恐地看着我的电脑屏幕，显得极为愤怒，但她并没有看见我。她左右来回看，四处寻找，终于发现了站在床上紧盯着她的我。她大惊失色，脸迅速从玻璃上撤下去，但她并没有打开门直接冲进来教训我，而是转身灰溜溜地走了。也许，她只想第一时间把这个重大发现告诉我爸，毕竟皇天不负有心人，这可是她坚持这么长时间最大的收获。我不知道我爸妈以后会怎么处理我，但我无所畏惧。我不光要挑起这种争端，还要回击他们。

今天一大早，张跃然来的时候并没有注意到我就坐在他的座位上，他像往常一样，头低垂着，整个人迷迷糊糊的。李瑾文因为这件事情非常难过，我却看不出他有什么变化。

"你怎么来了？"他问我。

"你应该清楚吧。"我说。

"我不知道。你直接说吧。"

"你前几天到底对李瑾文做了什么？"

"我就你知道你肯定是有事才来的，没事一次也不来。"

"你说！"

"李瑾文没和你说吗？那你是怎么知道的？"

他这是故意拖延，故意惹恼我。我两只手揪着他的领口，他瘦弱的身体随着我的手臂来回摇晃。他既没有畏惧，也没有做出任何肢体上的动作，只是淡淡地说：

"我把她的作业和书都撕了。"

"你有病吧！为什么？你跟她说什么了？"

"我说，她交了你这样的朋友我替她感到高兴，只是希望她跟你说说，能不能以后没事的时候，也来找我们聊聊天，别刻意躲着我们，别认识新的就丢开老的。"

"然后呢？其他的呢？完整的，我要听完整的！"

"她说，你找什么朋友是你自己的事情，她管不了。你为什么不找我们，让我们自己找找原因。"

"所以，你就把她的东西撕了？"

他的表情变得莫名的悲伤，只是淡淡地说了一句："抱歉，没想到你真的变了。"

我放开了他的衣领，说："我没变。"我想走，可刚一转身，发现我俩周围已经围满了人。李瑾文和刘睿看着我，表情很惊讶。我看着她们，不知道该怎么办。

四十六

　　我原以为经历了这件事后李瑾文和刘睿她们会真正地认同我,把我当作她们的好朋友。可我发现即使她们和我说话了,对我更谨慎了。她们不会骂我,不会用尖酸刻薄的话语讽刺我,只是尽力和我保持距离。李瑾文在我面前不像以前了,而是变得怯懦,变得游移不定,好像总是在担忧着什么,我们之间突然有了隔阂。她再也没有对我说她的秘密,再也没有说她对别的学生的看法,偶尔小心谨慎地看着我,像对待一个定时炸弹。有时候,我会无意间发现她在偷看我,我正要和她说话,她突然装作没什么,迅速走开了。

　　我想事情虽然没有变好,但至少也不算坏。很多事情我已经无能为力去改变,我唯一能做的就是摆脱和周丽君关系的畸形发展,但我的机会只有一次。我花了五十元给张涛买了两盒烟之后,他才在答应今天下午带我去他姑姑家。我厚着脸皮去了。这是我唯一一次能够真正了解她的机会。一旦脱离了学校,我们应该可以作为朋友吧……

　　"老师总是针对你,是吧?"张涛说。

　　"嗯,可能我之前给她留了不好的印象。我没老师想的那么糟。"

　　开饭前,我们只能在他的卧室随便聊聊天,周丽君的母亲对我还挺客气的。

　　"需要我帮你说说吗?"张涛问。

　　"不用了。"我回答。

　　"那你怎么做呢?"

　　这是我们第一次单独聊天,我和他也就见过几面。他懒散地躺在床上,头枕着手臂,完全没把我当外人。

　　"我也不知道,我尽量找机会吧,说不定她看到我和你是朋友,就会对我稍微好一点。"我回答。

　　"对了,她经常喝酒,有时候回来的时候总是带着酒味,我姑姑老是说她。"他继续说。

"她喜欢喝酒，是因为难过，还是其他原因？不要紧张，要勇敢一点，都已经厚着脸皮来了。"我在心里暗暗为自己打气。

"还需要我帮你什么吗？比如，一会儿帮你说几句好话，在吃饭的时候说说你的优点。"

"不用了，我自己想办法吧。"

"张跃然不经常和你去 KTV 吗？"他说。

"他都是带着女朋友去的，我、王浩、王骏都没有。"我继续说，"而且我也没有那么多钱。"

这是实话，零花钱有限，我还得攒钱买项链。

"唉，人多点好，平分的话还能承受，人均也就几十块钱，反正不会天天去，一个礼拜就去一次。除了最低消费，再买点瓜子，其他都要酒，可爽快了。张跃然挺能喝的，啤酒三五瓶，白酒也能喝多半瓶。他的对象也能喝，我比他们还是差点，我抽烟更花钱。"

"那你们真是挺爽的，我可一次也没去过，平时也就去网吧玩玩游戏。"

"你觉得张跃然怎么样？"

"还不错。"我说。

"他这个人其实你可能不太了解，别看他那么瘦，打架的时候他特别猛，而且脾气特别暴躁。"他说。

"是吗？"

"他经常和别的同学打架，有好几次，我都在。"

"我好像没见过他打架，没想到他居然还打架，有点……"

"不过，你别担心，他对兄弟好着呢，只要你是他兄弟，保证你不会被别人欺负。我自己其实特别佩服他，有胆量、有力气、重情义，我当时就是觉得他这个人真的好，才和他拜把子。他以前没少帮我，现在也对我很好。"

我们俩正聊着，突然传来了敲门的声音。

"你去开吧，是我姐。"他自信满满地对我说。

我把门轻轻地转动，然后一点点地拉开。她的脸一点点地浮现，

207

原本是带着喜悦的，但渐渐变得惊讶。她的长发零散地垂到胸前，半袖的领口只露出一小块胸脯。她的眼睫毛很长，栗色的眼睛冷冰冰的，鼻子很挺，脸上那些淡的色斑变得更明显。

"你就是张涛的朋友？"她站在门口，没有进来。

"我也没想到张涛的姐姐居然是周老师。"

是的，我要装作是个巧合。

"张涛，你最近好好学习没？"她望着躺在床上的张涛说。

"我好好学了。"他懒散地回答。

"今天你朋友来了，我就先不检查你的作业了。明天我还会来，你记得全都写完。"

"哦，知道了。你今天看也行。"

"开饭了，你俩出来吃饭吧。"

张涛一下子从床上直起腰来。

"我想我还是……"我说。

"吃吧，也给你准备了，你也没吃饭吧？"周丽君说。

我当然没吃饭，但我要假装推辞。

"哦，谢谢了。"

"张涛很少带朋友来家里。"她说。

张涛没有回应。我和她的关系在拉近，至少在她的心里应该是这样的，我不仅是她的学生，而且还是她弟弟的朋友，不，更确切地说，应该是变成了她弟弟……

桌上摆着腰果炒虾仁、干煸豆角、过油肉土豆片、素炒圆白菜、凉拌黄瓜。

"尝尝我做得怎么样？"阿姨说。我更想称呼她为大妈，她看起来五十多岁的样子，身材微胖，暗红色的短卷发，紧贴在较大的头颅上，头发的根部是密密的白色，脸上有许多黄褐斑。

"哦。"我故意客气地搛了豆角。其实，我特想吃那些亮晶晶的白虾仁，但它们太漂亮了，只有不多的几个。

"你和张涛什么时候认识的?"阿姨问我。

"半年前吧。"我说。

"你和他不是一个班吧?"

"不是一个班的,我比他高一级。"

我一定要礼貌认真地回答。吃了一会儿饭,我才意识到,当我一个外人参与他们晚餐的时候,他们根本不会谈一些隐私的问题,他们的问题始终围绕着我和张涛那浅薄的友谊。

"你学习怎么样?"

"我学习不太好。"

然后,再就是问我与学习有关的问题。我原本希望能听到一些关键的信息。

"他太谦虚了,他学习还挺不错,挺用心的。我是他的班主任。"周丽君说。

但他们只是不断地问我,我连单独和她相处的机会都没有。是的,在她心里,我成功地从一个学生变成了她弟弟的好朋友!这和我想的不太一样。

"哦,还挺巧的。不过,张涛成绩差。"

"妈,你别老问人家孩子的学习情况,他们可不爱听这个。"周丽君说。

孩子?我在她的心中仅仅是一个孩子吗?

灯光非常刺眼,而整个天花板越靠近边缘就越昏暗越模糊,她一边吃饭一边和我们开心地聊天。灯光投在她身上,头发阴影投在她的眼睛上,她的嘴唇微动着。我突然想起以前看到她忧伤的样子,她一杯接着一杯喝酒,头发乱糟糟的,凌乱中却有一种和谐……

我知道我还是喜欢她的,只是今天没有机会了。吃完饭已经七点了,我已经没有理由继续待在这儿了,除了见了她一面,我一无所获。阿姨和她不知道去哪里了,只留下我和张涛两个人。张涛坐在饭桌旁边,一句话也不说,不知道他以前是不是这样。

"我要走了。"我说。

"你的目标完成了吗？我看你好像什么也没做。"他说。

"还好吧，已经没机会了。"

"不，她们这时候肯定在楼下的长椅上聊天，你等她们聊完天再说说。"

"她们不在家里聊吗？"

"今天你来了，她们肯定出去说了。即便你不在，她们也在外面说，说完她就直接走了，不会上来。"张涛说完起身去了自己的卧室。

"哦，谢谢，那我先走了，一会儿就不上来了。"我说。

七点多了，夏天的夜来得晚一些，我得赶快走了。我从五楼往下走，楼梯里没有灯光，旋转的楼梯不停地向着内部中心点延伸，从近处明亮的清晰的楼梯延伸到黑暗的模糊的部分，只有我的脚步声回响。但我对这里不太熟悉，我要小声一点，以免被她们发现。

天色更暗了，她们在哪呢？

小区里的路灯还没有亮，我的眼睛有些看不清楚，我小心翼翼地走着，竖着耳朵搜寻一切声音。如果谈一些比较私密的话题，她们一定会找个隐蔽的地方。整个小区很大，却很安静。

"张涛妈说张涛下半年就要住校了，你回来住吧。"我听到了阿姨的声音。

"不了，我一个人在外面租房住挺好的。"周丽君说。

"好什么呀，你还得多花一份钱。"阿姨停顿了一会儿说，"算了，你不回来住也行，那你少喝点酒吧。听我的，找了他吧。"

"妈，我真的不太想嫁给他。"

"你看看你都多大了，二十九了，马上就三十岁了，你还不着急吗？况且，人家真的挺合适的，年龄比你大点，而且……"

"妈，你别说了，我不想。"

"你为啥不想？人家条件好，又是教务处主任，工作挺稳定的，收入也足够了，你嫌弃人家挣得少吗？他现在这么年轻就当了主任，前途多好啊！"

"妈，不是钱的问题，也不是前途的问题……"

"那是什么？"阿姨的声音突然变大。

"他长得丑，没有幽默感，还不懂浪漫，我可不想以后和这样的人过一辈子。"

"你都多大了，怎么说话还像个小孩子？你还嫌人家，现在已经轮不到你嫌弃了。听妈的，妈是过来人，你说的那些都没有用，他这样的才能踏踏实实过日子。岁月不饶人啊！越往后越难找，好的越来越少了。"

"那就不找了。不过，我可不觉得我年龄大，我现在正是年轻漂亮的时候，不着急。"

"净瞎说，我跟你说，女人还是早点结婚好，过了三十岁就成老女孩了，这在以前是要被笑话的。"

"目前我还没有发现合适的。"

"要不然你报个相亲社团吧？"

"不了，我再找找。"

小区里的路灯亮了。

"你找找？找个什么样的？像以前刚当大学老师的时候，找一个大学生，然后再丢了工作吗？那种丢人的事儿还要再发生吗？你这个人怎么就不悔改呢？"

"妈妈，你怎么能这样说自己的女儿呢！我和他有什么错，丢什么人？"

"有什么错，难道你不清楚吗？和一个比自己小七八岁的学生谈恋爱，被学校开除了，这个错你不会还没有认清吧？都是快三十岁的人了，丽君，你要是再让这种事儿发生，你就一辈子别回来见我了！"

她们突然陷入了沉默，周围静得瘆人。

"算了，我毕竟只有你一个女儿，你不回来又能去哪儿，以后我也不管你了，对象的事儿你自己看着办吧……"

阿姨的声音突然哽咽了，她起身擦了擦眼睛，迈着沉重的步子，上楼回家了。天黑得连月亮都不肯定出来，我探出半个身子，看见她孤零零地坐在长椅上。她的头顶是一盏同样孤独的路灯，有许多蚊子盘旋在灯光周围。她垂着头，弓着腰，两只手自然放在长椅两侧。周围安静得让人窒息，我在黑暗处一动不动地眺望着她。

不一会儿，她起身走了。我没有跟去，只是呆呆地站在隐蔽的地方继续回想她们的对话。谁知过了一会儿，她竟然又回来了。

我勇敢地走过去，只想坐在她旁边和她一起品尝痛苦。

一步、两步、三步……她忽然抬起头看着我，红红的眼睛大而明亮，像一颗泡在纯净水中的水晶，眼眶和两颊的眼泪在灯光下闪闪发光。在灯光下，她的鼻子、嘴唇、脸颊周围的阴影更加明显，乌黑的头发巧妙地与周围的黑夜相呼应，她的脸显得更瘦削更立体了，也更憔悴了。

"你要回家吗？"她问我的时候似乎想要看清楚我，但在看清楚我后，又把身子支起来向后靠在长椅的椅背上，只露出半个侧脸。

"嗯。"我回答。

她似乎不想再说什么了，可我不想就这么离开。

"我刚刚下来，周围景色不错，刚刚转了转。没想到周老师你在这儿。"我故意掩饰自己偷窥的行为。

"嗯。"她说。

我就站在距离长椅不到两米的地方，既不往前走，也不想往后退，只是安静地站着，她也不说什么。她忽然从包里拿出来一罐啤酒，刺的一声打开啤酒，很随意地把铝片扔在地上，开始肆无忌惮地喝起来，根本就没有理我……

"可以给我一罐吗？"

我不想再叫她周老师了。

"你还是个学生，是个未成年人，我不建议你……算了。"

她从包里又掏出一罐啤酒给我，我鼓起所有勇气向前走了几步，从她的手上接过酒，坐在她的旁边，打开啤酒喝了一口。我很少喝酒，说实话，那酒还是有点儿苦。

我俩并排坐着，谁也不看谁一眼，一句话也不说，只是一股脑地喝着。最初酒有点苦涩,到后来就觉得味儿一般,我一连喝了三罐。我多么希望自己能喝醉一次,哪怕只有我一个人,让我喝醉一次,让我能够真正休息一下,不再胡思乱想……酒喝光了。

"再给我一罐吧。"

我感觉自己有点兴奋,脑袋有点沉,但我还是能够清楚地看见她拿着一瓶酒在喝,那好像不是啤酒。

"没了。"

她没看我一眼。

"你喜欢当老师吗?"我说。

"我不喜欢,太麻烦了!我每天看见你们就烦,你们就是苍蝇,我恨不得用拍子全部拍死。"

她的声音突然变得很大,然后用脚把那个易拉罐踢得很远。

"我也想把我们全都打死……"

和她这样说话的时候,并没有恋爱的感觉,因为她坐在我的侧面,我无法看她的脸,只是听着她因愤怒变得有点粗重和刺耳的声音。她并非像电视剧中的女主人公那样,把酒倒在酒杯里,一小口一小口地抿,而是举起瓶子,仰起头直往喉咙里灌,酒进入喉咙的声音也并不美妙。

"而且这份工作不是我想做的,太琐碎了,太没水平了!我一个博士生为什么要做这么没水平的工作?它和大学老师的工作差太多了!"

我选择闭上了眼睛,只是静静地感受酒精的作用。在夏夜的凉风中,风吹散了热量,吹散了酒精的气味,可是沉默和痛苦在风中凝结后坠入心中的某一个角落,隐隐作痛。是酒精带来了痛苦,还是酒精让我发现了伤口呢?

"那你怎么不干了?"

我们之间的问答总是会隔长时间。

"就因为和学生谈恋爱这种小事被开除了。在公司的话,我原本以为靠自己的能力能成功,可他们仅仅给我一个普通的职位,也就是

213

当个花瓶去应付酒摊子。"她继续说，"应酬和应付领导更麻烦！"她说这话的时候把我吓了一跳，显然此刻她把我没有当成她的学生。感谢酒精让她回到我最初见到她的状态，我多么希望这一刻就是永恒，如果人能选择自己死亡的时刻，就让我在这一刻死去吧，让时间也在这一刻停止吧，无论以往有多……但只要现在这一刻，就足够了。

"你怎么干什么都嫌麻烦？"我说。

这一点，我和她多么相似啊！

"本来就烦。"她说。

"上学也烦。"我发牢骚。

"嗯，上学也烦，活着就烦死了！"

我们之间沉默远远多于对话，对话时断时续，简简单单的。有时候，她喃喃自语，好像并不需要我回答，但我能够感到她说话时口中吐出来的热气，对，带着酒精的气味。酒精在催化我们之间共鸣，在模糊我们之间的界限……

她又一次靠在长椅上了，两臂展开，头向后仰。她的玻璃酒瓶突然掉在地上了，声音很清脆，打破了我俩的沉默。

她说："我当老师的时候，看见你就有点眼熟。"

我说："是吗？"

"可能是，你是第一个被我叫到办公室的学生吧。"她笑着继续说，"走吧，我送你回家，不然你喝了啤酒，又这么晚才回去，你爸妈又要说你。"

她站了起来，身体并没有摇晃，看着我，眼神迷离，仿佛捕捉不到我的具体位置。

"不用你送我，我自己能回去。还是我送你吧，我看你喝了这么多酒，还有白酒。"

我也站起来了。我很沉醉于现在的感受，她背后的路灯太过刺眼了，我睁不开眼睛。

"你送我？不用，我很清醒。"

"对了，我读完《少年维特的烦恼》了，你说绿蒂喜欢维特吗？"

她正要出大门送我，我真诚地问道。

"当然。"她回答我。

"可如果绿蒂知道维特自杀会后悔吗？如果再给一次机会，她还会拒绝吗？"

"绿蒂已经结婚了，她永远都不会接受他。有很多东西是无法改变的，不是所有困难都能被克服的，就比如我和……"她似乎说了一个名字，可酒精让我的大脑有点混沌，我没有听清楚，或者她根本没有说，只是我的幻觉。

"难道……"

"你喝醉了，我们以后再交流这本书。"她直接打断了我。

"哦。"

我一点也不想回去。回去的话，即便我爸妈不说我，我也不能像往常一样在我的卧室里学习。我还想喝更多的啤酒，夏天很清凉，酒劲儿很快就消失了。

我俩一起走到小区门口就要分开了。这是第一次，我和她像平等的朋友一样坐在一起喝酒、交流，这可比上语文课有趣多了。是啊，我现在为了她的项链已经连上网都不去了，我想找别人借一点，这个学期就要结束了，我希望在这之前送给她。等以后，我还要买很多酒，不光有啤酒，还要有白酒。

她说："你一定要帮我劝劝张涛，让他好好学习，他是不是还抽烟？"

我回答："应该不抽，我尽量劝劝他吧。"

她打出租车走了，我选择走回去。路过养猫的旧房子时，我反复祈祷：保佑她工作顺利吧，保佑她也少点烦恼吧……

据说猫是通灵的，即便语言不通，它们也会知道我的愿望吧？我天天喂它们，让它们满足一个愿望不过分吧？以前的什么考试顺利，什么多给我点零花钱，统统作废吧。如果只能满足一个愿望的话，就这一个吧。

| 215

四十七

她那些在别人看来无聊的举动，在我看来都充满意义，她都是做给我一个人看的。即使坐在对面很远的地方看着她吃饭，也好像她就在我旁边一样，她所有的行为我都铭刻于心。

有时候，我甚至觉得自己疯了，精神错乱了。当我在上语文课的时候，总想和她讨论《泡沫之夏》的结局，只因为我前一晚上梦到了我们一起坐在客厅看《泡沫之夏》。当她无意扫过班上每一个同学的时候，我会突然低下头，其实她只是例行公事的关注。她越是看我，我就越是紧张，总怀疑那是不是梦，那是真的吧？它是真发生了吗？但是当我从她的眼神中只发现好奇时，就觉得她和我做了相同的梦。可有时候我又会从那种熟悉的感觉中突然抽离出来，觉得她仍然是那么神秘陌生，根本不像我认识的那个她。

我觉得我们的关系应该在上一次去了她家之后发展得更快，可并非如此，她仍然对我不温不火，有时甚至刻意疏远我。每当我希望我们的聊天不仅仅限于师生关系时，她要么选择沉默，要么故意把话题拉到一个正常的位置，诚恳地劝我把心思多放在学习上。

可她现在居然和黄峰明目张胆地在天桥上聊天，我潜伏在天桥一端的拐角处，他们的身子靠在栏杆上，眼睛直视着校园中心的柳树。

"从这次的考试成绩来看，你们班的学生已经进步了一些，很不错。"黄峰说。

现在已经上课，周围没什么人，我决定逃一节课。

"我们年级组的计划正一点点实施，他们今年高二，马上就高三了，你不能只看班级成绩排名，因为这些训练又不是给你们班准备的特训，每个班都有的。现在，每个班都在进步，你们班进步的速度只要不落后就已经很好了。"黄峰一口气说了很多，声音也越来越大。

"不行，还不太够。"周丽君说。

"不！周丽君，你已经做得很好了，班级序号又不是随便排的，既然是后面的班，那肯定是要比前面的班级差一些的，你只是管理一下而已，学不学还在于他们。况且他们脑子也笨，我以前也教过那些学生，真的差！因为你没教过火箭班，你不知道有多么轻松，完全不需要管，他们一个个又努力又聪明。当然，比较麻烦的就是，他们去办公室问个没完，这可能有点累。"

他们谈的只是工作上的事情。我觉得他说得对，成绩高低和老师真的没有太大的关系，起码对于我们这些差班的学生，是这样的。

"是吗？我不知道，要是照你说的，那是大学老师了。"她说。

"问题不在你，在他们。别说这些了，周丽君，我们周末吃饭是不是太单调了，我们也可以去看看电影，怎么样？哦，最近好像有一部电影口碑挺好的，我已经买好票了。你这个月挺忙的，也该放松一下了。"

放下了教务处主任架子的黄峰，声音虽然有点粗重，但态度温和而诚恳。我惊奇地发现平时威严不可一世的主任，居然还有这么柔情的一面。

"好吧。"周丽君看着那些随着微风而轻轻摆动的柳枝说。

"是吗？那就这么定了，你可不能再反悔了，就这周星期六，下午三点。"他笑了，白胖的脸上挤出无数细纹。

我该怎么办呢？像上一次一样直接打断吗？可她的心意已经改变了，我从中作梗她会讨厌我吗？

她陪着黄峰朝着天桥的另一端走了，只留给我一个熟悉的背影，慢慢地变得模糊，仿佛永远也不会再次变得清晰起来。

人总是会变的，她亦如此。

"你在干什么吗？站在那儿别动，把手机拿过来！"黄峰喊了一声。

我看到王骏在天桥的那边站着。完了！他被黄峰逮住了。

他们三个人步子缓慢地朝办公室走去，我悄悄跟在后面。一个学生拿着手机在楼道里晃荡，要在平时这不算什么大事，最多被老师批评几句。但问题是，王骏的手机里有很多秘密内容，要是被他们发现了，那就完了！

一切还有转机，只要他撒个谎，老师是不会特地检查手机里面内容的，最多就没收一段时间，到了学期末就还给他。

可是他们三个人不知道为什么，竟然没有去周丽君所在的办公室，而是去了教务处主任单独的办公室。我站在门外想听听发生了什么。

"你就是王骏吧？"黄峰说。

"他就是我们班的。"周丽君说。

"你拿着手机干什么呢？"黄峰说。

"没做什么。"王骏说。

"没做什么？拿出来我看看。"

"真的没做什么。"

"拿出来，快拿出来！"

他千万不能把手机交出去，哪怕直接从窗户扔出去也行啊。

过了一会儿，黄峰说："这些视频和照片是干什么的？"

"没什么。"

完了，彻底完了！

"你怎么会想起来干这种事情呢？王骏。"周丽君说。

"算了，你别管了，我亲自跟他说吧。"黄峰说。

他这是要紧攥拳头直接揍王骏吗？

"还有没有别的了？就手机上这点吗？还有人和你一起做吗？"

"没了，就我一个人，就这点。"

他为什么不想想别的借口呢？难道就没有别的理由说这些材料是闹着玩的吗？比如，说自己有这种癖好，自己喜欢摄影，喜欢看老师折磨学生……总之，随便说点也比默认强啊！

"王骏，你们周老师对你真是非常担心，而且，你爸妈也因为你的成绩特地跑来几趟。你以前成绩一直很好，现在却越来越倒退，周老师也是天天和我说你的事情，不知道你为什么就是不学。你现在非但不学习，反而干起这种事情！你以为拍了一段视频，照了几张照片，就能让我们倒霉丢了工作吗？"

"你们这些学生也真是厉害，打架斗殴、抽烟喝酒、逃课旷课都是平常事，没想到你们还想举报学校和老师！我之前听过学生打老师的，还有家长来了和老师打架的，像你这样直接举报老师，厉害！你这点心思，怎么不能用在学习上呢？"黄峰像机关枪一样说了一长串，而王骏一直沉默着。

"这样吧，我们也不会特地为难你，只要你愿意把其他的内容全都上交，说出还有谁，并且保证以后再也不这样做了，这件事情咱就当作什么也没有发生。以后像你这样的学生，不管学习有多差，我们都不会再管了，怎么样？"

王骏依然不说话。

"如果你敬酒不吃吃罚酒，首先我估计你的学业得暂时停止，直到你把所有的图片和视频全都交给我们，并且保证再也不做这样的事情，才能继续来学校上课。"

"我们老师一天到晚为了你们的考大学的事情着想，你们一天到晚想着报复老师，真是可悲啊！"

"你好好想想吧，这对你有什么好处？王骏，你说你举报也没用，最后连书都念不了，去社会上连打工都做不了，就这么耽误了自己的前途吗？"

"而且你自己不想来上学，没人逼你，你完全可以不来学校，你干吗非要举报学校呢？我告诉你，举报学校倒霉的是学生，别的学校的学生已经比你们优秀了，你用举报来打乱正常的教学秩序，然后让所有学生受影响，你想过吗？"

"真的没了，就这点，我才刚开始。"王骏终于说话了。

"你这个人不说实话！是说实话，还是叫你爸妈把你领回去，想清楚了再来吧。"

为什么黄峰就不相信只有王骏一个人做呢？而且他似乎很确信还有其他人。

"要我向你们低头，绝对不可能！老子就是再也不念书了，也要让你们这群狗屎遭殃！"王骏突然声嘶力竭地骂道。他的胆子怎么这么大了！

"你要觉得能让我们遭殃,你就举报,但你别想在这里念书了。"黄峰的声音很平和。

"放开!"王骏说,里面似乎发生了其他事情。

"你小子力气还挺大!周丽君快来帮我一下。"黄峰继续说,"别咬我!"

我只能听到一些轻微的碰撞声,里面不会打起来了吧?门仍然紧紧地关着。

"你别跑!"

一阵急促的脚步声越来越大,他打开门,看见了我,愣了一下,快速跑开。我紧跟在他后面。他快速下了楼梯,像野马一样向操场狂奔而去。等我气喘吁吁地跑到他身边,他正坐在操场跑道中间的沙草地上,大口大口地喘气。

"你一直在听吗?"他问我。

"嗯……"

我俩的声音都有点颤抖,中间还不停地喘气。

"我总觉得我被举报了。"他看着我说。

"为什么?"我问他。

"因为老师仅凭我在拐角就断定我在偷听,我骗他说只有我一个人,他也不信。"

"其实,我刚才听到了,老师认为你在举报他们,但我真的没举报你。"

"算了,那些不重要了。我把手机抢回来了。"他手掌里的手机的屏幕上有很多划痕,手机的四个角因磨损有点掉色了。他迅速把内存卡拆了下来,交给我。

"我已经不能再带着它了,但我们的计划决不能失败,这里面还有我新收集的一些内容。"他盯着我说。

"你后来又收集了什么?"他警觉地朝周围看看,发现没有任何人,老师也没有追出来,压低声音说,"我的收获非常大,那次找张涛的时候,我听说周丽君和一个人谈恋爱,我当时就觉得这是一个非常好的点，即便不举报到教育局，举报到学校也可以让他们丢掉工作！"

他其实偷听了我们当时的谈话内容。

"你难道就是为了让他们丢掉工作吗？他们倒霉对我们有什么好处？"

"他们每天那样对我们，我们凭什么不让他们吃点苦头？我还发现，他们每周都会在407开会开会，时间不定，专门讨论怎么管理学生，然后制订一个个计划。"

"你怎么会发现这么多？"

"这都是一直跟着那个教务处主任才发现的，我尽可能地录音了。"他看起来扬扬得意，眼睛弯曲成一条缝，脸上的手掌印红色中带着淡紫色。

他继续说："我跟你说，那个周丽君最坏，她平时看起来积极向上，私底下却和那个恶心的教务处主任谈恋爱。你之前还说我不够了解她，现在我了解了这么多，够了吗？"

"你其实还是……"我犹豫着却又说不出口。

"还是什么？你喜欢那个三十岁的女人吗？我知道你早就叛变了，从她来了以后，你就不怎么关心这件事情了。"

"我怎么不关心了？"

"你花的时间越来越少，成绩提上去后，干脆不来找我们了。"

"王骏，你为什么这么执着呢？天底下像他们这样的老师多的去了，你能举报完吗？你花费这么多时间，甚至不顾被开除的危险也要举报，你是不是太偏激了？你口口声声说举报是为了我们，可现在一心想让他们倒霉，我觉得你这不是举报，而是恶意报复！"

"对，你说得对，是恶意报复！我告诉你吧，我本来是要学习画画的，可是我爸妈开出条件，如果我的成绩能提升，他们就同意我学画画。结果我努力以后，成绩提升上去了，我爸妈却和那个王建国老师又商量了一番，无论如何也不让我学画画了。他们既然言而无信，我一定让他们一无所获。我放弃学习文化课，想让我爸妈的计划落空！我举报老师，想让那些老师倒霉！"

震撼两个字不能形容我此刻的感觉了。为什么堕落者如此相似，成功者却那么与众不同呢？

"王骏，你干吗要这样做呢？你还有别的办法。"

"对啊，可是我爸妈一再逼我，来找老师问原因，他们就是始终不提画画的事情，太恶心了！"

"王骏，我觉得你也许被遮蔽了……"

"被遮蔽的是你自己。"

"你难道不记得老师和父母对你的好了吗？"

"请不要玷污'好'这个字，他们能有多好，能好到什么程度？那些肮脏的仍然肮脏，并且永远肮脏！"

他瞪着眼睛看着我，那样子有点恐怖，我欲言又止。

"你是我最信任的人，没想到你最后也这样……"他停了一下说，"你质疑我们做的事情，居然还反过来劝我……这个卡我带回去也没有用了，我把它交给你，你自己做决定吧……"他说完低下着，看着地面想了一会儿，接着猛然站起来，朝着校园周围的栅栏跑去，最后翻过栅栏逃走了。

我不知道该怎么做，广阔的操场没有任何动静，强烈而灼热的阳光不放过任何一个角落，让一切都变得干燥。

四十八

"王骏他去哪儿了？怎么两天了人都不在。"王浩问我。

"我不太清楚……"我回答。

"你没骗我？"

"真的。"

"你肯定知道，你只是不告诉我。你俩以前好像总是悄悄说些什么，不告诉兄弟。"

"我……"

王浩不等我解释就走了，张跃然自从上次的事发生以后和我再也没有说话，他们彻底和我决裂了。王骏今天又没来上课，自从他那天下午逃走以后，他的座位就一直空着，书包和书本仍然放在那儿。我用我爸妈的手机给他发了个短信，他也没有回我。我去网吧查了他的账号，发现最近也没有登录过。他现在怎么样了？他和父母是不是也闹僵了？对于他的消失，除了王浩和张跃然，不管是老师还是其他同学，再也没有人过问。人们用忙碌抹杀着对他寥少的记忆。

难道我要在这冷漠的教室背叛他吗？想起他穿着那双旧鞋专心画画的样子，他和我一起交流和准备材料时严谨认真的样子，他向我说快要成功时那兴奋的样子，他落寞而孤独地翻过围栏的样子，我又怎么忍心背叛他？怎么忍心毁掉他为此牺牲一切搜集到的材料？

可是我连自己都保全不了，谈什么继续举报。教务处主任始终认为王骏有同党，还有别的材料，他们通过学校的监控录像一查就知。我怎么办呢？撒谎，咬定不认，还是直接把所有材料交出来换个安心？要是不交，我能经受得住教务处主任的要挟吗？他一定会告诉我爸妈，那样的话，我和周丽君……

"你在担心些什么？"李瑾文问我。我差点忘了，李瑾文就坐在我旁边，她看出我的心思了吗？

"没什么。"我回答。

"你怎么脸色这么难看，是在担心王骏吗？他前天就不在，今天也没来。"

她怎么会关注这些！

"嗯……"

"而且老师好像也没有说他为什么不来，你知道他怎么了吗？"

"不知道，我不太清楚，我觉得他肯定没事的……不过，还是有点担心……"我不知道该怎么回答。

她不说话了，我也不想和她说话。

她继续说："我们小区现在又来了一只猫，也是黄色的。"

"是吗？"

"但明显不是原来那只。"

223

"哦。"

她看我心不在焉，不再说话了。

我想缓和一下自己造成的尴尬气氛，说："那只猫回来了是吗？"

"没有，对不起……"她的声音突然变得很小，"我自己心情太差了，该道歉的是我……其实，我想告诉你，王骏不在了，是因为我把他的事情告诉老师了……"

"什么！什么事情？你把什么事情告诉老师了？"

"我把你们举报的事情告诉老师了，但我只告诉老师他在做这事，没说你……"

"什么时候告诉老师的？你怎么知道的？你为什么要这么做？"

"就在张跃然撕了我的书和作业的第二天早上，我只是不希望你再和他们来往了。王骏、张跃然一天到晚自己不学习也就算了，还污蔑老师，而且影响你的成绩。举报的事儿，你是被迫接受的，对吧？"

"不，李瑾文，那是我们一起做的，只我们两个人，我是自愿的……"

"我是无意发现的，你们有一次说老师的坏话说出了'举报'两个字，但我不知道你们进行到什么程度了，我就告诉老师了。"

"是你……李瑾文，居然是你举报了我们？"

"对不起……真的对不起……"

"你知道这对我俩意味着什么吗？"

"对不起……"

"李瑾文，你真的太过分，太过分了……我不想再和你说话了，和你相处真的太可怕了，太可怕了……"

啊……居然是她！花一样纯真的女孩，却是那么……

"周老师让你去402。"王浩说。他站在我面前，表情严肃，我知道他刚从402回来。

"嗯，我知道了。"我说。

躲不开的终于还来了，402就是年级组主任的办公室。我站了起来，我知道我即将要面对什么。老师估计已经知道了，我该怎么说呢？他俩明目张胆地站在我面前刺激我，让我全都说出来吗？让我在她心中一点点建立的形象顷刻间坍塌吗？我既然不能让她摆脱他，也不能表白我的心意，为什么连一个正常的形象都难以维持呢？

　　她会怎么看我？如果说王骏在她眼里是个坏透的学生，那我也许就是两面三刀的人吧，比王骏更恶心……

　　我眼前402的两扇门紧紧地闭着，中间有一条缝，透出强烈的光线。我轻轻一推，一条缝渐渐地变宽，光线变得更加刺眼，一点一点地增加，所有的事物全都变得模糊，但很快，那些光线带来的晕眩渐渐消失了，一切又变得清晰起来。

　　两扇窗户透着阳光，在他的办公桌旁坐着一个女人——周丽君，没有别人。她在看着我，我也在看着她，她仿佛等了我好久。我很庆幸黄峰不在，我知道我该怎么做了……

　　"把门关上。"她面无表情地和我说。

　　我转身把门关上后，又一次站在距离她一米的地方，两只条腿紧紧并在一起，两条手臂自然垂在两边，一切都像往常一样，一切都已经准备就绪。

　　"你自己说吧。"

　　她盯着我，眼珠子都不转一下，嘴唇只是轻微动了一下。

　　"我……"

　　"今天谁都不在，也没有谁打扰，你就直接说吧。"她继续说，"我想知道你为什么要这么做？你俩是怎么想到的？我想听你解释，我还是相信你的，我想先听你说完再判断，你们最少做了一个月了，快说吧。"

　　我需要勇气。

　　"老师会原谅你们的一切错误，无论你们做什么，只要你们愿意悔改。从最开始见到你，罚你站，你成绩倒数，到月考大步前进，再到现在你站在这里，我总是觉得好像在哪见过你，所以我特别关注你。现在，这里没有别人，我完全可以这样说，我对你很偏心，那次骂了你，我也觉得自己太过分了。你呢？你的真实想法呢？"

我不知道该如何开口，但她似乎很有耐心地看着我，只是等着我开口。

我沉默了很久。

"周老师，你说维特到底在烦恼些什么呢？"我看着她问。

她没有回答我，只是冷冷地盯着我。

"谢谢周老师，我很喜欢这本书，但它的缺点就是没有给人指出解决烦恼的办法……"

"别说这些没用的。"

"周丽君，其实我们早就见过，我们当时在那个餐厅就见过。你每天中午在那儿吃饭，我在那儿的医院住院，你每天都坐在那个后面有一片背景墙的地方，我就坐在你的对面看着你。在医院的那几天，我每天中午等着你出现，什么都不为，就是为了偷偷地看你一眼，甚至我在……"

她的表情先是惊讶，但只是一瞬间，很快又变得冷静。

"请不要说与这件事无关的事情。"她果断地打断了我。

"我了解你，周丽君，我看见你天天喝酒，我看见你工作的环境，我看见你写辞职信时候的眼泪。周丽君，你以为那些都只是你一个人的痛苦，不，其实不是那样的，我也知道，我也感受着。你喜欢看《少年维特的烦恼》，但你把那本书丢在餐厅，我到现在还拿着它。周丽君，自从你来这个学校后，我也在关心你，我拼命地想要了解你更多，想要接近你。我知道，你每天中午都会在操场上散步，都会在长椅上坐一会儿。我每天中午不是为了学习，仅仅是为了陪着你。我好不容易找到了你的弟弟，假装成他的朋友，也是为了接近你。我们一起喝酒，难道你忘了吗？周丽君……"

"周丽君，黄峰主任根本不适合你，你根本就不喜欢他，拒绝他吧！"

"我……喜欢的是……我喜欢的是……"

啪！

我的语速越来越快，当我的情绪渐渐接近高潮时，却被一个响亮的巴掌打断了。我幻想过无数次和她牵手、拥抱、接吻，可我还是没有想到，我们的第一次亲密接触居然是这个颇有力度的巴掌，带着她的香味、她的温情、她的愤怒……多么短暂！求求你了，再打我一次吧，周丽君，再打我一次吧，如果这就是你的爱，那就让我再感受一次吧！太短暂了，疼痛感持续得长一些，有什么好害怕的呢？疼痛感都是一样的，但是蕴含的情感不同……

当我抬起头的时候，她愤怒地看着我，眼睛瞪得很大，布满了血丝，我的眼泪止不住地向外涌……眼泪混合着强烈的阳光，让一切再次变得模糊，如同水晶一般模糊的色调却异常明亮，闪烁着童话般的美好。

"我问你的问题呢？不要说这些没用的！"

我擦了擦眼泪，转身离开。就在那一刻，我借钱买的项链掉在了地上，我来不及捡，打开门准备冲出去，却发现十几个陌生的学生站在门口，一脸惊恐地看着我，就像看见了什么邪物一样，匆匆逃散。只有刘睿从奔走的人流中朝我走过来，她白皙的额头很大，显示出一种灰色。

"李瑾文已经走了，她喜欢你，却担心谈恋爱会影响成绩，还特意跑过来问我这个同样没有经验的人。她虽然举报了你，可她对你心怀愧疚。因为张跃然欺负了她，她当时正在气头上，我就怂恿她举报你们。"

她说这话的时候平静中带有一丝失落。

"不过，现在也没什么用了，我只是告诉你，李瑾文喜欢你。"

我听她说完话，看了她一眼就走了。

四十九

爱情绝对不仅仅包括已经发生的事情，它同样也包括感觉、回忆、想象。

我起初爱她，只是因为她独特的气质。那么，后来见不到她的时候，我为什么还是会想她呢？自从见到她以后，她就变成了我脑海中的一部分。如果她消失了，关于她的这部分难道会消失吗？不。

　　从始至终，都是我单相思。虽然我只是一个人在不停地想象，但这种感情是真的，绝对没有半点虚假。这就像阳光，我虽然捕捉不到它，但我可以感觉到它。难道因为什么也没有发生就去否认这种情愫吗？难道因为触碰不到阳光就说它不存在吗？不，绝对不是这样的！我的感情是充沛的、鲜活的，尽管环境死气沉沉，尽管我被拒绝了。然而，这种感情就像大海，有时汹涌澎湃，有时又不得不平静如初。

　　我们没有牵手、拥抱、亲吻，甚至没有说过几句贴心话。但一切似乎都进行过了，我不知道我对她说了多少情话，我们的手了解彼此手掌的温度，我们的胸脯从来也没有分开过……

　　即便是想象带来的悲伤、痛苦、兴奋，那也同样是悲伤、痛苦、兴奋啊！而且，在想象之中，我可以把任何希望发生的事情都加进去，把不想要的剔除掉。爱情，它究竟是什么样子呢？在想象中，它可以任由我填充；可到了现实生活中，它为什么只能惨淡地失败呢？

　　酒精让我的大脑活无比活跃，却让我无法清楚地思考出任何结果。大脑只是毫无意义地运作着，但我分明在昏沉与迷醉中感受了因为剧烈痛苦的释放而产生的快感……

　　这个餐厅晚上比白天更漂亮，天花板上暗黄色的水晶灯摇曳着，昏暗的灯光不断地散射开来，周围形成一圈模糊的光晕，光晕在暗的白墙壁、玻璃杯、窗户上漾开。无数交错的光线如同一棵枝叶茂密的大树，在有限的空间中形成一张立体的密网，把所有面孔、酒杯、桌椅都连接在一起。窗外，绚丽迷幻的灯光不断变幻着，不断流动着……

　　她又一次坐在了那个熟悉的地方，左手托着下巴，右手握着酒杯。透明的液体随着手的轻晃，不时闪烁着暗黄色的光。那个角落仅有的光线可怜地映在她的眼睛里，她的眼睛因沉醉而显得迷离、无神。我的脑中闪过无数关于她的画面：她拿着酒杯的样子，她哭泣着写辞职信的样子，她看书的样子，她认真讲课的样子……

前天，我喝了太多的酒。我暂时得待在家里了。不，后来我也没有去学校。我没脸去。我已经没有勇气再见周丽君了。王浩、张跃然他们也没有主动找我一次。王骏杳无音信。李瑾文，我又怎么好意思见她呢？她怎么会喜欢我这样差劲的人，简直莫名其妙！现在所有的事情都失败了，而且失败得很彻底，一点挽回的余地都没有……

这件事情一定在学校传开了。那十几个学生一传十，十传百，说不定现在整个学校的老师都知道这件事情了——一个高中生喜欢他的老师，还被狠狠拒绝了。也许，周丽君和教务处主任恋爱的事情也被学校的人知道了，他们应该也不好受。我肯定是回不去了，我回去还能干什么呢？关于举报的事情，我没有交代清楚，材料还在那个养猫的旧房子里。

我爸妈都太吃惊了。他们原以为我的冷漠是一种投入学习的表现，可事实上，我……现在，他们甚至都懒得和我说话了。或许，他们认为我的问题已经不再是简单的学习问题了。他们终于发现，我不再是他们所了解的那个孩子……

有时候，我觉得自己对不起父母，他们和天下所有的父母一样，只是希望自己的孩子足够优秀，以后能够幸福生活。可我偏偏不是普通的学生，我是一个差生，难以用成绩成全他们的期望。

也许，我现在最应该做的，就是思考到底怎么做才能真正得到我想要的生活。如果我把全部材料上交，那么，我一定能够重新回到学校，周丽君和我再变成单纯的师生关系，张跃然、王浩他们最多冷落我，王骏看不起我，李瑾文会对我很失望，可至少我还能毕业。这些难道还不够吗？如果我继续像这样待在家里，和我以前期望的那样远离学校，又会怎么样呢？我的人生会结束吗？

我已经不需要早起了，起床对于我没有任何意义。我可以一直躺在床上睡觉，永远都不醒来。我经常做梦。有时候，我会梦到和张跃然、王浩他们一起去上网，玩了一个通宵；有时候，我会梦到自己像幽魂一样活着，在整个城市飘荡，想和同学、老师说几句话，可他们只是看着我，露出惊恐的表情。

如今仔细回想，在举报这件事上，我和王骏根本就没有共同的目标。他偏激、固执，只是为了报复而报复，而我只是想改变自己的生活。有时候，我又觉得我不能怨他……

我爸妈白天都去工作了，我终于达到了我梦寐以求的状态——我不需要学习，只做自己想做的事情。我终于可以光明正大地打开那些图片看个痛快，可以不慌不忙地看偶像剧，可以吃任何想吃的零食，只要我愿意。真是完美的状态！天啊！真的吗？真的！太棒了！

我立刻打开电视，换到京剧频道，把声音调到最大，然后跑回自己的卧室，把电脑也打开，再把网站的图片一张张点开，放到最大，一边听着客厅里传来京剧的声音，一边仔仔细细地看那些图片。可那些暴露的肉体，为什么让我感到恶心？我买了一大堆零食，然后把它们全部打开，放在桌子和沙发上。我平躺在沙发旁的地面上，吃一口零食，觉得难吃就扔掉。但每一种零食似乎都很难吃，我不断地扔掉。客厅里传来的声音变得越来越难听……不知道为什么，我的眼泪掉下来了，一滴一滴……

只有一件事能让我感觉到自己还有存在价值。我立刻出去，把王骏和我收集的材料，从那个旧房子里找了出来，再把它们全都拷贝到电脑上。那几百张图片、几十个视频，是我们以前苦心搜集的，但我从来没有看过一次。现在，我想把所有的材料看一遍，然后再作决定……

有时候，我会选择在黄昏外出散步。我在不同的小区、不同的街道，疯狂地寻找。我想知道，如果有人和我命运相似，在这天底下最大的困境面前，他们会如何选择呢？然而，我没有找到一个人。即使找到了，我们的困难未必是同一种，我也无法获得自己想要的答案。

早上醒来的时候，我会刻意捏自己一下，或打自己一个耳光。我想知道，这一切会不会只是一个梦，然后等我突然惊醒，再回到现实的某一个点。

有时候，我会漫无目的地游荡在街上，不知不觉地走到学校附近，恰好碰到刚刚放学的学生。学生们穿着松松垮垮的校服，三三两两结伴而行，有说有笑。我不敢靠近他们，只是远远地看着他们每一个人，直至他们都离开学校。曾经，我是那么讨厌这种生活，现在我却莫名怀念。过去像海浪一样向我扑来……

五十

中午，我爸妈在睡午觉。看着自己的桌子上到处是零食残渣、塑料袋、包装纸，地上也乱七八糟地扔着各种书本和纸张，电脑屏幕亮着，我决定收拾一下自己的屋子。我把垃圾全部都扔进垃圾桶，把纸张归类并且摞在一起，把倒扣在地上的语文书、英语书捡起来，一本本放在书架上。突然，我发现了书桌角落里的水果盘，盘里放着一大串葡萄，果肉却不再饱满了。我看着那些葡萄，拿起一颗，尝了尝，它们水分变少了，但仍然很甜。

我又一次背上了自己的单肩包，包里面放着一本书。我从自己的衣柜里翻出那件松垮垮的校服，它被其他衣服压在最底下，有些褶皱了，上面还依稀能看见污渍。我穿上了它，戴着鸭舌帽，打开了反锁着的门，蹑手蹑脚地走出了家门。

太阳仍然刺眼，我抬起头，眯着眼，一直盯着它，它也盯着我。我想知道，我们谁会受不了先退步？我感觉有些头昏，庆幸自己戴了帽子。我低下头，缓步前行。太阳就这样继续跟着我，看着我。

我走到了旧房子那里。那只黑猫卧在一个不起眼的角落睡觉，我的脚步很轻，可它还是醒了。我拿出装着剩饭的塑料袋，打开后放在地上。我往后退几步，它才慢吞吞地走过来。我蹲下来，看着它吃饭。我想要伸手去摸摸它，可是它反应太灵敏了，嗖地转身逃走了。我无奈地笑了笑，然后把藏在地板下面的U盘和内存卡装进书包里。

我继续走着，太阳越来越大，烤着我的背和脖子。我看着周围，马路上人很少，车也不多。有时候，我会放慢脚步，想一些过去的事情。我回头看看，这熟悉的城市是否有变化，可惜一切依然如以前一样。我站在十字路口，犹豫了很久，不知道自己是转身还是继续向前走。我周围形形色色的人来来往往，那些令我眼花缭乱的高楼大厦像往日一样喧闹。我决定不再左顾右盼，只是看着熟悉的路，一直往前走。

校门口人很少，时间还早，距离上课还有很长一段时间。仅仅通过背影，我就认出了李瑾文和刘睿。她们俩不紧不慢地走着，有说有笑，仍然像以前一样。我不知道她们在说什么，但我不再看她们了，只是抬起头走进了学校大门。

进入学校后，我径直走向操场。操场上人很少，我在操场散步。不一会儿，我看见周丽君朝着操场走来，再仔细一看，她后面跟着黄峰，两个人步调一致。黄峰和她说了几句话就停下了，周丽君继续往前走了。黄峰看着她向前走了几步，又转身回去了。我从包里取出U盘和内存卡，把它们扔进长椅旁的垃圾桶。已经上课了，我走出操场，走向我们班教室……

我踮着脚站在班级的门外，通过窗户看着里面的一切。英语老师正站在讲台上讲课，前几排的学生认真听课，王浩低着玩手机，张跃然在睡觉，王俊和我的桌椅空着。我的心里突然涌出一种难以名状的情感……

我离开了学校，坐着公交车又一次来到了那个餐厅。已经四点多了，人很少，我坐到了她的位置上，打开包，取出了那本《少年维特的烦恼》，把它放在桌子上，任凭阳光铺满封面。这本书我已经很久都没打开它了，虽然还有二十多页未读完。我盯着它的封面，迟疑了很久。我抬起头看着窗外的太阳，帽子无法遮住的一点光，依然很刺眼。我眯着眼，感觉有点累了。

我趴在桌子上睡着了。当我醒来的时候，已经到了黄昏，天气不那么热了，周围的人依然很少。忽然，周丽君从窗外走过，似乎要进来。我喝了一口可乐，可乐不那么冷，也没有气泡，我整个人精神了一些。低头看着桌子上还没有打开的书，我把它扔进了垃圾桶，然后起身从餐厅里走了出来。

我没有坐公交车，选择走路回家。太阳越来越低，余晖也变得暗淡，天空已经变成了暗蓝色，夜幕快要降临了。

谁会把一个人生气悲伤时说的话当真呢？怎么？以前发生了什么吗？我可不知道。至少我走了一圈，没发现生活和以前有什么变化。这样的结局才是真的结局，原来一切只是一个小插曲而已。每一个我以为熟悉的人，都是那么神秘莫测，我永远也无法了解他们的生活、性格和心理。也许，他们和我一样，不断变化着，不断成长着，不断蜕变着。

我的人生才刚刚开始，有什么是改变不了的呢？我不会退缩的。我爸妈想让我转学，我之前还犹豫不决，但现在这一刻，我决定不转学了。我还要在这里继续念书，我会把一切向他们坦白，好的坏的，都向他们坦白……

嗯……一切才刚刚开始而已。

后 记

我的处女作《青蛙》终于完成了！我觉得自己大学四年的努力没有白费，内心非常激动。

首先，我要感谢我的高中老师和同学，他们不仅陪伴我度过了忙碌的高中生活，还作为这部小说中主要人物的原型，为我的创作带来了灵感。其次，我要感谢那些与我有缘且让我心动的女性，她们在我生命中一掠而过，我希望用文字，以一种夸张的形式记录下那些心动的瞬间。最后，我要感谢我的大学老师和朋友，在枯燥、苦闷和孤独的写作过程中，他们总是为我带来新鲜感和乐趣。

《青蛙》是我从大学二年级开始构思的。那时，我一个人搬出学生宿舍，租房住在教职工公寓。其实，在那之前，我的写作并不顺利。我写过几篇短篇小说投给新概念作文大赛，没有入围；我把大一创作的中篇小说给老师看，也没有得到肯定。《青蛙》的灵感来源比较复杂，但基本源于我大学的暗恋及我的高中校园生活。

该小说的灵感虽然主要源于高中生活，但想要表达的内容不仅限于高中生活。它所呈现的心境、感悟，也融入了大学生活的体验。主人公是一个有缺陷的叙述者、行动者，他的思想不成熟，有很多偏见，并且一意孤行，始终质疑和反抗已经设定好的一切，刻意去追求自己所向往的，无论对错，不管是否真实。他更像一个流浪者，为了幻想，追求虚无缥缈的瞬间，尽管悲剧早已注定。

小说中的人物虽然并不完美、丰满，甚至有些让人讨厌，却呈现了我眼中的青涩少年。他们迷茫、思想幼稚，想要做些什么，却什么也做不了；他们对于自己的人生感到不安，却羞怯地渴望着爱情；他们感受到了束缚，想要追求自由，可又不能准确地理解自由是什么。

尽管这部小说是极度个人化的产物，视角也有局限，观点偶尔偏激，节奏也很缓慢，但是只要细细品味，还是能进入故事，理解的。